这是一个被遗忘60年的故事。

北京西山，一座废弃的花园曾经生长出中法朋友圈，花园主人是法国大夫贝熙业。

贝熙业，被习主席誉为开辟自行车"驼峰航线"的国际反法西斯战士。

圣-琼·佩斯，法国外交官、诗人，他在北京西山秘密创作英雄史诗《阿纳巴斯》，1960年获诺贝尔文学奖。

谢阁兰，从中国石碑获得灵感，发明了"碑体诗"，成为法国文学经典。

李石曾，发起勤工俭学运动，创办中法大学。周恩来、邓小平、陈毅、蔡和森……一批改变中国命运的人物从这里起飞。

铎尔孟，一个"太像中国人"的法国汉学家，法文版《红楼梦》校审。

贝家花园往事

Once Upon a Time in Bussiere's Garden

张同道 主编

中国广播影视出版社

题 记

一片废墟在寂寞中伫立

一座花园在荒芜里生长

这座石砌的碉楼

这扇木格的花窗

掩藏着什么样的岁月故事

60年过去

寻找者终于来了

就在这里 近百年前

法兰西与中国猝然相遇

贝家花园

见证了中法文明交融的历史传奇

我把中国当成第二祖国，把中国人当成我的人民。

（贝熙业）

我在中国48年，你可以看出我是多么眷恋这个国家。

（锋尔孟）

整个中国都靠着钱币的声响过活。

（圣琼·佩斯）

北京，我的城市。我生来就是为了漂泊，无疑这一行动将会从远东开始。

Victor Segalen

（谢阁兰）

自我记忆，总是不避艰深。我一生总是走远路。

（李石曾）

李石曾（左4）与贝熙业（左5）、铎尔孟（左6）等人在中法大学。

贝熙业（左2）、图桑（中）与佩斯远游蒙古。佩斯举起马头骨，称是成吉思汗的坐骑头骨。

含特指学大京北三国观参使公法

法国公使参观北京大学，这是中法朋友圈的一次盛会：前排坐者蔡元培（右6）、佩斯（右3）、贝熙业（左4）、铎尔孟（左6）、李石曾站在铎尔孟身后。

北京王府井大甜水井16号院收藏了贝熙业40年的时光。照片拍摄于20世纪40年代

一个朋友圈改变两个国家的
文明传奇

张同道

《贝家花园往事》无非就是一个朋友圈的故事。

朋友圈仿佛好莱坞大片里一夜爆红的小鲜肉，手机知识分子毫无节制地每天表白、惊叹甚至卖弄私人的游踪餐影，汇成一个移动江湖。不过，朋友圈实在并非电子时代的发明，黑脸张飞、红脸关羽和哭脸刘备桃花林中宣誓一番，三国时代就立下半边江山；宋江、林冲、武松一干兄弟会聚梁山，宋帝国就被撕开一道疼痛几十年的伤口。看来，朋友圈蕴藏着不可低估的能量。不过，要看圈儿里都是什么人，圈儿的方向往哪儿开。一个以狗肉为理想的朋友圈不过一个吃货团，一个以天下为理想的朋友圈有可能改变世界。

套用流行的夸张句式，贝家朋友圈改变了中法两个国家的文明传奇。贝熙业大夫 41 岁来到中国，医术、修养和品格让他迅速从西方医生里脱颖而出，袁世凯连续用三枚奖章向他示好，从总统府、宗人府、北京大学、中法大学到各社会组织频频发来聘书，九世班禅找他拔牙，梅兰芳请他医病。从私人相册可发现，贝大夫身边仕女如云，三教九流。他每周在家开派对，就像法国沙龙。1923 年，贝大夫在北京西山建起一座花园，贝家沙龙也常在这里举办。法国前驻华大使毛磊先生称贝家沙龙为一个文化熔炉，法兰西与中华文明从这里交融，熔炼出崭新的文明形态。

本片主人公都是贝大夫的好友：铎尔孟，袁世凯的总统顾问，北京大学教授，一口流利的北京话，一身长袍马褂，一位"太像中国人的法国人"。他是贝家沙龙的嘉宾主持。

诗人圣琼·佩斯（当时还是外交官阿历克西·莱热）也是贝家沙龙的常客。那时佩斯三十郎当岁，单身贵族，与贝大夫、铎尔孟都是好哥们。当时，法郎贬值，经济拮据，他想做中国总统府顾问而不得，生活突然黑场。长兄如父，贝熙业给他进行心理按摩。在贝家沙龙的一次派对上，佩斯如遇神启：

　　于是，名叫黑色解脱的僧人背离了

　　整个世纪渴求的狩猎活动

　　无法诵念众神暝思的经文

　　从而以其野蛮的灵魂

　　强暴了他作为长老与兄弟的誓言

上海领事馆法官居斯塔夫—夏尔·图森朗诵了一首诗，讲述了藏传佛教创始人莲花生大师的转世故事。单独引用这几行，因为佩斯在图森赠送他的诗稿上特别留下划痕。

这次聚会直接促成了1920年10月的一次探险，贝熙业、佩斯与图森穿越沙漠，远赴乌兰巴托。贝熙业日记记录了佩斯在探险途中的疯狂想象，他把一只马头骨当作成吉思汗坐骑的头骨，辽阔的沙漠、神秘的喇嘛跳神特别是突现的海市蜃楼，激活了佩斯的诗性灵魂，《阿纳巴斯》喷薄而出，为他赢得40年之后的诺贝尔文学奖。

贝家花园碉楼门上一块牌匾："济世之医"，旁边小字写道：

贝熙业先生医学精深，名满中外，乐待吾人。为之介绍：先生更热心社会，此或非人所尽知，但温泉一带，则多能道出。《温泉颂》有云："济世之医，救民之命。"虽为断章取义，适拿贝先生。民国二十五年春日刻于温泉，姚同宜、李煜瀛题赠。

李煜瀛字石曾，世人多以字相称。李石曾是贝熙业最亲近的中国朋友之一，也是贝家沙龙常客。李石曾所创办的许多事业，贝熙业都参与其中：

温泉疗养院，贝熙业是董事兼医师；

中法大学，贝熙业是医学院教授、校医兼董事；

勤工俭学会，贝熙业是医师；

北平研究院，贝熙业是研究员。

贝熙业与李石曾的合作长达 30 多年。

1919 年，李石曾从巴黎写信给蔡元培，交代勤工俭学运动所需办理的事情，开具了三位可以托付的法国人名单：贝熙业、铎尔孟和佩斯。

贝家沙龙只是一个私人朋友的松散聚会，几十年间参与的政治、商业、文化、教育、宗教各界人士不计其数，杰出人物也不限于前面讲述的几位。我不能断言那些后来发生的伟大事件起源于贝家沙龙的某一次聚会。然而，贝家沙龙促成了一个朋友圈，他们声气相求，渲染着那个时代特有的理想色彩，在以后的日子里交流、沟通，推动了中法文化合作。勤工俭学运动和中法大学是其中显著的成果。这一次，主角换成李石曾。

1940 年夏天，一封紧急电报从巴黎发到重庆，蒋介石焦急万分。原来，法国维希政府准备承认汪精卫的伪国民政府，驻法大使顾维钧束手无策。蒋介石搜索所有与法国相关的记忆储备，发现可胜此任者唯有李石曾。年过花甲的李石曾第二天飞往巴黎，一番访亲拜友，政坛宿将陶乃容陪他拜望法国总理达拉第，陈述承认汪伪政权的利害，及时阻止了维希政府的错误念头。顾维钧在回忆录里称，李石曾"在对法国当局打交道上是有极独特地位的。事实上，我们可以说，他是中法间最密切的联系人。许多法国显要人物对他的话都听得进"。

　　终其一生，李石曾一介布衣，却发起勤工俭学运动、创办中法大学、故宫博物院、北平研究院、世界书局等60多项事业。李石曾凭什么亨通江湖？人格魅力固然是一种注释，但朋友圈的功能无可替代。他的外孙朱敏言先生说：外公一生交了几个好朋友。

　　李石曾早年留学法国，显示了企业家的实干精神——创办豆腐工厂和思想家的锋芒——出版《新世纪》杂志，倡导自由、平等、博爱的法国文化，抱有世界大同理想。但让理想照进现实的主要平台是朋友圈。据李石曾自传，他常常出入巴黎四大沙龙。他以花木比喻，杜珊娥夫人如松菊，梅道良夫人如莲梅，戴芍甫夫人如牡丹，杨思奇夫人如竹。其中梅夫人沙龙可谓风云际会，"巴黎法国甚至全世界之政治文化名流，凡经在巴黎者，无不出入其沙龙之门；法国与欧洲多国之总统、总理、总长、都督，诸多重要之政治家外交家教育家学术家，如百里安、霍礼欧、班乐卫等，不过少数之举例。"

　　1919年，李石曾发起勤工俭学运动。青年毛泽东第一次来京正是为了咨询留学事宜。一张集体照上，他站在后排中间，与众人一起欢迎李石曾。周恩来、邓小平、陈毅、蔡和森、聂荣臻、李立三等一千多人赴法留学。两个月内，李石曾为400多人找到工作——包括邓希贤在内。后来这些人改变了中国的命运。

　　当然，勤工俭学运动规模之大、影响之深，并非李石曾一人之力。这得靠他的中国朋友圈：张静江、吴稚晖和蔡元培，这三位同李石曾一起被誉为民国四老。四人之中，张静江是商人，但他经商不为个人盈利，而是改造社会：创办《新世纪》传播新思想，为资助孙中山起义不惜卖掉商铺；吴稚晖是报人和作家；蔡元培是学界领袖；而李石曾则是实干家：所有跑腿、联络、筹备都是他的活儿。如果按照公司分工，蔡元培是"名誉董事长"，李石曾是"总经理"，吴稚晖是"监事会主席"，张静江是"股东"。该"公司"没有"董事长"，因为他们没有盈利，所有事业都属公益。中法大学的工资表里并未出现蔡元培和李石曾的名字，虽然他们分别担任校长和董事长。

当李石曾在巴黎为勤工俭学生安排工作之际，吴稚晖与蔡元培联合致信，请李石曾在法国筹建一所中国大学。他们的如意算盘是：运动法国政府退还中国按照《辛丑条约》给法国的赔款，用这笔钱办学。这次，该法国朋友圈出场了。

十年前李石曾在巴黎沙龙里结交的才俊如今都已是大人物：穆岱已成国会议员，班乐卫做了总理，霍礼欧任里昂市长。

几次咖啡馆会谈之后，穆岱就向国会提议退还中国庚子赔款，班乐卫也点赞——还好，没听说有人骂他法奸。里昂大学校长儒班表示里昂大学的课程将免费向中国学生开放。里昂市长霍礼欧给出圣伊雷内堡——拿破仑兵营。第二年签署的条约这样写道：

里昂大学以每年一法郎的价格将圣伊雷内堡租与中法大学协会。

后来，法国人称圣伊雷内堡为"中国人的殖民地"。百年中国近代史，外交官的主要功课是割地赔款，圣伊雷内堡恐怕是唯一可炫耀的成绩单。不过，这并非武力征服，而是法兰西和中华民族的文明融合。促成这一文明融合的是中法两个朋友圈。

其实，本片还潜藏一个朋友圈：当年16岁的邓希贤从上海登船，去法国勤工俭学，结识周恩来、赵世炎、陈毅等人，成为职业革命家。我突然想到一个假设：如果没这个朋友圈，邓希贤是否会成长为邓小平？再延伸假设：如果邓小平没有六年法国生活经验，改革开放是否可能呈现出不同图景？

历史不接受假设，但历史蕴含着启示。

目 录

第 一 章

纪录片《贝家花园往事》

乡关何处

★ 主要人物

让·奥古斯丁·贝熙业（Jean-Augustin Bussière 1872 — 1958）：
法国大夫，1912 年来华，曾任法国驻华公使馆大夫、法国医院院长，
1954 年回法国。

吴似丹（1924 — 2013）：中国画家，贝熙业第二任夫人，1954
年去法国。

铎尔孟（André d'Hormon 1881 — 1965）：法国学者，贝熙业好友，
曾任中华民国总统府顾问、北京大学教授，1906 年来华，1954 年回法国。

让·路易·贝熙业（Jean-Louis Bussière 1955 — ）：贝熙业与吴
似丹之子，法国心血管医生，现居住于巴黎。

一

【让·路易】我的血液一半来自中国，我对那片土地充满好奇，
就像父亲当年一样。父亲去世那年我只有两岁，他留给我的印象只是
一个白胡子老头。2013 年母亲去世后，我才突然明白我错过一些事情。
父亲留下的遗物像一个无法破解的谜团，我想知道照片上跟他站在一
起的人都是谁，他怎么遇见我母亲，怎样深入到中国社会，这是一段

让·路易第一次来到贝家花园

令人着迷的历史，而且至今鲜为人知。

今天我终于第一次来到我父亲的花园，中国人称作贝家花园。这座花园位于北京海淀区阳台山，由父亲自己设计、修建，他在这里居住了30多年。

60多年前，我父亲告别这里，再也没有回来。离开中国的命令突如其来，让我父母措手不及。后来，我从母亲断断续续的讲述里，拼接出当时的情景。

那是1954年初夏的一个晚上，两名中国警察来到贝家花园，他们带来一封信，这封信改变了我父母的命运。信中给他两个选择：一个是留在中国，但必须放弃法国国籍；二是在一个月之内离开中国，但我母亲必须留下。

年轻的贝熙业

来华时的贝熙业

我的父亲叫贝熙业，出生在法国中部一个普通村庄。20岁他考入波尔多军医大学，获得医学博士学位后，被派往塞内加尔、印度、伊朗和越南，抗击当地的鼠疫与霍乱。1913年他来到中国，任法国公使馆大夫。从那时就一直住在中国，整整41年。

父亲曾是一位成功的医生，他的私人相册珍藏着这样一些照片：袁世凯、汪精卫、梅兰芳、九世班禅，还有一些今天无法确认的淑女名媛。

他曾是法国医院院长，又担任中法大学医学院教授、北京大学校医、总统府医生。在中国，他是生活优越受人尊敬的社会名流，法国已淡化为一个遥远的记忆。眼下，他突然要离开北京，独自回到法国从头开始，对我父亲来说这是一次从身体到心理的挑战，那时他已82岁。

贝熙业相册里的中国友人

老年贝熙业

【吴一九 吴似丹弟弟】还没我高呢，身体很健壮。他总是整整齐齐，绅士风度。

【梅洪崑 贝熙业司机之子】一口的中国话，一点都不扯。你要听声音就跟北京人一样。

【朱鉴桓 贝熙业同事之子】都是西服打领带，很规矩。

【胡宝善 贝熙业病人】像马克思的头发，老是那样，完了大胡碴子。

【让·路易】这是我的母亲吴似丹，中国人，那年刚刚30岁，和父亲已结婚两年。她生于北京富贵之家，毕业于辅仁大学。多年以来，她与父亲互相帮扶。如果父亲离开，她的生活又何以为继？

大学时代的吴似丹

吴似丹与贝熙业

铎尔孟在北京寓所

与此同时，父亲的朋友、73 岁的铎尔孟也正在收拾行李，准备离开中国。

铎尔孟是法国杰出的汉学家，从清朝到民国，他曾做过京师大学堂教习，总统府顾问。后任北京大学、中法大学教授，推动留法勤工俭学运动。日本占领北京后，他创办中法汉学研究所，收留了一批法国汉学家。铎尔孟一生未婚，几乎所有的朋友、财富和事业都在中国。

【铎尔孟 汉学家，北京大学教授】1954 年 6 月 3 日 阴

我在中国 48 年，你可以看出我是多么眷恋这个国家。我今天离开，是因为我一生事业都被毁弃，我留在那里的所有理由都被一砖一瓦地拆散。对我来说，73 岁重新开始冒险。我的生命不再有意义。我将生活在对自己的哀悼之中。

【让·路易】父亲要与结婚两年的母亲生离死别，这是一个多么艰难的选择！新中国建立之初，父亲曾是政府领导人的座上宾。为了争取留在中国的机会，父亲决定给中国政府总理兼外交部长周恩来写信。我的姨妈吴端华还记得那段往事：

这个老大夫啊，他跟周总理特别好，朋友。她（吴似丹）说今天

吴似丹与妹妹吴端华（左）

跟着老头一块去参加周总理组织的酒会，完了报纸上登出来，他就挨着周总理。

【贝熙业给周恩来的信】我把中国当成第二祖国，把中国人当成我的人民。这里有我全部的财富，全部最宝贵的情感……

根据我过去41年之所作所为，根据法律的规定，我这样一个又老又有病的人，是否可以在不工作也不需要任何负担的情况下住在北京？

假若法律不允许，是否可以考虑把我的行期推迟到9月底？此外我还请求我的中国妻子保留她的中国国籍并允许她跟我一起走。

【让·路易】此时，周恩来正在日内瓦参加国际会议，要求法国从越南撤走占领军。那时，法国被称作帝国主义，留在中国的法国人被当作不受欢迎的人。我父亲无法预测周恩来如何批复，只能焦灼地等待。

二

最近两年，父亲留下的照片和资料占据了我工作之外的全部时间。陌生的面孔和地点，费解的汉字和断续的笔记如同天书。慢慢地，我看见父亲从图片中复活了，向我讲述他的生活。

1923年，父亲的第一任妻子生病去世。从那以后，父亲一直一个人生活，直到遇见母亲。我发现父母最早的来往是1940年，母亲找父亲看病。

吴似丹学士照

【吴端华 吴似丹妹妹】我姐姐是辅仁大学美术系的，她在辅仁大学里头就是信天主教的，然后天主教里头有一个规矩，就是每礼拜要跟那神父，就跟咱们青年团那个向支部汇报似的，你跟神父叨念叨念自己的一些个痛苦啊，或者是解决不了的问题什么的。她跟神父汇报的时候，她就说她的病，后来这神父就说，说我给你介绍个大夫吧。

【吴一九 吴似丹弟弟】1940年左右的时候，她（吴似丹）得了肺结核，她是贝熙业给治好的。贝熙业对我三姐很信任，就把整个家的管理，连伙食怎么吃、怎么用都交给我姐姐了。

【让·路易】花园幽静、清新，不仅适宜养病，也能触发艺术灵感。母亲在这里开始写生、画画。若不是在母亲的笔记本上发现父亲的题词，我永远不会知道，父亲那件医生的白大褂里藏着一颗诗人的心。

您的画笔在纸上就像花瓣上的蜻蜓

轻轻的触动，

山峰、森林和山泉就在白纸上流淌。

离开这个躁动不安的世界，

我想隐身竹林，

在鸽子飞来喝水的地方远离人世！

贝熙业（签名）

Votre pinceau se pose sur les feuilles de ce carnet comme la libellule sur les fleurs.

Sous sa touche legère

les monts et les forêts avec leurs eaux sauvages surgissent par enchainement de la page blanche.

Fuyant un monde agité

que ne puis-je réfugier sous les bambous

près de la source fraîche où viennent boire les colombes !

Bussières

贝熙业吴似丹结婚照   贝熙业吴似丹自拍

　　我在父母的遗物中发现了一台照相机，那一阵他们迷上了拍照，甚至还玩自拍。导演可能是母亲。

　　父亲说，母亲曾经救过他的命。一天下暴雨，父亲摔倒，母亲正好在身边，她扶起父亲，细心照顾。或许就在那段日子，他们发现彼此相爱。对许多人来说，那是一种令人迷惑不解的爱情，因为他们相差 50 多岁。

　　父亲的好友铎尔孟极力劝阻：

　　我多次激烈地让他试图想象一下，这种不谨慎决定的严重性和后果。

　　【吴一九 吴似丹弟弟】那时候贝熙业已经 70 多岁了，快 80 岁了，那时候我三姐才 20 多岁。

　　【吴端华 吴似丹妹妹】他们俩经过研究，说这《婚姻法》规定着，男 20、女 18 可以结婚，没规定多大岁数不许结婚。第二，没说中国人不能跟外国人结婚，这他也研究过了。

　　【吴一九 吴似丹弟弟】1952 年，在中国的内政部登记的结婚。

【吴端华 吴似丹妹妹】领了结婚证以后，我们家才知道的。当时我爸爸反对，我妈呢倒无所谓，我妈觉得人家这大夫吧特别好，我妈还按照中国的方式给做的什么被子、箱子给人家送去。

【让·路易】但铎尔孟对我母亲的人品非常肯定：

至于似丹，我必须声明，是真诚而无图谋的……对于一个中国女子来说，在当前的形势下，愿意把自己的命运与一个被斥责为帝国主义国家的外国人连在一起，这是一种很勇敢的行为。

母亲很快就要为她的勇敢付出代价。外交部的回复到了：同意父亲延期到9月底离开中国，但母亲不能同行。

离开北京前，铎尔孟来到贝家花园告别。在北京的40年里，他们情同兄弟，几乎每周见面。但这是他们在中国的最后一次聚会。此前，父亲和铎尔孟曾在北京西山买下墓地，准备永远留在中国。现在却不得不马上回法国。两位老友商议，一起在巴黎附近找个地方住下，互相照应。

吴似丹与唐贞珊（右）

照片上坐在母亲旁边的是唐贞珊小姐，她住在巴黎。

当年她父亲把铎尔孟介绍到中国。现在，她四处寻找可以收留铎尔孟的地方。

我亲爱的同学：

一个几乎从未离开过中国、并且本愿在中国长眠的人，却因形势所迫，几周之后不得不回法国；在那里，他没有任何亲人，也没有任何去处，失去方向，疲惫不堪。不知华幽梦是否能在这个春天给铎尔孟先生提供食宿？

【让·路易】1954 年 6 月初，铎尔孟从天津乘船回国。但他还不知道哪里可以安身，又何以为生。

60 多年前的 1954 年，那是一个多么忙乱而又伤感的夏天！告别中国，82 岁的父亲要整理 41 年的生活，他的荣耀、事业、友谊、财产、感情，一生最辉煌的日子。

这张请柬显示，袁世凯的大公子曾经邀请父亲和铎尔孟去北海团城晚宴。那时，父亲是皇家医师，铎尔孟是皇帝的政治顾问。袁世凯还以总统名义授予父亲嘉禾勋章和文虎勋章。

就在宴会之后不到两个月，袁世凯的大公子突然打电话，请我父亲速去总统府。

称帝之后，举国声讨，袁世凯身患重症。生命垂危之际，袁家想

贝熙业获得的嘉禾勋章、文虎勋章

贝熙业与各界人士合影及接受的各种聘书

到了我父亲。父亲迅速开始医治，但为时已晚。第二天，袁世凯就去世了。

袁世凯死后，中国社会激荡不安，但父亲的事业蒸蒸日上。从1918 年开始，我父亲担任法国医院院长，也接受来自中国各机构的聘请，担任医生、教授或顾问。他第一个把疫苗带到中国，以精湛的医术救治无数病人，被称作"济世之医"。

那是我父亲最为辉煌的一段人生。作为一位著名医生、学者和社会活动家，父亲赢得中国跨越社会阶层的普遍尊重。

当时，父亲住在王府井附近大甜水井胡同 16 号。这座四合院收藏了父亲将近 40 年的时光。

每到周三，这里就成为法国社交中心。法国前驻华大使毛磊先生曾这样描述：

时近黄昏，几个人影正向花园深处驻馆医生的住所走去，医生在此居住多年，在北京的法国圈子里是位知名人士。他每星期都要接待

大甜水井胡同16号院

一批朋友，大家见面、问候、寒暄，围绕着总是和蔼可亲的主人，交换近来的种种消息。

停在门口的别克轿车购于 1926 年，这是当时北京为数不多的私家车之一，司机的儿子梅洪崑就生长在大甜水井 16 号。

贝熙业与他的别克轿车

他还记得当时的情景：

（房子）总共也得有 20 多间，墙上挂的都是盘子。我就说，我说这个人怎么吃饭的盘子都挂墙上干什么。

三

【让·路易】1923 年，父亲在北京西郊阳台山租了一片山地，开始建造别墅。

【吴一九 吴似丹弟弟】它（贝家花园）那是中西合璧的一种风格，他自己很爱这种建筑风格的。手下还有一些个匠人，帮他建的这个花园。

修建中的贝家花园

重新修葺的贝家花园

【让·路易】花园建成后，原来每周三在大甜水井胡同 16 号的聚会转移到这里。每当这时，父亲就从严谨的外科大夫转变为文化爱好者、新闻传播者和慷慨好客的沙龙主人，几乎每一位来宾都从他的笑容里读到了真诚和友谊。他们聚在一起，品尝糕点、水果和红酒，分享思想、情感和见闻。客人像白云一样来了又去，而父亲是长在这里的一棵大树，见证四季变幻的容颜。

贝家花园聚会

【吴端华 吴似丹妹妹】到了 1954 年，不知道什么政策，那时候，让外国人都回国。你要不回国的话，你就必须得入中国籍。就征求他（贝熙业）的意见，你可以入中国籍，你要不然你就回国。这个老头呢还是挺爱国的，1954 年不知道为什么，他就决定回国，他说我不能够背叛自己的祖国。

【让·路易】世事多变。1954 年夏天，花园留给父亲的时间不多了。两个星期之后他就必须永远离开这里。

今日的巴黎依然繁华热闹。1954 年 7 月，已到巴黎的铎尔孟住进巴黎凯旋门附近的这家旅馆。

贝家花园沙龙（情景再现）

　　20 世纪 50 年代初的法国，刚刚从"二战"的废墟中开始重建，民众生活依旧艰难。

　　铎尔孟还不知道在哪里能安顿自己和那 15000 册中文书。终于，7 月 17 日这一天，他等来了华幽梦的信。

　　【贝拉 华幽梦文化中心主任】

　　法国巴黎枝中街 42 号

敬爱的先生：

　　华幽梦修道院从 7 月 20 日起就向您敞开大门，只要您愿意就能随时来。

贝拉 BERA

华幽梦文化中心主任

【让·路易】铎尔孟开始筹划怎样把 15000 册图书搬进华幽梦。

四

【让·路易】铎尔孟走后，父母的日子越来越难。他的行医执照被卫生局收回，家里佣人也经常去派出所汇报他们的一举一动，引来警察的调查。他们心烦意乱地收拾行装，突然，一张老照片把他带回战争的烽火里。照片上，父亲与八路军在北安河。他在背面写了一行字：1939，八路在北安河。

贝熙业（中间背对观众者）与八路军

1937 年，卢沟桥事变之后，日本军队占领北平，抗日根据地药品供给困难。中共地下党负责人化装为神父，秘密找到我父亲请求帮助。当时，梅洪崀已经十多岁了。

【梅洪崀 贝熙业司机之子】我爸爸拿着药，贝大夫坐到车后边，坐到椅子上大大方方，他有通行证，有这日本人的汽车通行证，所以哪儿都能去。那运药我记得起码有十几回。我爸开车之前，总提溜一书包，那书包任何人不准动的。我妈说你又上哪去？他不就一比划吗？
后来我大了我才琢磨，这一比划是八路军。

【高大林 北京海淀区北安河村小退休教师】后边那个后备箱里头
啊，装满了都是名贵的西药。

【吴一九 吴似丹弟弟】那时候不但要拿很多钱给人家，而且还要
担很大的风险。

【让·路易】我父亲用他那辆别克轿车为八路军秘密运送药物，
这些珍贵药品辗转送到白求恩大夫的手术台上。我父母还亲自为八路
军战士做手术。我舅舅吴一九记得：

那时候我三姐一共在那帮他动手术动了七次，要取子弹，来上药、
换药等等这些手术，她就帮着贝熙业干。

贝熙业骑自行车去西山

2013 年冬天，北京西郊温泉镇，一座桥梁正在重建。当年，为了方便汽车通行，我父亲参与出资修了这座小桥，李石曾先生题写桥名"贝大夫桥"。

贝熙业在贝大夫桥上

贝熙业为农民治病

如今北安河一带的老人大多记得我父亲。父亲并不知道多少村民的名字，但他同情农民。他说："我是个农民，土地已经进入了我的血液，我和土地上的人有着天然的联系。"

【胡宝善　贝熙业医治的病人】这贝大夫口碑相当好，你谁去他都给你看。他很和蔼。

【高大林　北京海淀区北安河村小退休教师】谁有病他都给治。都不要钱。

【胡宝善　贝熙业医治的病人】1943年，一碰我（的腿）就疼得叫。他说别叫别叫，不让嚷，让我父亲和我哥哥摁着我，没有麻药，汽油消毒。那个时候物资匮乏呀，他也很困难。他尽其所能，你又不花钱，真感动啊！要不然就没命了。

【朱鉴桓　贝熙业同事之子】我父亲就说了一下，说听说你要走了，你这回去以后生活怎么办。贝大夫就说我这一生都在中国了，所有的生活，这是我的第二个祖国了，我回去以后也没什么亲人了。

五

【让·路易】出发的时刻来临了。1954年8月底，我父亲不得不离开生活了41年的中国，离开我母亲。

贝熙业离开贝家花园（情景再现）

吴似丹送别贝熙业（情景再现）

吴似丹得知可以与贝熙业同行的消息（情景再现）

【吴端华 吴似丹妹妹】贝熙业就带了30美金，什么都没有了，就上天津海港那儿去坐船，就不允许我姐姐跟他一块走。

【让·路易】告别是艰难的。他们明白，手一松开便是永别。母亲送到码头，目送父亲走过海关，突然一位警察跑过来。

【吴端华 吴似丹妹妹】周总理写了一个条子。写的这条子呢，就是允许他的夫人吴似丹跟他一块去法国。

【吴一九 吴似丹弟弟】完了他又把他的鸟笼子里的百灵鸟就放飞了。那时候，我三姐穿着旗袍在他身后，满脸都是泪水。因为离开家了，什么时候再能见着很难说了。

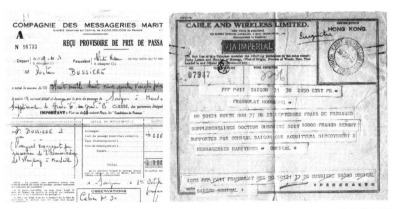

贝熙业的船票

【让·路易】这是我父母的船票，从太平洋到地中海，他们用照片留下了旅途的几个瞬间。他们神情严肃，或许在思考回到法国如何开始新的生活。

华幽梦修道院同意铎尔孟的书与人一同进住，但得自己支付书架费 25 万法郎，相当于今天大约 5 万元人民币。

就在我父母登船回国的时候，铎尔孟已入住华幽梦。

贝吴在回法国轮船上

华幽梦修道院

伊莎贝尔·克雷斯佩勒

　　当时在这里工作的伊莎贝尔·克雷斯佩勒（Isabella Crespelle）见证了铎尔孟的生活：

　　到了，安德烈·铎尔孟的房间就是这儿。我们常常看见他出现的窗户就是这扇，他常常待在这儿，嘴里叼着烟斗，然后看着公园里散步的人们。

　　这就是餐厅，我们每顿饭都在这儿吃，安德烈·铎尔孟坐在那儿。我们有时几个人，有时会多点。已经有45年我没有回到这个房间了，这真的让我很感慨。他每顿饭都要吃一份原味酸奶，他有一个装糖的小袋子，给酸奶加糖。然后他拿着他的糖袋，坐在那儿，他就像这样。他说："是洗衣妇弄出来的声音。"

晚餐时，铎尔孟总是坐在桌子尽头

　　这原是一座建于 17 世纪的修道院，当时华幽梦文化基金会刚成立。铎尔孟经常呆呆地望着东方，那里有他的青春记忆和辉煌。在中国生活 48 年之后，现在他回到没有亲人的故乡。

　　我父亲回到法国中部多姆山省奥弗涅地区一个名叫沙特纳夫（Châteauneuf-les-Bains）的村庄，那里只有 400 多居民。这里距他的家乡只有 50 公里，去中国前父亲曾经在这里的温泉疗养院工作。

法国沙特纳夫村

这位老者是我家的老邻居，他陪我来到老家门口。

这座房子是我父亲翻修的，我出生在这里，长到 8 岁才离开。

贝熙业与吴似丹的新房

房子正对河流，父亲常常从这里取水。

有时，母亲望着对面的山崖出神，她觉得这很像北京的西山。

贝熙业在门前的河流取水

贝熙业开荒种树

　　河流尽头就是当时父亲每天的必经之路，他到林中开荒，母亲则帮着种树。

吴似丹与贝熙业林中小憩

贝熙业在新房前读报

铎尔孟在华幽梦自己的图书馆里

　　母亲生长在北京，从没做过农活，但她不得不砍柴种地，做真正的农妇。她心疼父亲，总要多做一些。父亲写信给铎尔孟：

　　似丹跟我一起给花园翻土，因为我已经干不动重活了，病痛又让我动弹不得。

　　最终，我父亲在沙特纳夫重新建立了一个温暖的家。

　　很快，铎尔孟回信说：

　　与一辈子的生活突然割裂，不会没有后果的。如此残酷的背井离乡，必然伴随痛楚的撕裂，沉痛的疲惫和强烈的情绪。

　　铎尔孟获得了一份为期三年的校对工作。当时，联合国教科文组织准备出版一套《东方文学丛书》，《红楼梦》名列其中。经好心人推荐，铎尔孟负责法文版《红楼梦》的校审。这意味着在未来的三年里，他不需要再变卖他的中文书来换取生活费用。他写信给贝熙业：

我亲爱的老哥：

　　经不住那么多人（也包括你们）的一再敦促，我最终还是错误地让步了，答应审校《红楼梦》法译本，须一年之内完成，报酬42万法郎（约合人民币6万元）。

　　【李治华 法国东方语言学院教授 翻译家】他（铎尔孟）在中法大学的时候，是我的老师，讲法国诗歌。

留学法国的李治华

《红楼梦》译者李治华现年 100 岁，住在里昂。他是铎尔孟在北京中法大学的学生，后来留学法国，在巴黎东方语言学院教书，曾经翻译过鲁迅、巴金的作品。他说：

他(铎尔孟)把前五……前 15 回(实际为 50 回)完全修改了以后，他就去世了。

【伊莎贝尔·克雷斯佩勒 华幽梦工作人员】李先生来这儿，和他一起吃饭，然后整个下午一起待在书房，他们两个人在那儿一直工作。

【雷米·马修（Remy Mathieu）法国汉学家】这一译本具有十分重要的意义，因为这是《红楼梦》的第一个法文全译本，而且还被列入七星文库，由伽利马出版社出版，这又抬高了译本的价值和重要性。

法国汉学家雷米·马修

1954 年底，李治华开始翻译《红楼梦》。每逢星期二，他就带上翻译好的稿子去华幽梦，请铎尔孟修改译稿，修改长达 10 年。自从开始审校《红楼梦》，铎尔孟就把睡眠割成碎片，睡两小时便起来工作，一天与另一天之间不再有隔断。

六

【让·路易】1955 年，我父母回到法国后的第二年，我来到人间。83 岁的父亲高龄得子，喜不自胜，立即写信告诉铎尔孟。铎尔孟立即回信，给我起个汉语名字：小瑞儿。

贝熙业与让·路易

我两岁的时候，父亲得到一笔拖欠的荣军军官工资，决定去看望铎尔孟。那时父亲总是念叨，"我要在去世前看到我的老朋友。"

从沙特纳夫到巴黎，需要先乘汽车，再坐火车，路上花费六七个小时。

贝熙业与让·路易在埃菲尔铁塔前

　　父亲近 30 年没来巴黎了。埃菲尔铁塔前，母亲给我和父亲拍下这张照片。

吴似丹与让·路易

　　从巴黎到华幽梦没有直达车,还有几公里路程需要步行。后来我才知道,父亲的"右腿病得很重,必须要拄着拐杖才能前行,每走一百来步就不得不停下来休息片刻"。但他坚持要来会见老友。

　　相识四十多载,风雨同舟,患难与共,堪称人生知己。北京一别,他们已经三年没见了。此次相见将是人生最后一面，85岁的父亲和76岁的铎尔孟心里都明白这一点。铎尔孟放下手头的工作，兴奋地带我们一家参观这座年代久远的庄园。

尖顶教堂下，我们一家三口与铎尔孟留下第一张、也是最后一张合影。

贝熙业一家与铎尔孟相聚华幽梦

夜色覆盖了华幽梦，只有一盏灯还执著地亮着。铎尔孟给父亲写信：

亲爱的老哥，我做着苦役，这一切都使我疲惫，身体和精神的疲惫。就在我说这话的时候，我看到粟树后的天空开始染上了玫瑰色，太阳要升起来了，两只夜莺正在相互唱和。铃兰掩映下的花园和远处绿树覆盖的小山坡的轮廓逐渐清晰起来。可是，这些根本就不是我的风景，永远不再是我的风景。

从华幽梦回来不久，父亲就病倒了。第二年，父亲去世，享年86岁。

贝熙业在家门口

母亲写信给她在法国唯一的朋友铎尔孟：

请原谅我一直到现在才给您写信，Jean（贝熙业）在受了痛苦后终于离开我了。我的脑子空了，心是碎了。回忆在医院的最后一刻，我给他注射强行安静剂后，在去世前三点钟，他是那样地安静，像蜡烛一样慢慢地熄灭了。我告诉他我们的心永远在一起。我决定随他的意志，在这里抚养小瑞儿成人。

铎尔孟回信说：

亲爱的似丹：

我们曾约定一起去美丽乡野找个地方安家。假如那个计划得以实施，我们现在就可以一起过了，会非常自在，您也不至于孤独一人，在这个无情无义难以接近的国度里抚养着年幼的孩子。

此时，铎尔孟已经身体虚弱，头昏眼花。但他竭尽全力用亚历山大诗体翻译《红楼梦》中的诗词。

花谢花飞飞满天，红消香断有谁怜？

一年三百六十日，风刀霜剑严相逼；

明媚鲜妍能几时，一朝漂泊难寻觅。

质本洁来还洁去，不教污淖陷渠沟。

老年铎尔孟

Elles sont flétries les corolles,

Dont tout pétale au vent s'envole,

Et de ces vols le ciel est plein !

Qui prend pitié de leurs couleurs fanées?

Qui prend pitié de leurs parfums défunts?

Ces fleurs, tour à tour menacées,

铎尔孟吟《葬花词》（情景再现）

Trois cent soixante jours par an,

Par les dards du givre et des vents,

Combien d'heures leur sont laissées ,

Pour refleurir dans la fraîcheur

Et la splendeur de leurs couleurs?

Encore ont tôt fait leurs pétales

De s'éparpiller dans l'espace,

Sans qu'on puisse en suivre les traces!

Et, les gardant des vils mélanges

Dans les égouts, avez la fange,

Aider à périr leur substance,

Aussi pure qu'à la naissance.

或许黛玉焚稿的行动给了他某种暗示。1962 年 5 月，铎尔孟立下遗嘱：所有日记、书信都不经阅读而直接焚毁。

【伊莎贝尔·克雷斯佩勒 华幽梦工作人员】他要求我丈夫把他的

日记给毁了，我们互相询问该怎么做，这实在有点棘手。我们没有打开日记，也没读过，而我实际上非常非常想知道他写了什么。但我们没有看，为了遵守我丈夫给他的承诺，所以我们烧了它。

1965年铎尔孟去世，享年84岁。遗体捐献给医学院。然而，遗嘱原稿和藏书去了哪儿？伊莎贝尔也不清楚。

经过多方调研，我们得知铎尔孟的遗物辗转收藏在里昂市立图书馆。图书馆中文部主任马日新说：

他过世之后，他的藏书大部分捐给尚提驿的耶稣会图书馆，我们在这里目测大概有上万册。他的藏书很特别，他作为一个西方人而言，他收藏书的方式很像一个中国的文人。

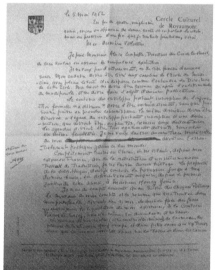

铎尔孟遗嘱手稿

铎尔孟身份证

这是铎尔孟的身份证，银行账户存单只剩下1345法郎，约合今天人民币11500元。遗嘱原稿也收藏在这里，他写到：

我不要任何形式的葬礼，我的日记本也必须不经翻阅全部销毁。我不想在这个低贱的世界上留下我的（本质是诗性的）历险的任何物质痕迹。

【让·路易】父亲去世以后，34 岁的母亲独自带着 3 岁的我，常常到山上劳动，农闲时便画画，参加画展。后来我慢慢长大，考入父亲曾经就读的军医大学，毕业后成为一名心脏病医生。

2013 年 6 月，母亲去世，那年她 89 岁。

让·路易长大了

父母离开后，贝家花园尘封了半个多世纪，我以为父亲的往事已被时间湮没。2013 年，北京海淀区政府重新修缮贝家花园，我也应邀来北京，第一次看见父亲的花园，遇到父亲医治过的病人，原来他们一直没有忘记我父亲。是时候了，今天我要讲出这段历史。

吴似丹在法国举办画展

吴似丹《四马图》

吴似丹《仕女图》

异域之心

★ 主要人物

圣琼·佩斯（Saint-John Perse 1987 — 1975）：原名阿历克西·圣·莱热，法国诗人。1916 — 1921年曾任法国驻华公使馆外交官。在中国期间，他秘密创作长诗《阿纳巴斯》。1960年获得诺贝尔文学奖。

树才（1965 —　　）：中国诗人，翻译家，曾任驻塞内加尔外交官。他曾翻译《阿纳巴斯》。

一

时至今日，他仍是谜一样的人物。野心勃勃的外交官，还是心境高远的诗歌之王？ 1960年诺贝尔文学奖赞美他的杰作《阿纳巴斯》，而这首史诗就诞生于北京西山。圣琼·佩斯如何开启与中国的爱恨情缘？

【树才 中国诗人，翻译家】今天我第一次来天津寻找佩斯的踪迹，他的中国生活从这里开始。

一百年前，法国人修建了西开教堂。今天是礼拜天，望弥撒仪式正在举行。

近百年前，佩斯也曾走在这里。但他的心情肯定不像我这样悠闲，当时他必须面对一场中法之间的严峻危机。

圣琼·佩斯面具　　　　　　圣琼·佩斯

　　事件缘于法国政府希望把天津老西开一带 4000 多亩地纳入法租界，而中国政府一直没有表态。后来法国在西开地区陆续修建了西开教堂、天主教医院等教会建筑。法国领事馆派来警察维持治安，并插上法国国旗。中国政府也派警察驻守，升起国旗。1916 年 10 月，法国警察抓捕中国警察，引起老西开居民公愤。天津市民到总督府请愿，要求法国撤换驻华公使，号召所有在法租界工作的中国人罢工。

树才走进西开教堂

天津老西开教堂

巴斯蒂女士

法兰西科学院院士巴斯蒂 (Marianne Bastide-Bruguière) 女士长期研究中法关系，熟悉这段历史。她说：

老西开是中国的土地，不可以让（法国）侵略这部分土地，这对中国主权是有害的。

一时间，中国工人、三轮车夫、生意人、佣人、职员等 1400 人撤出法租界。于是，这里电灯停电，交通瘫痪，很快变成了鬼城。

【巴斯蒂 法兰西科学院院士】天津政府方面，他们很怕老百姓，怕这个抗议。

【蔡若明 法国昂热大学客座教授】既不能对法国的传教士有所约束，也不能提出一个中国人能够接受的办法。这下就把事情越闹越大。

当时，第一次世界大战炮火正浓，英国、法国和俄国结成协约国，与德国、奥地利和意大利结成的同盟国在战场上对抗。双方伤亡超过百万。法国战事吃紧，急需中国劳工清理战场，制造枪炮。于是法国政府电令驻华公使馆尽快结束与中国的争斗。

然而，驻北京的法国公使正在休假，一位临时代办被事件弄得不知所措。法国政府立即派出一位年轻外交官赶赴中国。法国昂热大学客座教授蔡若明说：

贝特洛，他的上司，对佩斯还是很培养的，这样就把外交官这个位置给了佩斯。

贝特洛（中），佩斯的保护者

圣琼·佩斯就这样开始了在中国的外交生涯。

他以圣琼·佩斯扬名文坛是后来的事，当时，他是外交官阿历克西·圣·莱热（Alexis Saint Leger），刚刚被任命为驻华公使馆三等秘书。然而，面对天津老西开冲突，只有两年外交经历的佩斯心里没底：

非常情况之下，我从巴黎紧急受命，被派遣到北京来完成超越我的职位之外的任务：在一个十分简陋的公使馆，协助一位被事件弄得措手不及的公使馆代办，面对一场中国式歇斯底里的严重危机。

1916 年 11 月，佩斯到达天津。当时罢工正在进行，法国租界一片狼藉。他在信中说：

我对于环境一无所知，刚到之时就面临了最激动人心的考验。根据我个人的看法，关键在于坚定的毅力和权力的掌控，不能过于依靠武力，绝不能有丝毫的炫耀，中国人要"挽回面子"。

佩斯被推向风口浪尖：法国驻华使团逐渐成为众矢之的。他需要在不到一天时间内通过与天津法领馆协商发出一份辟谣声明，这位年轻外交官处理了大量琐碎的事务，草拟的声明扔满了废纸篓。佩斯说服法国政府放弃强占老西开的坚硬立场，与中方共同管理。这一让步，

法国公使馆秘书佩斯

勒内·旺特斯克教授

给北洋政府留了面子，老西开风波很快平息。

初出茅庐便显示了外交才华，在给家人的信中，佩斯显得春风得意：

不知道为什么，在这次事件中，我渺小的角色会被上头欣赏，现在我在工作中的地位得到了巩固。

【勒内·旺特斯克 Renee Ventresque 圣琼·佩斯专家】这里我并不能下断言，到底是佩斯本人令那里恢复了平静，还是得益于他人的介入。

【巴斯蒂 法兰西科学院院士】他（佩斯）对这个事件没有起什么作用啊！

二

【树才 中国诗人，翻译家】佩斯到底在老西开事件中扮演了什么样的角色？一些研究者质疑佩斯中国书信的真实性，因为这些书信公开发表时经过了改写。作为外交官和诗人，圣琼·佩斯被视为戴面具的人。我想寻访面具背后的佩斯。

佩斯 1887 年生于远离法国本土的瓜德罗普岛，12 岁时全家移居法国南部波城。上大学时，专业是商业，梦想却是文学，25 岁出版的

佩斯全家在瓜德罗普岛

诗集《赞歌》证明了诗人的才华。1912 年，他请一位著名外交官克洛岱尔指点人生。

佩斯全家在瓜德罗普岛

年轻佩斯

《赞歌》封面

法国前驻华大使毛磊

曾任法国驻华大使的毛磊（Pierre Morel）先生熟悉这段掌故：

克洛岱尔给了他很多很多鼓舞。他们俩——我也一样，都是从外省来的年轻人，到巴黎的外交部工作，被派往中国。

克洛岱尔曾任驻华领事15年，其间出版的《认识东方》一书带给他盛大的文学声誉。

外交官、作家保罗·克洛岱尔

法国昂热大学客座教授蔡若明说：

像克洛岱尔都有这么大的成就，我为什么就不能？所以他就决定走克洛岱尔的道路，而且还要到中国去。

此后，佩斯来北京法国驻华公使馆上任。

那时公使还未到任，佩斯自称他"以第三秘书代理第二秘书的工作，实际上承担着第一秘书甚至参赞的工作"。

那时，马车是北京的主要交通工具，而佩斯喜欢骑马。他给自己的蒙古马取名阿兰——这是小时候母亲给他取的乳名。可是这匹马开始并不习惯佩斯身上的味道。他告诉妈妈说：

法国公使馆

　　我的佣人认为，应该拿一件我穿过的睡衣，晚上挂在马厩里，让马习惯欧洲人的味道。我亲自骑着"阿兰"赛跑，它帮我赢了一场比赛，在我付买马的钱之前，就好心地将这笔费用几乎都补偿了我。

　　蒙古马阿兰一路飞奔，将佩斯带入北京的洋人社交圈。

　　佩斯很快参加了法国使馆医生贝熙业的沙龙。每逢周三，这里聚

佩斯（左）与坐骑阿兰

容龄与德龄陪伴慈禧太后

集了一批法国人和热爱法国文化的中国人,一位讲法语的中国女子引起了佩斯的关注。她叫容龄,年轻时跟随外交官父亲在巴黎生活,曾学习舞蹈,回国后她与姐姐德龄一起成为慈禧太后的御前女官。

佩斯告诉母亲说:

今天,容龄作为中华民国的礼仪官,用她独特的风格,努力将中

容龄

国古代讲究礼仪的生活方式引入现代社会。她将我引入中国人的各种圈子。她太聪明了，总是知道我对什么感到好奇。

佩斯在给母亲的信里隐瞒了一个秘密，他与容龄之间很快发展为一种超越朋友的暧昧关系。35岁的容龄虽已嫁作人妇，却依然身材瘦削，风情万种，是北京上流社会的名媛。蔡若明教授说：

这个不单单是从佩斯这方面有这个愿望，容龄本身也有这个愿望。跟容龄的交往，他经常要靠铎尔孟来帮他掩盖一些。

铎尔孟是一位法国汉学家，时任北京大学教授，他与佩斯情同兄弟。

当时，佩斯同事的太太埃莱娜·奥佩诺住在北京，她在日记中说，"铎尔孟常跟我提起佩斯，他们常常一起去容龄家吃晚餐。频繁的头痛使得容龄总是躲在闺房里。"蔡若明教授说：

佩斯就到容龄的卧室去了。可能经过一段谈话以后，容龄的心情比较好了，两个人又出来了。说是因为这个佩斯跟她说了一些情况，或者是安慰了她，她现在头痛觉得好多了。

而佩斯本人的说法是：她不爱我，只是利用我。她告诉我中国圈子的所有秘密。

佩斯与容龄（情景再现）

其实，佩斯来中国与他的一段感情关系暧昧。

【勒内·旺特斯克 圣琼·佩斯专家】圣琼·佩斯的情史完全是一段传奇，他的身边总是围绕着很多女人，经常是同时有好多个情人。在一封未发表过的信中，是佩斯写给贝特洛夫人伊莲娜的。在这封信中，他提到和一个女人的关系。在法国，他对这个女人厌倦了。

【蔡若明 法国昂热大学客座教授】他一生中间呀，他交往的女子真不少。

【毛磊 前法国驻华大使】那个女人挺漂亮，她很想嫁给佩斯，但佩斯根本就不想结婚。

【勒内·旺特斯克 圣琼·佩斯专家】抓住这个机会去中国，就可以逃离这个他已经厌倦的女人。

容龄给佩斯的不仅是爱情，更是进入中国的秘密通道。法国公使馆的考评这样写道，"佩斯先生在中国圈子里交际甚广，他所提供的信息往往既准确又有价值。"很快，容龄透露一场政变就要发生。

军阀张勋

1917 年 7 月 1 日，军阀张勋率领辫子军闯进紫禁城，拥戴 12 岁的溥仪再次登基，总统黎元洪仓皇逃离。

辫子军占据北京　　　　　总统黎元洪

作为一名法国外交官，佩斯原本可以置身事外。然而，命运却把他深深地卷了进去。原来，总统黎元洪逃进日本使馆，但他的家人被扣为人质。容龄请求佩斯帮忙救人。佩斯在信中写道：

由于在中国上流社会结交了一些朋友，我被托付了一项最奇特的任务：用汽车接走被帝制独裁者当做人质看管的共和国总统的家人。

在总统府邸周围，我们被护送至一个警卫站。众多的通信员、密使、间谍和反间谍被紧急派遣至四面八方，调查我们所说的话的真实性。

得到确切的消息后，终于接到了总统夫人，不过她好像不太信任我。

【蔡若明 法国昂热大学客座教授】他们把黎元洪的家属接出来了，送到了法国使馆，当时法国大使就很震怒。

佩斯没料到，公使并不认同他的英雄壮举，拒绝让总统家人住在使馆。因为公使看好掌握军队的国务总理段祺瑞，不想因为黎元洪给法国惹麻烦。诗人树才说：

　　这一次佩斯显然失算了。我曾经在非洲做过外交官，深知外交官的一举一动都关系到国家利益。佩斯初来乍到，可能还没搞清楚那时的中国政局。

　　当时北京城里乱作一团，段祺瑞的讨逆军和张勋的辫子军开始交火，但都小心翼翼地避开东交民巷，使馆区成为北京城最安全的地方。

讨逆军攻打紫禁城

佩斯在信中说：

我们在凌晨四点钟被共和党军队全面轰炸的声音吵醒，这场轰炸

国务总理段祺瑞

看起来组织得十分差劲，尽管耗费了庞大的炮弹数量，死亡人数却微不足道。我们这边没什么损失：只有几发炮弹打进了教堂，还有几发子弹误打在公使馆的窗户上。

　　法国医生贝熙业所在的法国医院，也接待了因为轰炸而受伤的士兵和平民。贝熙业后来说："时局动乱，人心恐惧。"

　　七天之后，段祺瑞平定张勋复辟，重掌北京政权。

佩斯与段祺瑞等中国官员

　　为了促使中国对德国作战，佩斯不断游说中国外交部，甚至直接向段祺瑞据理力争：

　　我们十分费劲地让北京政府明白，加入协约国一方参战后，在签订合约时他们能得到的好处。

　　【蔡若明 法国昂热大学客座教授】段祺瑞跟他（佩斯）的关系确实不错。

　　【毛磊 前法国驻华大使】佩斯最终说服了中国政府，参与到一战中来。

　　【巴斯蒂 法兰西科学院院士】段祺瑞决定参加第一次世界大战，但是圣琼·佩斯本身不会对段祺瑞有什么影响的。

　　1917年8月，中国向德国宣战。此时，美国已经宣布参战，中国期望通过参战把自己与英法美大国捆绑在一起，收回德国在华殖民地。佩斯说：

我们结束了一段工作上艰难的时期，它刚刚在一个小时之前以中德断交告终。

一段影像记录了中国劳工在法国的生活。当时，第一次世界大战进入最后阶段，法国士兵死亡高达 100 多万人，挖掘战壕，清理战场，都急需人手。中国参战后，大批劳工奔赴法国，为法国赢得战争提供了人力保障。

三

人质获救，中国参战，佩斯作为一名年轻的外交官踌躇满志。他带着一丝幸福的疲倦，向公使请求一个短暂的假期。当时海淀一带林木茂盛，泉水清冽，西方外交官常常来这儿度假，甚至购地建房。佩斯骑马从东交民巷出发，行走 30 公里到西山。他说：

"阿兰"如今完全成为了我的朋友，它习惯我的声音，就像习惯

树才与法国诗人维尔泰
去西山寻找佩斯踪迹

一个亲人的声音一样。在任何情况下，这匹马脚步都十分稳健，从来不会让我摔倒。

【树才 中国诗人，翻译家】当时佩斯去的是哪座寺庙？根据他在书信里的描述，我推测是大觉寺。刚巧，法国当代大诗人维尔泰也来到北京，跟我一起寻找佩斯写作的地方。他刚刚出版了他的长诗《远航》向佩斯致敬。

【法国诗人维尔泰朗诵他的诗《远航》】

在一个与沙漠交界的栖身之所，在一座荒芜的道观里，枕着一堆干草，他把心中不可拟制的话写出来。在蒙古高原与中华民国之间的这个地方，他创作《阿纳巴斯》，像一个萨满巫师临时呼风唤雨，为了发出他特殊的声音，让声带撕裂开来。

【佩斯旁白】这间寺庙在北京西北部一座岩石陡峭的山丘上，这里僧人的语言和想法我都不理解。他们以很低的价钱，以最隆重的方式，让我整个夏天都住在庙里最干净、最凉爽的地方，远离疲倦和炎暑。

佩斯在西山寺庙

【勒内·旺特斯克 圣琼·佩斯专家】很可能就是在他去寺庙的途中，或是骑马闲逛的时候，佩斯重新拾起对诗歌的兴趣。

【佩斯旁白】在我脚下，是一条山谷，谷底流淌着一条沙河；从那里传来小石鼓的声响，那是河两岸看不见的村落之间的对话，或者是在呼叫摆渡人，那里有西游的通道，通向蒙古和新疆。

【毛磊 前法国驻华大使】他严格区分他的诗人生活和外交官生活。

【勒内·旺特斯克 圣琼·佩斯专家】当人们给他去电时，他会习惯性地问上一句：您想跟谁说话呢？是外交官阿历克西·莱热？还是诗人圣·琼—佩斯？

【佩斯旁白】我一点儿也不想了解文学生活。在这里，我的心灵享有巨大的平静，夜晚是那样安宁，远离中国城市里的喧嚣。我们简直可以听到时间一点点流逝。我有时想要违背过去下的决心，重新拿起笔来写作。

来到北京以后，佩斯戴上外交官面具，刻意隐藏诗人身份。然而，这柔软的夜晚无法抵御诗的诱惑。

棕榈！

那时替你在绿叶水里洗澡；绿色阳光染透了海水；你母亲的女佣们，皆是些光洁的大姑娘，她们在你身边移动温暖的双腿，而你却哆嗦。

棕榈！还有苍劲的根藤

那份温馨！那片土地！

Palmes... !

Alors on te baignait dans l'eau-de-feuilles-vertes ; et l'eau encore était du soleil vert ; et les servantes de ta mère, grandes filles luisantes, remuaient leurs jambes chaudes près de toi qui tremblais...

Palmes ! et la douceur

d'une vieillesse des racines... ! La terre... !

佩斯与母亲、姐姐

佩斯与三个姐姐

【树才 中国诗人，翻译家】诗人和外交官的身份有时是矛盾的，公使馆里的佩斯不得不西装革履，神情严肃，但他一到西山就自然而然地摘下面具，回归诗人的心境。

【安德烈·维尔泰 法国诗人】在这座道观里，他远离了政务，有机会放松下来，就这样他进入了另一个空间，肉体上如此，心灵上也是这样。

不过，这样的好日子并不长久，很快法郎贬值把他带回冷酷的现实。当时，法郎对中国银元的汇率已经跌了一半，但在北京生活需要银元。这是当时驻华公使写给法国外交部的信，说明佩斯的工资少发了。从信中可以看到，佩斯每年的收入为 14250 法郎，这已经无法支付体面的生活。他甚至怀疑自己的选择：我是否有天应该抛弃这个职业？我不知道。

佩斯是家里唯一的儿子。父亲已经去世，远在巴黎的母亲需要他供养。他给母亲写信：

亲爱的母亲，我听说巴黎的生活越来越昂贵，请您在回信里告诉我，您那瘪瘪的钱包还有多少内容？

勒内·旺特斯克教授说：

家里当时只剩下四个女人，他的母亲和三个姐妹没有生活来源，因此他得用中国的薪水接济她们。

佩斯说"整个中国都靠着钱币的声响过活"，他东奔西走、煞费苦心地寻找生财之道。他希望为设在越南的法国殖民政府提供政治信息，获取补贴。眼看这笔可观收入即将到手，却被公使断然否决："我总觉得佩斯先生每年得到 6000 法郎补助是不合适的，这是一种免费的赠予。勒内·旺特斯克认为佩斯依然不愿离开：

他十分想留在中国。为什么呢？首先是因为他自我感觉很好。

外快捞不到，佩斯希望顶替法国驻华代表的位置。但也被大使否决了。佩斯又转而盯上中国政府：

现在看来，我只能寄希望于中国政府能成立新机构并聘请外国顾问了，比如中华民国总统府顾问。

在蔡若明教授看来，"这可以得到很大很大的好处。"

就在佩斯苦思冥想之际，协约国打败同盟国，第一次世界大战结束。作为战胜国，在即将召开的巴黎和会上，中国需要法国主持正义。中法合作的美好前景，让佩斯期待的总统府顾问这一职位成为现实需要。即将参加巴黎和会的中华民国外交总长陆征祥，一向与佩斯交往密切。佩斯向他表达了希望成为总统府顾问的意愿。他在送给佩斯的照片上写道："赠阿历克西·莱热先生存念　陆征祥　1918 年 11 月北京。"

陆征祥赠送佩斯的照片

陆征祥一到巴黎就拜会了法国外交部，提出收回山东的要求。外交部秘书长贝特洛表示支持，并乘机向他推荐佩斯做中华民国总统府顾问。陆征祥保证回国之后立即向总统提议。

　　贝特洛把陆征祥的承诺寄到北京，佩斯一改谨慎克制的文风，激动地回信：

　　如果眼下的事情成功了，我就准备好再在这里待上三年。中亚在我左边，太平洋在我右边，而我则牢牢扎根于这个巨大的世界中心——北京，哇！

　　但毛磊大使道出了真相：

　　由陆征祥率领的中国代表团来到凡尔赛宫，圣琼·佩斯站出来说，这点非常重要，中国参与了战争，兑现了中国政府的承诺。所以作为回报，我们在和会上应该支持中国。

　　然而，巴黎和会决定把中国山东交给日本。消息传到北京，来自13所大学的3000多名学生聚集在天安门前，要求陆征祥拒绝在巴黎和约上签字。当时，北洋政府态度暧昧，抓捕学生，引发社会公愤，终于酿成震惊中外的五四运动。佩斯预感到，中国总统不再需要一个法国顾问。

　　1919年6月28日，巴黎和约签字仪式在凡尔赛宫举行，中国代表拒绝出席。

　　【毛磊 前法国驻华大使】他们发现，经过五年战争，在这么大的一次国际会议上，欧洲人只顾着自己，中国根本不被重视。

　　万念俱灰的陆征祥回到北京，辞去外交总长，隐居比利时修道院，他已没有心情向总统推荐顾问了。佩斯在中国的外交官生涯似乎走到了尽头：

　　关于担任中华民国政府顾问的计划已经不了了之。它对我已经没有意义，并且这个不合时宜、悬而未决的计划只能让人怀疑我像个寄生虫一样赖在中国。对我来说，现在是离开中国的时候了。

　　但蔡若明教授认为：

　　归根到底他的心里也不是十分愿意离开的，因为离开了以后，他在外交部前途未卜，他下不了决心。

四

佩斯心情沮丧，经常去老朋友贝熙业大夫的沙龙里寻求慰藉。法国前驻华大使毛磊描绘道：

每周的星期三，贝熙业大夫都组织一次酒会。围绕着他，朋友们互相谈论他们的活动、发现、旅游、计划、文学创作、翻译、学术以及研究。在我看来，这些交流对圣琼·佩斯的文学创作有着举足轻重的影响。

贝家沙龙上苦闷的佩斯（情景再现）

晚会上的一次朗诵给佩斯留下深刻印象：

于是，名叫黑色解脱的僧人

背离了整个世纪渴求的狩猎活动

无法诵念众神暝思的经文

从而以其野蛮的灵魂，

强暴了他作为长老与兄弟的誓言

Alors le Moine Délivrance-Noire, lui,

Se détournant aux activités d'une chasse assoiffée du siècle

Inapte à réciter les Formules de la contemplation des Dieux,

Viola, d'une âme sauvage, ses serments de supérieur et de frère.

朗诵诗歌的夏尔·图森 (Charles Toussaint) 是法国上海领事馆法官，对藏传佛教很有研究。那天晚上他朗诵的，是藏传佛教创始人莲花生大师的转世故事。

对于佩斯，这是一个意义重大的夜晚：莲花生大师的故事激活了他生命的欲望。外交官的生活陷入绝望，诗人的热情被再次点燃。旷野、征服、永恒、生死轮回，超越金钱、权位的世俗迷雾，他听到了诗性的召唤。就在那个晚上，他与图森、贝熙业相约一起去蒙古草原寻找传奇。

法国驻华公使馆主办的《北京政闻报》发布简短消息："5 月 10 日，包括图森主席，佩斯先生，贝熙业医生等在内的一队法国人，将出发远足去乌尔格。"乌尔格也就是今天的蒙古首都乌兰巴托。

贝熙业在日记里写道：

从北京出发，西直门火车站。蒙古火车出发时间为 8 点 35 分。火车沿途经过许多关口，在明媚与炎热的气氛里，我们到达了张家口。下午 4 点我们找到一辆别克轿车离开这里。

蒙古之旅，佩斯（右一），图桑（左一），贝熙业（左二）

　　对佩斯来说，这将是一次心灵之旅。《阿纳巴斯》是古希腊诗人色诺芬的一首诗，描写了希腊军团远征波斯的故事。佩斯十分偏爱这个题目，一直寻找配得上这个词汇的题材，写一首自己的诗。

　　贝熙业在日记中写道：

　　1920年5月11日，我们在一个凉爽的早晨六点出发，戈壁滩的春天就像一个丑陋女人的微笑。我们经过一个敖包，它由一大堆石头构成，杆子上挂满了经幡。上面还放了许多兽角，布上画满了蒙古文或藏文写成的铭文。

　　到达喇嘛庙恰逢早上的祭礼，我们听到了熟悉的声音，有长三米的大号角、单簧管和锣鼓声。殿内很昏暗、幽静，隐隐的几盏油灯更添一份神秘。

　　一个突然出现的故障使我们不得不下车。我们分散开来。我的衣袋里装满了玛瑙和一些石头的碎片。

　　佩斯高高挥舞着他的新发现：被秃鹫、蚂蚁和獾蚕食干净的动物头骨。他说，这可是成吉思汗坐骑的头骨！

佩斯举起马头骨

旅行团：贝熙业（右二）、图桑（右三）、佩斯（右四）

佩斯（左一）在汽车上

就在佩斯转头的刹那，海市蜃楼突然闪现，所有人都震惊了。贝熙业写道：

25年后，当我回忆起那令人难以置信的、将我们玩弄于其中的海岸幻境时，我又发出了与当年一样的惊叹。

一瞬间，佩斯仿佛回到了童年，回到了海洋。他曾经跟妈妈说："您在我的血管中注入的不是血液，而是海水。"这片辽阔苍茫的草原带给他前所未有的体验，他似乎看到成吉思汗远征的铁骑踏过草原，呼啸而去，他期待已久的《阿纳巴斯》喷涌而出。

在三大季节之上我荣幸地确立自己，我为这方由我立法的土地悉心问卜。

兵器在早晨是美丽的，还有大海。不见扁桃的大地任我们的马群驰骋，

展现给我们这永不腐败的天空。太阳未被命名，但它的威力在我们中间

早晨的大海就像精神的傲岸。

Sur trois grandes saisons m'établissant avec honneur,j'augure bien du sol où j'ai fondé ma loi.

Les armes au matin sont belles et la mer. A nos chevaux livrés la terre sans amandes

nous vaut ce ciel incorruptible. Et le soleil n'est point nommé, mais sa puissance est parmi nous

et la mer au matin comme une présomption de l'esprit.

佩斯后来回忆说：

这次旅行太棒了！从任何角度看，这次探险都是一场完美的胜利，并且这场"人文经验"从精神层面上讲，让我走得比想象更远：仿佛触到了精神世界的尽头。

从蒙古回来，佩斯便躲进北京西山的一座寺庙，激情和灵感奔涌而出。写作是在一种完全秘密状态下进行的，他只告诉了贝熙业。

你应该还能再帮我几天，为我保守在此地隐居的秘密。只有你有我的地址，你可以随时接触到我，如果发生了什么要紧的事情。

《阿纳巴斯》就在这里诞生了：

我们不会永久居住在这黄土地上，我们的极乐……

比帝国更辽阔的盛夏在空间的版图上悬挂起好几层气候。广袤的大地在它的打谷场滚满灰烬下的残炭。——淡黄色，琥珀色，不朽事物的颜色，草莽大地燃起去冬的麦秸——而从一棵孤树的绿色海绵中，

天空吸取它紫色的精髓。

Nous n'habiterons pas toujours ces terres jaunes, notre délice...

L'Eté plus vaste que l'Empire suspend aux tables de l'espace plusieurs étages de climats. La terre vaste sur son aire roule à pleins bords sa braise pâle sous les cendres. – Couleur de soufre, de miel, couleur de choses immortelles, toute la terre aux herbes s'allumant aux pailles de l'autre hivers – et de l'éponge verte d'un seul arbre le ciel tire son suc violet.

【毛磊 前法国驻华大使】这里也有十分典型的中国元素。

【勒内·旺特斯克 圣琼·佩斯专家】如果我们仔细读一读里面的诗，看一看里面所描绘的景色，甚至去实地走访那些地点和城市，就会发现中国的回忆占据了重要的地位。

【毛磊 前法国驻华大使】《阿纳巴斯》是佩斯从自己内心涌起的激情，是与这些伟大形象的相遇。

【勒内·旺特斯克 圣琼·佩斯专家】这更是一场内心的远征，而不是一次行军。

《阿纳巴斯》是一部关于英雄远征的长诗，波浪式长句犹如海浪翻滚，气势恢弘。40 年后的 1960 年，瑞典国王把诺贝尔文学奖授予佩斯，称赞"他诗歌中振翼凌空的气势和丰富多彩的想象，使当代在幻想中升华"。而佩斯则宣布，"这是诗歌本身在这里赢得了荣誉。诗首先是生活方式。面对原子能，诗人的泥灯够吗？够的，如果人们还记得泥土。"

如今,《阿纳巴斯》手稿收藏在法国南部埃克斯市（Aix-en-Provence）的佩斯基金会。管理员奥费·西内塔尔（Orphee Ventresque）介绍说：

我们正在举办关于圣琼·佩斯和纪德的展览，尤其是圣琼·佩斯作为一名诗人的成长史。这是《阿纳巴斯》的手稿，这是圣琼·佩斯给伽利玛出版社的，最后圣琼·佩斯将其捐赠给了基金会。

　　佩斯基金会成立于 1997 年，专门收藏佩斯的照片、图书和手稿。《阿纳巴斯》手稿是镇馆之宝。1924 年《阿纳巴斯》发表于《新法兰西评论》。《阿纳巴斯》发表时佩斯才 30 多岁。但英国著名诗人、诺贝尔奖得主艾略特把《阿纳巴斯》翻成了英文，他说："佩斯是一位艰深的诗人，在文学中他没有渊源和师承，他的诗只能由其诗歌自身来诠释。"如今《阿纳巴斯》已被翻译成英、俄、汉、德、西班牙等几十种文字在世界流传。

首次发表《阿纳巴斯》的杂志　　　　　　《阿纳巴斯》单行本封面

　　《阿纳巴斯》写于中国，但诗歌里是否描述了中国？学者们争论不止。佩斯虽然不懂汉语，但他却收藏了大量与中国相关的图书:西藏、蒙古，中国诗歌的法文或英文译本。

　　写完《阿纳巴斯》之后，佩斯决定告别文学。法国前驻华大使毛磊说:

　　1925 年，佩斯担任外交部部长白里安的办公室主任，他认为应该离开文学。

佩斯（左一）、贝特洛（右二）与外交部同事

法国外交部的佩斯办公室

就在法国外交部大楼里，佩斯度过了外交官生涯的黄金时代。法国参议院院长外交顾问于贝尔·德－卡松（Hubert de Canson）说：

你们正在圣琼·佩斯当年用过的办公室。当然，那时人们并不知道圣琼·佩斯，而是知道外交官阿历克西·莱热。他1933年到1940年间使用这间办公室。像你们看到的一样，这个办公室视野很好，正对着塞纳河。

就在这个有风景的房间，佩斯参与了法国外交风云。

然而，1938年慕尼黑会议上，他因反对法国政府对待纳粹德国的绥靖政策而被解职。不到两年，德国进攻巴黎。

佩斯（右二）在慕尼黑会议上

中年佩斯

【勒内·旺特斯克 圣琼·佩斯专家】德国人距巴黎就几公里远，
形势十分危急，他这时就离开法国了。

【毛磊 前法国驻华大使】此刻他已失去一切，他的家庭在法国生活困难，他的作品被德国警察查抄。

佩斯逃往美国，居住在大西洋岸的新泽西州。从那以后，佩斯彻底告别外交界，回归诗人，长诗《流亡》《风》《航标》等作品陆续诞生。诗歌带给他的盛名压过了外交官的光彩。

法国总统密特朗是佩斯的忠诚读者，他曾告诉毛磊先生说：

我（密特朗）很喜欢他（佩斯），想和他聊诗歌，但他却想跟我谈政治。于是我提出一个关于诗歌的问题，他却咨询我法国政治。

诗集《流亡》封面　　　　　　　　法国前总统密特朗

这是法国南部的吉安半岛。1957 年，70 岁的佩斯从美国归来住在这座海滨别墅，院里的长桌保存了原来的模样。他常常从这条小路散步到海滨，追寻童年的梦想。一段电影记录了佩斯的晚年生活，身边的女士是他新婚不久的美国妻子。

自从 1921 年离开，佩斯再也没回中国，他甚至竭力在诗里隐藏关于中国的痕迹。但勒内·旺特斯克教授说：

所有在佩斯回国后见到他的人，都确信佩斯在中国度过的五年，对他的一生产生了决定性的影响。

佩斯写诗的桃峪观究竟隐藏在西山的哪一处？近年北京民俗学者

佩斯与太太

海边的佩斯

张文大先生四处寻访，他参照佩斯的描述："离北京城骑马要走一天的地方，有一片高台，上面有座破旧的小小道观。"最终确定西山管家岭的这片废墟就是佩斯写诗的桃峪观。

【树才 中国诗人，翻译家】2014年夏天，北京海淀区政府重修了桃峪观。法国前驻华大使毛磊先生是位学者型外交家，1997年他主持召开"佩斯与中国"国际研讨会，鼓励我重译佩斯的《阿纳巴斯》。他那时就一直想找佩斯写《阿纳巴斯》的桃峪观。终于有机会一起来到桃峪观。

【毛磊 前法国驻华大使】太好了！太好了！圣琼·佩斯 1916 年至 1921 年在中国，在之后的数十年中，他又被完全遗忘。然后我们又找到了。这让我们乐观地相信，人们以为已经遗忘的东西可以重新找回。

沉思的佩斯

如今，《阿纳巴斯》在它诞生的地方获得了更多知音。

那些未能目睹白昼的人，

如果他们将要死去，

愿他们安息。

不过，关于我的诗人兄弟倒有一些消息。

他又写了一篇极其精妙的东西。

有几个人已经读到……

树才与毛磊寻找佩斯写诗的寺庙

Et paix à ceux,

s'ils vont mourir,

qui n'ont point vu ce jour.

Mais de mon frère le poète on a eu des nouvelles.

Il a écrit encore une chose très douce.

Et quelques-uns en eurent connaissance...

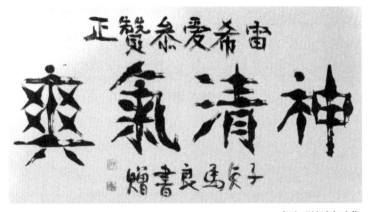

书法"神清气爽"

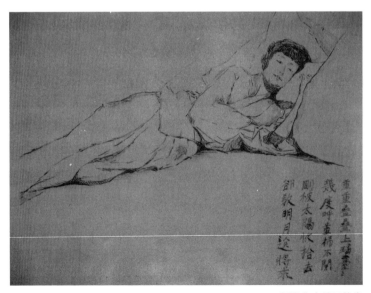

佩斯为容龄画的像

晚年佩斯在海滨别墅里挂着一位中国友人赠送的书法作品"神清气爽"，私人藏品中保存着他当年给容龄画的像，上面还有容龄的题辞：

重重叠叠上瑶台，几度呼童扫不开。

刚被太阳收拾去，却教明月送将来。

1975 年佩斯以 88 岁高龄安然离去。他在院里树着一面汉字帅旗——"雷"，这正是他任职中国期间汉语名字雷希爱的姓氏。

晚年佩斯

"雷"字帅旗

勤工俭学

⭐ 主要人物

李石曾（1881 — 1972），中国教育家、社会活动家，与蔡元培、吴稚晖、张静江并称为民国四老。勤工俭学运动发起人，法国里昂中法大学创办人。

朱敏达，李石曾外孙女，现住巴黎。

一

【朱敏达】我来法国 30 多年，不经意间常听人说起外公的传奇历史：他是第一个留学法国的中国人，他在里昂建立了一所中国大学，

朱敏达在巴黎火车站

他把一千多人送到法国留学，而这些人后来改变了中国的命运。我和外公一块生活的时间并不长，记忆也大多模糊了。今天，我要去巴黎南面100公里的一座小城，寻找外公的足迹。

蒙达尔纪位于法国中部，只有3万人口。蒙达尔纪农业学校仍然保存了一百年前的面貌，外公是第一位来这里留学的中国人。

蒙达尔纪

20世纪初期的蒙达尔纪农业学校

【法兰克·福雅特（Franck Feuillatre）蒙达尔纪农业学校校长】您最近如何？

【朱敏达】非常好！您呢？

【法兰克·福雅特 蒙达尔纪农业学校校长】您很好，对吗？太好啦。

他1904年来的。您跟我说过，10月20日。在由学生们自己办的《学生报》上，曾报道过对外国学生在学科和学校的教育上的成功：今天我们有了两名新同学，其中一个是来自北京的李煜瀛。14名学生获得了农业实践学校的毕业证，李煜瀛是他们那一届的第五名。

【朱敏达】外公名叫李煜瀛，但中国人更喜欢称他的字李石曾。

李煜瀛，字石曾

李石曾1881年生于北京，他的父亲曾任清朝军机大臣，但并不鼓励他应试做官。甲午海战失败后，绝望与屈辱促使李石曾立志留洋。中国国家博物馆研究员周永珍说：

李鸿藻在李煜瀛小的时候呢，从老家高阳请了一个教私塾的老师叫齐令辰，这齐令辰到了李家来坐馆，不但教四书五经，而且还教数理化，就是教当时叫新学。到1902年，李鸿藻的门生孙宝琦，被派往法国去担任公使的时候，李煜瀛就报名，随他去到法国。那么他也就成了使馆生。

1902年，李石曾头顶一条辫子来到法国。但他很快剪掉辫子，投入一个陌生的新世界：启蒙思想家卢梭倡导自由、平等、博爱，卢米埃尔发明了电影，巴斯德开创了微生物学，埃菲尔铁塔为现代建筑确立了新标志，生机勃勃的法国与专制腐朽的清朝形成鲜明对照，给李石曾带来强烈震撼：

我在那校园楼上住了三年，不但学了农业的学术，并且探讨进化新理，社会学说，奠定了我的精神生活之基础。

中国国家博物馆研究员周永珍介绍说：

西方的先进的科学技术，在法国那儿是前沿阵地，他回头看看祖国，又贫困又落后，所以他就有一个想法，就是让国内的有志的爱国的青年，到法国来学习西方的先进科学技术。

李石曾在蒙达尔纪农业学校就开始研究大豆，1908 年获得现代豆腐工艺专利，还用中法文出版了学术专著《大豆》，他证明豆奶的营养价值不低于牛奶。

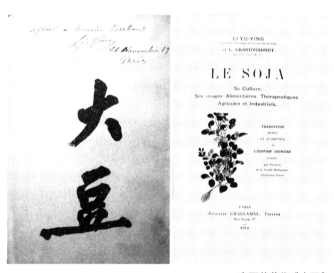

李石曾著作《大豆》

【朱敏达】周末，我常来这家超市买菜。现在，豆干、豆皮、豆腐、豆浆，应有尽有，外国人也喜欢豆腐。可是，恐怕没人知道豆腐是我外公从中国带到法国的。

1908 年，外公在巴黎郊区小城科伦布开办了一家豆腐工厂。这些年，我一直寻找豆腐工厂的旧址。

20 世纪初科伦布小城

　　【朱敏达】这就是当年的豆腐工厂啊。我是 2004 年第一次来，人家带我来的时候这儿已经被拆掉了，变成了这样一个幼儿园。

　　前不久，我听说巴黎戈蒙帕提资料馆（GAUMONT PATH·ARCHIVES）藏有豆腐工厂的电影，不知道电影里是否有外公？

　　外公在我的记忆中是个老头，留着胡子。第一次看见外公年轻的样子，那么瘦，那么精神，真是太兴奋了。

　　这是 1911 年 1 月的法国新闻电影，看来豆腐工厂在法国也很有名。据说当时有 70 多名工人，多数来自李石曾的家乡河北高阳县，是一

巴黎中国豆腐工厂

1911 年法国电影里的李石曾（中）

法国华工，胡裕树（前排右二）

群近乎文盲的乡村青年。胡裕树曾在豆腐工厂工作，在工人里他算是
文人。

他的儿子胡宝善说：

华工呢晚上点煤油灯，没有电呐。那天把煤油瓶子给摔了，摔了
新瓶子怎么办？去了买煤油。外国老太太不懂，摇头。回来问我父亲，
说我怎么说都没有办法。我父亲告诉他，你说我要bouteille（煤油），

他就 bouteille，bouteille，说着就走了，老太太不懂。回来找我父亲，胡先生，没办法，我给她讲得很清楚——白头欧拉，她就不懂。我父亲说 bouteille，噢，老太太乐了。他就是中国人不会说。

为提高工人的文化素养，李石曾亲自编写教材，讲授中文、法文、数理化甚至修身课程。白天上班，晚间上课。

李石曾为华工上课

李石曾从华工夜校受到启发，与蔡元培、吴稚晖一起发起一场勤工俭学运动，招收经济困难却有理想的年轻人去法国边做工，边学习。法国驻华使馆医生贝熙业也积极参与，担任留法勤工俭学会医师。李石曾没想到，那一场运动改变了许多人的命运，也改写了中国历史的走向。

二

1919 年 3 月 17 日，风和日丽的南国早春，日本"因幡丸号"起航从上海黄浦江码头出发，89 名中国年轻人乘船去法国留学——当时叫放洋。他们有一个特殊的名字：勤工俭学生。他们必须做工挣钱供自己读书。穷孩子也能出国留学，这在世界教育史上是一个创举。

寰球中国学生会送别勤工俭学生

这些充满朝气的面孔里包括不少中国人熟悉的名字：周恩来乘坐"博尔多斯号"，陈毅乘坐"麦浪号"，邓小平、蔡和森、向警予乘坐"昂特莱鹏号"，聂荣臻乘坐"斯芬克斯号"，赵世炎乘坐"阿尔芒勃西号"。

周恩来、邓小平、陈毅、蔡和森、向警予、赵世炎、聂荣臻

周恩来用诗歌描绘了激动的心情：

出国去

走东海、南海、红海、地中海

一处处浪卷涛涌

奔腾浩瀚

送你到那自由故乡的法兰西海岸

这些年轻人正在体验人生第一次：第一次出国，第一次航海。

然而，美好的畅想抵不过浪卷风急，有人这样描述：

学生遂呕吐大作，喊爹叫娘者有之，嚷嚷着立刻回家不可者有之，即使巴黎为天堂而举我为法之大总统，我亦不愿去了。

陌生的西方生活方式、航海可能面临的风暴，让学生们体验艰难人生的第一课。何况，他们乘坐的是临时改建的四等舱。

中国社会科学院副研究员葛夫平曾经专门研究过勤工俭学运动，她说：

四等舱它实际上是一种五等舱，它实际上是由货舱改进而成的，但是一般条件是比较差。有一个福建的学生，在住四等舱的时候，后来肠胃病复发，在越南的时候就去世。

那时，轮船从上海出发，经过越南海防、吉布提、马六甲海峡到马赛，要走30多天。

今天的马赛港已经被膨胀的城市包围成内陆港，游轮只供旅客海上观光。

当年，李石曾就在这里接待远航来法的留学生。葛夫平副研究员介绍说：

李石曾一般是亲自到码头去，去马赛接学生。学生接到以后，他是根据他们所带的钱的情况，有钱的住旅馆，没钱的住到一个瓦斯工厂，有的也叫华工招待所。大多数人觉得华法教育会李石曾对待他们，就跟家长对待孩子，或者把他们当成婴儿那么来照顾，无微不至的。

1919年勤工俭学生到马赛，李石曾（二排左五）前去迎接

有一个学生甚至说他李石曾先生，对勤工俭学生真是很热心，就是不辞辛苦，四处奔波。

这是李石曾与勤工俭学生在马赛的合影。学生越来越多，他不得不拉着豆腐公司华工或者早来的留学生帮忙。李璜就多次被抓差，他说，"李先生乃一次又一次的请求老学生去马赛接船。李先生办事的精神，终日不倦，历久不灰，真正令人佩服！"

看到眼前这些年轻的学生，李石曾寄托了殷殷期望：

中法两国政体相同，志同道合。德英美诸国的学问各有专长，但重要发明法国最多。勤工俭学生，以工求学，是增高身价之事，卢梭

李石曾（二排右六）与蒙达尔纪中国学生合影

曾为人看门，富兰克林曾为印刷匠。但须志愿坚定，身体强壮，略有技能，粗通法语，亦可作到成绩。

1919年春天，李石曾亲自把勤工俭学生送到他曾经留学的蒙达尔纪。

法国蒙达尔纪法中友好协会会长王培文说：

这块呢，现在是蒙达尔纪的市政府，当年呢是男子公学。这边左边这块是他们的教学楼，当时他们在这个地方接受法国式的教育。

勤工俭学生到来时，蒙达尔纪男子公学校长亲到车站迎接，气氛十分融洽。然而，看起来很美的西餐却成为勤工俭学生面临的第一道挑战。

【葛夫平 中国社会科学院副研究员】

像法国的红酒呀，也喝不惯，面包也吃不惯。当时法国的面包，外边都很硬，里边很软，他们就把里边的芯给掏吃了，外边的壳就扔在桌子上了。那在法国人看来是很大的浪费，而且外边的壳，确实是富有营养的。

【王培文 法国蒙达尔纪法中友好协会会长】

那些人呢也挺喜欢吃米饭，也不喜欢吃面包。那么这个女子公学校长的儿子呢，还是陪他们去买米。但是他们也找不着，最后是在那个种子店里面买到了米。

【葛夫平 中国社会科学院副研究员】

实际后来那个校长夫人也很聪明，想出一个主意，把这些勤工俭学生剩下的那些硬的面包壳给煮成汤，来分给他们喝，他们还挺爱喝的。

李石曾聘请了一位助手，专门打印信件，寄给法国工厂为学生找工作。据华法教育会办事员回忆，"石曾先生废寝忘食，到处打听。甚至遇到照像、裁缝也问人是否带徒弟。"一位留学生这样描述李石曾："为人宁静淡泊，遇事不忙，有诸葛之风。"

勤工俭学时期的李石曾

【朱敏言 李石曾外孙】

我外公可能一米六二，最多。我的印象是他讲话很慢。

【朱鉴桓 李石曾堂外孙】

就一小老头，小干巴老头，但是非常精神。眼神非常犀利。

【朱敏言 李石曾外孙】

他自己讲的一句话，他说我虽然眼睛小而有神。

两月之内，400多位留学生获得工作岗位，足迹遍及巴黎、枫丹白露、里昂等法国全境。

勤工俭学生在法国工厂做工

李石曾与太太姚同谊、女儿李亚梅

李石曾外孙朱敏言说：

　　他一生有个习惯，就是说他最主要的工作时间是在夜里12点到凌晨两点。就好像一个抽屉，到12点它就拉开了，到两点钟我把主要的事处理完了，这抽屉关上了，他说马上就入睡，他这睡眠非常好。

童年李亚梅（左）

勤工俭学生多数来自贫困家庭，根本没钱上学，大多补修一两个月简单的法文后就去了工厂。

【朱敏达】那时候外公全家住在巴黎。公务虽然繁忙，但他坚持不用仆人，每周末常常挎篮买菜。但李家的厨房一锅两制，舅舅要吃肉，他可是要吃素食，一碗面条，一碟蔬菜就是美味。

我妈妈李亚梅就出生在巴黎，她打小就没吃过一口肉。那时候，外公已经开始素食，而他的素食与人生理想密切相关。

【朱敏言 李石曾外孙】

一般青菜什么的有的，还有这个豆制品，豆腐和豆制品一定有的，我这个印象比较深。还有他特别爱吃蒜。

【朱鉴桓 李石曾堂外孙】

他生活很简朴，他吃素，从来不沾肉。

【朱敏言 李石曾外孙】

特别爱吃炸酱面，要求食素，维生素，吃肉没什么好处。我母亲出生就从来没让过我母亲吃过肉，她说吃肉咽不下去。

民国之前，李石曾就开始素食。那时，鉴于清末吃花酒、斗麻雀、跑官卖官的腐败气息，李石曾与吴稚晖、蔡元培一起发起进德会，重塑国民价值观，倡导八不主义：不做官，不做议员，不食肉，不饮酒，不抽烟，不赌博，不嫖妓，不纳妾。葛夫平副研究员介绍说：

那个进德会的内容呢，它分普通会员和特别会员。普通会员你至少要有三条道德原则，那还有特别会员，又分甲乙丙，甲呢除了前面三条，还有一条不当官，因为官本来是为社会服务的，但是在他们看来，官成为了社会的蛀虫。所以有道之士，应该去监督官的行为，而不是自己去当官。

吴稚晖是江南名士，与李、蔡都是好友。直到晚年，李石曾还说"吴稚晖蔡元培两先生是我50年之老友"。他们共同的志向是教育。

蔡元培先生　　　　　　　　吴稚晖先生

三

　　1919年秋天，正当李石曾在巴黎为勤工俭学生到处找工作的时候，吴稚晖和蔡元培联名致信李石曾，提出在法国办一所中国大学的构想。

　　不久，李石曾约见法国前总理班乐卫、国会议员穆岱等人，正式恳请他们向国会提案，退还中国按照《辛丑条约》给法国的庚子赔款，在法国创办一所中法大学。

　　这些法国政要都是李石曾青年时代在巴黎沙龙里结交的好友。沙龙是法国18世纪以来的一道文化奇观，主人往往是富且美的贵夫人，在客厅与宾客探讨艺术，纵谈时事。据李石曾回忆，他曾出入巴黎四大沙龙：

　　巴黎法国甚至全世界之政治文化名流，凡经在巴黎者，无不出入其沙龙之门。

　　1919年12月7日，李石曾动身去里昂，这里成为他选址的首要目标。

里昂大学医学院院长雷宾　　　　里昂大学校长儒班　　　　里昂市长霍礼欧

　　今天的里昂依然保留了 1919 年的格局，罗纳河与索恩河从城市中心流过。里昂是欧洲丝绸之都，与中国的丝绸贸易可以追溯到 18 世纪。1895 年卢米埃尔兄弟在这里发明电影，并拍摄了世界第一部影片《工厂大门》。

　　李石曾提出用法国政府退还的庚款筹办中法大学，里昂大学医学院院长雷宾认为，中法可以先出点钱办起来，促进法国政府退还赔款。正巧，里昂大学校长儒班刚从中国考察教育归来，美国用退还庚子赔款创办了清华大学，给他强烈刺激，他表示里昂大学将免费接受中国学生。但场地一事，还需找里昂市政府。

　　当时，里昂市长霍礼欧是法国知名文学家，曾任众议院院长，内阁总理，兼里昂市长数十年。李石曾回忆说：

　　一次霍院长约我去吃鱼虾小馆。我自仍是我的面包青菜乳腐之类；一到他即与跑堂握手，可见其常去甚熟；其人极平民化，此亦其做几十年市长使然。

　　友谊也是力量。热爱中国文化的霍礼欧毫不犹豫，当即提供圣伊雷内堡、旧教会学校和一片空地三个选项。李石曾选择了圣伊雷内堡。这里曾是拿破仑征战之地，在里昂西郊的山上，占地 200 多亩，站在高处可以眺望里昂全景。

圣伊雷内堡

　　随后，令人惊奇的一幕出现了。经里昂市政府批准，此地永久租与中国，每年租金为一法郎。这一条款写进了一年后签署的协约：

　　里昂大学以每年一法郎的价格将圣伊雷内堡租给中法大学协会。

　　法兰西科学院院士巴斯蒂说：

　　所有的可以强调法国势力的计划，法国政府都欢迎。

　　1920年1月，李石曾回到北京。法国政府也同意每年拿出10万法郎支持中法大学，释放出足够的热情，现在该中国行动了。李石曾对记者说：

　　故大学一事，此时已略具模形。中国自应有相当扶助，故如何筹费，如何选生，事属创办，尤为重要，不得不亲自归国一行。

　　此时李石曾胃病复发，但强撑病体，马不停蹄地奔走：

　　2月，他与吴稚晖奔赴广州军政府，游说孙中山将筹建的西南大学海外部放在法国，资助15万港元开办费。

　　归途中，他们去福建见粤军司令陈炯明，陈答应资助5万银元。

　　3月，他回到北京，拜见国民政府总统徐世昌，徐总统答应帮助10万法郎。

　　办学的经费，就是这样一点一点地筹集。

此时，法国政府已经开始讨论退还中国庚子赔款的提案，李石曾决定在北京再办一所中法大学，促进退还赔款。1918 年，李石曾就在西山碧云寺建立了小南园，常来这里休养。他把设在碧云寺的法文预备学校改成北京中法大学。然而，两所中法大学还没来得及开张，一场风暴却正在遥远的法国酝酿。

四

1920 年夏天，战争刚刚结束的法国物价飞涨，煤炭短缺，工厂关闭。周永珍研究员说：

这个法国工厂因为没有动力，就是缺少煤和石油，所以好多工厂开不了工。

一年前的劳力短缺转瞬间变为劳力过剩。此时，已有 16 批 1371 名中国学生来到法国。这一年冬天，接近一半的中国勤工俭学生失去工作。失业学生先投奔豆腐工厂，工人宿舍很快人满为患。接着学生去了华法教育会的办公楼华侨协社。

华侨协社旧址

【朱敏达】寻找华侨协社费尽了周折，为此我三次来到这座小城加纳莱纳科伦布市（La Garenne Colombes）。

原来这个房子叫 Rue de la Poite（布瓦特街），后来我到市政府去查了，它改了名字叫 Rue Médéric（梅德里克街），也就是现在的名字。我们来的时候那个大陶瓷缸啊，有一个倒在地下，这杂草比较乱，现在我觉着收拾了一下。

华侨协社是华法教育会购买的一座花园小楼，400 多人挤进去，卧室、客厅、走廊都被占满，花园草地上也搭起帐篷，铺上地板。华法教育会给每人每天发放 5 法郎维持费。

严峻的生活压力之下，勤工俭学生对于李石曾的态度也开始分化：

盛成说，"那时，同学心理都极端崇拜李石曾先生。李先生牺牲为怀，竭力代我们奔走。"

也有人认为"上了李石曾的当"。一位学生直接说，"提倡俭学会的是好人，办理俭学会的是坏蛋。"

华法教育会一位法国职员说，"李先生人是好人，可惜做事，有头无尾。"

葛夫平副研究员说：

但是总体来说，大家对李石曾我觉得应该是，骂的人还是不多。因为毕竟李石曾为勤工俭学生是做了那么多事情，本人也非常热心的。

风尘仆仆的李石曾　　　华法教育会会长蔡元培

正在北京西山养病的李石曾听不见这些议论。他马上离开疗养院，直奔北洋政府，请求拨款救助。

然而，1920年的中国正值军阀混战：皖系军阀主持北洋政府，与直系军阀发生激战；奉系军阀崛起东北；孙中山重建广州军政府。李石曾的呼吁声细小而微弱。

华法教育会发布《通告》，宣布与勤工俭学生脱离经济关系

报纸关于勤工俭学生困境的报道

1920 年 11 月 7 日，北京大学校长蔡元培来到巴黎。李石曾委托他先来巴黎解决勤工俭学生的问题，因为蔡元培兼任华法教育会会长。

1921 年 1 月 8 日，蔡先生在华侨协社会见了学生代表。据当时在场的周恩来描述，勤工俭学生摩拳擦掌，态度有些粗暴，蔡元培表示钱是没有，"诸位如要打，也只有听打"。会见不欢而散。不久，蔡元培以华法教育会会长名义连发两次通告：请学生自己组织机构，宣布从 2 月底华法教育会与学生脱离经济关系。"霹雳第一声，勤工俭学生之冰山倒；霹雳第二声，勤工俭学生之希望绝。至是真所谓山穷水尽时也。"周恩来这样形容通告的震撼。

一些勤工俭学生来到中国驻法公使馆，要求中国政府提供面包和学费。

法国政府不想失去这些留学生，由外交部牵头成立中国留法青年协济会，筹集资金，每人每天 5 法郎生活费发放到 9 月份。

周永珍研究员说：

这 5 法郎够干嘛的呢？只能买一个面包（法国长棍面包）。然后也没有菜，就是喝凉水，就是凉水就面包来度日，所以很困难了。

学生风潮刚刚平息，里昂中法大学在国内招收的 120 多名学生又赶往法国。

"一只冒着黑烟的巍峨大舰，载着几百个满怀希望，浑身快乐，像春花才放的青年，自上海黄浦码头，向茫茫无际的太平洋出发。"作家苏雪林回忆说，她正是新生的一员。

新生苏雪林

吴稚晖带队去法国，他将出任里昂中法大学校长。他并不知道，他们出发的消息再次激起了一场风暴。

周永珍研究员说：

1921 年的暑假，这时候勤工俭学生一看，从国内招的学生，不要在法国的学生，那么他们就火了。

9 月 20 日晚，巴黎失学又失业的勤工俭学生代表采取行动，先遣队从巴黎里昂车站乘坐火车去里昂。

先遣队 125 人突然出现在圣伊雷内堡，令里昂中法大学管理者大为震惊。他们安顿了先遣队，立即与中国驻法公使馆联系，商讨对策。

周永珍研究员说：

第二天，从国内的学生到了以后没地儿了，就说要和有关人谈判，而且报了警。警察就把这学生从学校里头就押送到了一个兵营里头去了，大概有 120 人。

两天后，一批法国警察突然来到，将先遣队押上卡车，送到蒙吕克堡监狱。里昂《进步日报》报道了中国学生的消息。

【安托万·格朗德（Antoine Grande）蒙吕克堡监狱管理员】

最开始，他们过的不是囚犯的生活，更像是住在避难所里。每天晚上，这些学生们必须回到这里，被关在这里，法国警察会来检查他们是否在监狱里，进出的情况。但是白天，他们中的很多人都会出门进行革命斗争。

【周永珍 中国国家博物馆研究员】

这姓罗的一个人，他就拿着这两个人的证就进去了，赵世炎就说，你能不能带我出去？他往外一看，把门的那个门卫换了，换岗了，因此他就带了赵世炎到门口那儿，说你看我这证是两个人的，我进来两个人，我出去也是两个人，就这样把赵世炎带出来。

9 月 25 日，吴稚晖带领国内学生来到里昂。先遣队代表向吴稚晖提出要求：勤工俭学生要无条件、全部进入里昂中法大学。当时学

里昂《进步日报》关于学生游行示威的报道

校的财力与空间只能容纳100多人，吴稚晖表示最多可录40人，由勤工俭学生推选。他再为其他学生争取每年12万法郎的津贴，为期两年。学生代表拒绝了这一提议，坚持要全部解决。但第二天，一些学生了解情况后表示愿意接受。

中国公使陈箓感到了恐慌，他认为只有把先遣队押送回国，他才

吴稚晖（坐着）出任里昂中法大学校长

能过上太平日子，于是连忙通报法国警察，谎称还有大约 500 名学生要来里昂，应严密监禁里昂的先遣队，并悄悄订好 14 日的舱位将先遣队遣送回国。

李石曾和蔡元培在北京紧急奔走。10 月 3 日，他们联名电报驻法公使馆："十万元津贴可望实现。勤工俭学生稍待可也。"公使陈箓根本不予理会。

中国驻法公使陈箓

10月13日，警察将先遣队押上汽车，直奔马赛，关进第二天开往中国的"波尔加号"轮船。陈毅、蔡和森、李立三等104人被押送回国。

陈毅（中）等104人被押送回国

【周永珍 中国国家博物馆研究员】

武装押送啊，军队拿着枪逼他们上船，然后就开船了。

【安托万·格朗德 蒙吕克堡监狱管理员】

三周之后，这些学生由法国宪兵押送到马赛，然后乘船被驱逐回中国。

中国留法青年协济会的报告这样描述：

一百左右的中国青年9月19日在一小撮煽动者的带领下，企图不经过考试用武力冲进中法大学。这批游行的人大多数是贫穷的，而且不具备入学条件。他们甚至散发传单，制造骚乱。因此学校校长不得不要求警方干预。接着这些不受欢迎的人被遣返回国。

这是一段伤感的旅程。在回国的轮船上，20岁的陈毅写下忧伤的诗句：

　　欧陆的风云苍茫

一股横流东向

妙手空归的我呀

怎好，怎好还乡

自此以后，勤工俭学生开始分化，风云激荡让一代青年迅速成长。

周恩来、邓小平、陈毅、聂荣臻、蔡和森、赵世炎、李立三、李维汉等人成为职业革命家。

另一些人选择了学术和艺术：

李劼人　1924 年回国，小说家。

刘子华　1927 年获博士学位，天文学家。

柳溥庆　1930 年巴黎国立美术学校毕业，印刷专家。

杨　堃　1930 年获博士学位，人类学家。

盛　成　1930 年回国，蒙彼利埃大学硕士，生物学家，作家。

张若名　1930 年获博士学位，学者。

朱　洗　1931 年获博士学位，生物学家。

汪德耀　1931 年获博士学位，生物学家。

范秉哲　1933 年获博士学位，医学专家。

五

【朱敏达】这是北京中法大学旧址，这些年我多次来这里，每次来都仿佛看见外公忙碌的身影。当时，外公正在思考如何安顿回国的勤工俭学生。

【周永珍 中国国家博物馆研究员】

陈毅他们四川的，还有北方的一些学生到了上海下船。下了船之后一无所有，又陷入了贫困。后来李石曾就看到了这帮学生的困境呢，就说我给你们出路费，你们到北京去上学，成为北京中法大学第一班学生。

北平中法大学旧址

北平中法大学成立

中法大学校门

1923 年，中法大学在北京西山正式招生，陈毅进入服尔德学院。李石曾用法国文学家伏尔泰命名文学院，物理学家居里夫人命名理学院，生物学家陆膜克命名生物学院。

中法大学服尔德学院

陈毅（左）成为服尔德学院首届学生

周永珍研究员说：

李石曾总结了俭学会的经验，也吸取了勤工俭学运动的教训，所以后来他就决定要培养高精人才必须得起点要高。北京中法大学呢，是按照法国的教育制度成立起来的，从幼儿园、小学、中学、大学完整的一套教育设施。

李石曾（左四）邀请贝熙业（右四）、
铎尔孟（右三）到中法大学任教

中法大学邀请蔡元培先生为校长

李石曾在中法大学食堂发表讲演

留法勤工俭学遭遇如此挫折，但李石曾对年轻人的期望依然没有熄灭。他聘请沈尹默、钱玄同、严济慈等名家到北京中法大学任教，法国医生贝熙业担任校董事，并任医学院教授。

在法国里昂，中法大学也终于开学。到 1951 年停办，37 年间，这所学校共培养了 473 名学生，其中四分之一获得法国博士学位，一些人成为中国现代生物学、医学、物理学的奠基人。

里昂中法大学全景

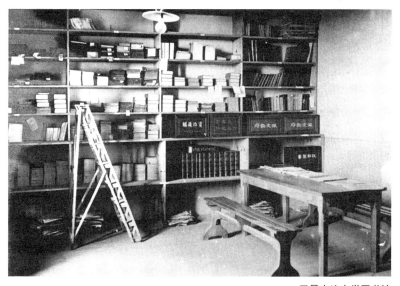

里昂中法大学图书馆

【朱敏达】1982年，我进入中法交流学院进修，这就是外公当年创办的里昂中法大学。

在国家破败、战火连绵的岁月里，外公与吴稚晖、蔡元培一起发起勤工俭学运动，创办北京和里昂两所中法大学。他说教育是他的使命。他说：我是不从事政治生涯的，政治上无论如何腐败，我可以忍下。若有人破坏我的留学事业，反对我教育运动，充其量我可以牺牲一己之性命以办事。

朱敏达在里昂中法大学

李石曾与里昂中法大学师生

【葛夫平 中国社会科学院副研究员】

吴稚晖和蔡元培，更多的是一种想法，是一种精神上的东西。张静江是从事实业的，那就是李石曾，他们几个人有计划，就是他一个人去奔波的。（他）是一种特别落实到行动的人。没有他的话，很多事业可能根本就办不起来。

民国四老：吴稚晖（左三）、蔡元培（中）、张静江（右三）、李石曾（左一）

里昂中法大学学生学籍卡

【朱鉴桓 李石曾堂外孙】

他有一句名言，就是不做大官但做大事。

1937年李石曾全家福

【葛夫平 中国社会科学院副研究员】

就是办这些事业的话，从来没有说我个人要拿到什么报酬，他完全是为国家、为民族。他一直有这种世界大同的思想。

【朱敏达】1945 年抗战胜利后，外公回到北京。这是我们家少有的团聚时刻。在抗战前拍摄的这张全家福上，外公抱着我哥哥，外婆抱着我。

六

朱敏言与妹妹朱敏达回到当年外公住过的四合院，北京地安门东大街 84 号，他感慨万千：

当时那院子呢，我们小时候觉得很大，可是现在一看呢，感觉它比较小了。你看像这棵树，可能八九十年了，起码是三十年代初种的。在我们小时候这是小树苗。这个房子很久了，很久了。

【朱敏达】我母亲跟外公很亲，她笑外公胡子不多，还总喜欢摸一摸。

李石曾与李亚梅

李石曾题李亚梅生日册

二十華如一
日再二十華
一進步

延梅女士 長壽　吳敬恒

日月合璧無獨
有偶好生之德
萬物同壽

亞梅女士長壽　蔡元培

蔡元培、吴稚晖题李亚梅生日册

朱敏言从书柜里寻找外公的遗物，翻出一本缎面册子。他介绍道：

在我母亲20岁生日的时候，（外公）给她买了一个纪念册。这是后来的一些朋友（题词），这是汪中，蔡无忌，蔡元培的大儿子。这是吴稚晖和蔡元培的题词。

【朱敏达】外公还送了我一本《芥子园画谱》。可惜我忘了请他题字。他给我母亲题写了"大道之行也，天下为公"。

李石曾题字

李石曾肖像

1948年，外公离开北京，再也没回来。他"廿二岁出游四海，半世纪曾历五洲"，1973年病逝于台北，享年93岁。外公在遗嘱中说，他的遗产社会化，家人不得继承。他把收藏的古代字画无偿捐给了台北故宫博物院。我对外公的研究还有限，但我相信这就是我的外公，一个世界大同主义者。

今天的蒙达尔纪精心保留着李石曾的生活痕迹，这得力于王培文博士的努力：

【王培文 法国蒙达尔纪法中友好协会会长】李石曾他是策划人，没有他的话就没有后来的留法勤工俭学运动，我就办了个展览，为了纪念他的留法一百周年。

【朱敏达】这次来蒙达尔纪就是为了参加百年纪念活动，我与蒙达尔纪市长一起揭幕了一块路牌，当地政府用外公的名字命名了他当年生活过的十字路口。

所以为什么我5次来到蒙达尔纪，我今天坐在火车上还在想，好像我每来一次蒙达尔纪就是来看看外公吧。

朱敏达与蒙达尔纪市长揭幕李石曾路路牌

这是蒙达尔纪市一座普通的小院，当年李石曾就住在这里。房东带我们参观这所小院：

【米歇尔·沃斯永（Michel VAUTION）李石曾故居房主】15年前我们找到这栋房子，在这个地区是挺难的。你们看到的是一棵中国槐树，这是李石曾先生当年栽种的，差不多有近百年了。树长大后覆盖了整个庭院。

【卡特琳娜·沃斯永（Catherine VAUTION）李石曾故居房主】我们都很喜欢，它可以说是房子的灵魂。这座房子还接待过中华民国的第一任总统（孙中山）。

李石曾从中国带去的龙爪槐根深叶茂

　　蒙达尔纪前副市长、义务导游路易先生给旅客讲解这座建筑的典故：

　　刚刚我给大家介绍了蒙达尔纪与中国之间的联系。这些联系可以追溯到20世纪初，从李石曾第一次来到这里时就开始了。1912年，李石曾曾经与蒙达尔纪市长进行了一场意义重大的会谈，他让我们了解新的中国到底是什么样子。

　　【朱敏达】外公李石曾肯定没想到，一百年后他的名字成为法国城市道路的标志，他的故居成为旅游景点，而他的故事演绎成中法历史的一段传奇。

帝国夕阳

★ 主要人物

谢阁兰（Victor Segalen 1887 — 1918）：法国诗人，作家，学者。曾四次来华，一生主要作品都以中国为题材，如诗集《碑》、小说《勒内·莱斯》《天子》等。

李石曾（1881 — 1973）：中国教育家、革命家。早年留学法国，参加孙中山领导的同盟会。曾创办《新世纪》《世界》等杂志，传播革命思想。辛亥革命前，他主持的京津同盟会策划暗杀良弼，促使清廷退位。

一

1911 年 10 月 10 日，枪声惊破武昌的夜晚，大清王朝岌岌可危。此时，清朝总理大臣之子李石曾从巴黎赶回北京，组织暗杀，向朝廷发起致命一击；而法国人谢阁兰却无限哀伤，在帝国的黄昏企图挽回皇帝的命运。

2014 年，一位法国人来到天津，寻找爷爷的足迹。

【布利厄克·谢阁兰（Brieuc Segalen）】今天我终于踏上中国土地，我对这片土地怀有一种别样的家族情感。一百多年前，我爷爷来到清朝的中国，曾在天津北洋医学堂担任教授。眼前的这片工地正是北洋医学堂旧址。

　　照片左侧的就是我爷爷谢阁兰，他为自己取了中文名字。骑在毛驴上的男孩是我伯父，当时只有5岁。拍摄这张照片的第二年，我爸爸出生于天津。我从来没见过爷爷，但我非常好奇他为什么会去遥远的中国？

布利厄克·谢阁兰走在天津街道上

谢阁兰全家在天津

　　谢阁兰是个天生的异乡人，一直渴望异国情调。1878 年他出生在大西洋岸边的军港城市布雷斯特，20 岁考入波尔多海军医学院，获得博士学位成为一名海军军医。然而，对于遥远的渴望把他带到太平洋中的塔希提岛。

童年谢阁兰　　　　　　　　　谢阁兰（左）在布雷斯特

　　【秦海鹰 北京大学教授】（布雷斯特）是海港城市，它有一个远行的传统。

　　【洛尔·梅乐－谢阁兰（Laure Mellerio-Segalen）谢阁兰孙女】他的家族不属于巴黎，是真正的布列塔尼家族。

　　【秦海鹰 北京大学教授】他自己是一个世纪之交的作家，他们当时的世纪末的作家是对西方文明比较厌恶，都有一种向往神秘的远方这样一个情结。

　　秦海鹰教授曾留学法国，博士论文便以谢阁兰为题。她在北京大学讲授法国文学，翻译了谢阁兰的代表作《碑》。

洛尔·梅乐–谢阁兰　谢阁兰孙女

北京大学秦海鹰教授

谢阁兰从唐人街发出的明信片

这是谢阁兰旅行途中寄给妻子的明信片。经过美国旧金山时，唐人街的毛笔、砚台以及薄如蝉翼的宣纸带给他强烈的异国诱惑。

【洛尔·梅乐－谢阁兰 谢阁兰孙女】我觉得他第一次同中国产生联系，是他在美国旅游的时候，他发现了唐人街。

【秦海鹰 北京大学教授】他受法国的象征主义马拉美这一派的路子影响，他本质上是对所有跟文字有关的东西，就是天然的敏感，所以他就马上注意到那儿卖的那些，就是咱们文房四宝。

从此，去中国成为谢阁兰的迫切愿望。小时候谢阁兰就对中国着迷。马可·波罗的游记给了他最初的中国印象，而同学亨利·芒塞隆(Henri Manceron) 则把真切的中国带到他面前。

【洛尔·梅乐－谢阁兰 谢阁兰孙女】芒塞隆是他的一个大学同学，芒塞隆十分了解谢阁兰对古怪事物、对外界以及文化多样性的兴趣，他建议谢阁兰去中国。

亨利·芒塞隆曾作为八国联军的一员，进驻紫禁城。他对紫禁城的描述，激发了谢阁兰的热烈想象和持久欲望。

【秦海鹰 北京大学教授】他们当时由于一个空隙，当时慈禧他们逃出北京，得以进入紫禁城。后来洛蒂跟芒塞隆都有描述。

八国联军在天安门广场阅兵

后来，谢阁兰在给这位同学的信中说：

亲爱的亨利，我忘不了正是多亏你，我才首次获得去中国的提示。

在海军服役期间，谢阁兰获得一个去中国做见习翻译的机会。这让他异常兴奋，专门到巴黎东方语言学院学习汉语。

【秦海鹰 北京大学教授】他那个年代最是法国汉学辉煌的时代，那几个大师都在法兰西学院任教。他当时好像还请了一个在法国的一个中国人呢，口音虽然不是标准的那种官话，但据说还是个汉口口音，但是他就跟着他可以学口语。他用他学的那些古文汉字，那些单字，而且不是咱们现代汉语，他可以编一两句文言。

 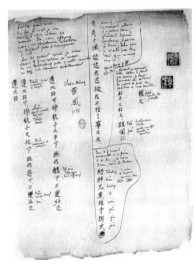

在海军服役的谢阁兰　　　　　　谢阁兰的汉字练习本

【菲利普·波斯特尔（Philippe Postel）谢阁兰研究会主席】他师从于一位伟大的法国考古学家爱德华·沙畹。但这依然令人难以置信，他竟然可以在如此短的时间里掌握一门语言。

【毛磊 谢阁兰基金会主席 前法国驻华大使】他是一个卓越的饱学之士，伟大的研究者，并且翻译了一部分司马迁的作品《史记》。

就在谢阁兰向往中国的时候，一位中国青年却渴望留学法国。他

汉学家爱德华·沙畹　　　毛磊 谢阁兰基金会主席 前法国驻华大使

叫李石曾，他从甲午海战中认识到，中国已然落后，必须向西方学习。

李石曾1881年生于北京，父亲曾任清朝军机大臣。他的外孙朱敏言说：

当时（父亲）李鸿藻也支持，反正他很早就想出去学一学。

他3岁那年，慈禧听说他聪明伶俐，特地召见。李石曾不慌不忙，跪拜得体。慈禧摸摸他的头称赞"此子将来定成大器"，赐予一品荫生，

留辫子的李石曾（右一）学英语

户部郎中，也就是赏了官位。慈禧肯定没想到，眼前这位 3 岁男童日后却成为大清帝国的反叛者。

1902 年，李石曾作为驻法钦差大臣的随员来到法国。

20 世纪初的巴黎已是一座现代都市，电梯、四轮马车、公共汽车和地下铁路高速竞跑，梅里爱手工着色的科幻电影《月球旅行记》把光影声色的感官体验推向极致。从帝都北京来到时尚巴黎，仿佛乘坐时光飞船穿越未来，我们可以想见当年 22 岁的李石曾所感受的心灵震撼。

李石曾一到法国就剪去辫子

二

1909 年 6 月 12 日，历经 50 天旅行，谢阁兰终于来到北京。他在信中告诉妻子：

亲爱的，北京终于到了。北京，我的城市。我生来就是为了漂泊，无疑这一行动将会从远东开始。我结识了我的都城。纯净的天空中，金色的阳光将它炽热的光彩熔到紫禁城周围金黄的屋顶上。禁宫深处，透过红砖褐瓦的城墙，高耸着神秘的凉亭、优美的楼阁。

紫禁城

【秦海鹰 北京大学教授】紫禁城本身这个名字在法语里翻译出来就是被禁止的城堡,这个名词它本身就已经是一个诗歌意象了,他是以一个诗人,想象这样一个紫禁城,已经在自己面前了。

【布利厄克·谢阁兰】爷爷谢阁兰迷恋的紫禁城里,当时住着一个三岁的孩子,名叫溥仪,虽然刚到上幼儿园的年龄,却统治着辽阔的中国。小皇帝的日子并不好过,一个叫孙中山的革命党人不断起义。当时,爷爷谢阁兰并不知道这些,他在相当于现在天安门广场的东部,租了一座四合院,开始享受他一直追求的异国情调。他写信给奶奶说:

谢阁兰到来时的北京街道

谢阁兰看到的天安门广场

谢阁兰在北京的书房

亲爱的，我很中意北京。房子位于内城，红漆大门，两个门扇，画了两尊保平安的门神。我买了一本装帧精美的《道德经》。每晚6点半到8点，我喜欢沿着紫禁城的城墙散步。

谢阁兰带仆人骑马游览北京

朱敏达在巴黎寻访李石曾足迹

布利厄克来中国寻找谢阁兰足迹的时候，李石曾外孙女朱敏达也在巴黎寻找李石曾的踪迹。

【朱敏达 李石曾外孙女】谢阁兰在北京沉醉于皇帝梦的时候，我外公在巴黎创办了一份杂志叫《新世纪》，抨击清政府官场腐败，并鼓动暗杀、起义。清政府恼羞成怒，照会驻法公使馆希望法国政府取缔杂志。可是，公使馆无可奈何地回复：法国为言论自由之国家，不接受照会。

李石曾在巴黎获得新生，他后来回忆说：

我的精神新生命虽早已萌芽，但大部产于新时代之巴黎。

那时，李石曾研究生物学，却沉醉于法国思想家蒲鲁东、俄国思想家克鲁泡特金的学说，推崇无政府主义和互助论。他认为，要改良

《新世纪》杂志

张静江先生

吴稚晖先生

中国,首先要改变国人的思想。于是,李石曾决定创办杂志传播新思想,但他需要经费与合伙人。

出资人张静江,生于江南富商之家,在巴黎开办通运公司,经营古玩和丝绸,迅速成为富有的老板。李石曾外孙朱敏言说:

他和张静江定交最早,而和张静江一生的关系特别近。张先生主

世界社三元老吴稚晖、张静江、李石曾

《世界》杂志

要管出版和财务方面，吴稚晖和他好像主要是写和翻译一些文章。

撰稿者兼排版人吴稚晖，江南狂士，幽默诙谐，曾在英国学习写真铜版技术。他常常不起草稿，直接用铅字排版写作。

今天，巴黎达卢街 25 号正在装修，但街道依旧。此地见证了三位世界社创办人的第一次聚会，共同的理想促成长达一生的友谊与合作。

中国社会科学院副研究员葛夫平说：

吴稚晖吧，他就特别推崇看世界、睁眼光。那李石曾呢，他有这种大同，实现世界大同的这种思想。

1907 年，李石曾 26 岁，张静江 28 岁，吴稚晖 42 岁，《剑桥中华民国史》称他们为巴黎小组。他们创办的《新世纪》宣传"自由、平等、革命"，《世界》画报热心介绍美、英、法的议会政治。

《新世纪》发表的 600 多篇文章超过四分之一出自李石曾之手，一位同事回忆道："时巴黎正值隆冬，寒气极重，石曾先生之手指，全生冻疮，肿大如莱菔，而曾不少惜。"

《新世纪》出现以后，犹如惊雷，在海外华人中产生了巨大影响，以思想激进闻名一时。以至于孙中山遭受诽谤时，也向《新世纪》请求辩白。当时，李石曾等人都已加入同盟会。他说：

孙中山先生是特许我免除一切手续的。我们认为物质的天，没有上帝，用不着发誓。

吴稚晖与孙中山在伦敦

巴黎小组与孙中山等人一起，结成了一股反抗清政府的巨大力量，在后来的日子里，改变了中国的历史。

三

带着汉学家的热情和考古学家的严谨，谢阁兰用摄影捕捉他在中国的发现：庄严高贵的天坛，乡土气息的地坛，令人眩目的碧云寺。他在信里说：

一大群比真人还大的罗汉，竟有五百尊之多！红红的脑颅，镀金的肩，嘴或笑或绷，手则做出五百个不同的动作，仿佛经历了一场完整的幻境。

谢阁兰（左二）与朋友在天坛

【秦海鹰 北京大学教授】他说过，我到中国找的不是中国，我找的是幻想中的中国。

谢阁兰不关心北京的市民生活，他着迷的是神秘的紫禁城。他经常围着紫禁城绕圈子，一绕就是大半天。马可·波罗描述的紫禁城，同学芒塞隆曾经住过的紫禁城，就在身边，而高大的城墙如此不可逾越。

谢阁兰拍摄的天坛

碧云寺的罗汉

谢阁兰喜欢骑马游览

【毛磊 谢阁兰基金会主席 前法国驻华大使】所有的这些外国人，他们在北京，然而却从未见过皇帝。所有这一切都被帘幕遮蔽，处于帘幕之后。所以，有着这么一种好奇心的渴求。

【秦海鹰 北京大学教授】他对里面那些所有的、跟帝王生活很相关的那些细节，他觉得特别吸引，神秘，就使得他不断地围绕着这个墙转。

紫禁城无法进入，他决定拜访死去的皇帝。1909 年 7 月 30 日，他乘了 3 小时火车，再骑马来到明十三陵。

就在这里，奇迹发生了——长期对皇帝的迷恋转化为一个文学灵感：自己就是皇帝。

我是皇帝

我选择我的墓地

放眼所及，此处山川美妙

这块天地将是我的

我的墓穴浑然一体

无隙可入

我的坟，我最后的卧榻

就挖掘在这墓穴的心脏

——我进入

——就位

JE SUIS EMPEREUR.

Je choisis ma sépulture.

La montagne est douce aux yeux :

voici, ce recoin sera le mien.

Ma demeure est assemblée,

impénétrable,

pour dernier lit, j'aurai le tumulus,

que l'on a percé jusqu'au coeur.

– J'y pénètre.

– M'y voici.

谢阁兰游览十三陵（情景再现）

谢阁兰以皇帝的名义说话（情景再现）

自己就是皇帝！这个灵感是那样的强烈，以至于从那以后，谢阁兰常常以皇帝的身份写作。

【秦海鹰 北京大学教授】中华帝国和帝国里边这个皇帝，跟他自己的内心王国的认同，这个可能是解释的最主要的理由。

【菲利普·波斯特尔 谢阁兰研究会主席】但我们应该看到，这其实只是一种手法，用以表明"我"的身份，这么一种视角其实是为了用"是的，我是皇帝"来表明诗人本身并不是皇帝。

【巴斯蒂（Marianne Bastide-Bruguière）法国科学院院士】诗人是这个新的世界的皇帝，他是一个创造者。

【毛磊 谢阁兰基金会主席 前法国驻华大使】谢阁兰，他不止是旅行，不满足于停留在表面。他要走进中国的深处，自我的深处。

远在北京的谢阁兰对皇帝的热情还在增长。然而，紫禁城重门深深，难以进入。半年后的1911年4月，谢阁兰工作期满，必须回法国。

【菲利普·波斯特尔 谢阁兰研究会主席】1911年他本来应该回国，但谢阁兰想尽办法延长自己的在华时间。

就在他一筹莫展的时候，一个悲剧性的消息给了他继续留在中国的机会：北洋医学堂首席教授梅尼在哈尔滨突然死去。

【洛尔·梅乐-谢阁兰 谢阁兰孙女】他亲眼目睹了一名法国医生死于鼠疫。

【秦海鹰 北京大学教授】他必须找一个机会留在中国。

原来，哈尔滨一个月前爆发鼠疫，死亡人数从几人升到每天50人，并一路向长春、沈阳汹汹而来。1911年1月5日，法国医生梅尼前去防疫，却死于鼠疫。清政府下令铁路沿途各站对旅客进行隔离检查。

20世纪初的山海关

远在关内的北京人心惶惶。使馆区立即封闭门户，拒绝中国人入内。谢阁兰主动向法国公使馆请求，赴东北防治鼠疫：

梅尼医生因罹患鼠疫于哈尔滨溘然长逝，我便主动请缨接替了他的工作。

【秦海鹰 北京大学教授】当时那个山海关设了一个关卡，就所有过到关内的人都必须经过身体检查，就跟咱们当时"非典"是一样的，就是不能随便进。他就是在那儿专门检查身体。

谢阁兰毕业于波尔多海军医学院

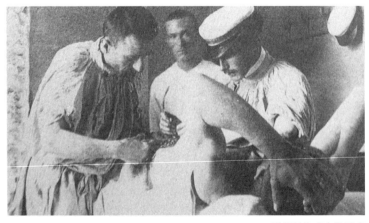

谢阁兰为病人做手术

　　一位俄国摄影师拍摄了正在蔓延的瘟疫。1911 年春节前夕，为了阻止闯关东的农民将瘟疫带入关内，谢阁兰赶到山海关。谢阁兰在信中说：我在著名的山海关抵御瘟疫南下。我身后没有十万骑兵，只有消毒用品、一辆蒸汽机车、警察、750 个士兵和不停发送的电报。

　　【秦海鹰 北京大学教授】西方的瘟疫在中世纪的文学作品里面表现很多，他又感觉那种中世纪，扑灭中世纪那种瘟疫的一个孤立的奋斗者的感觉。

　　【布利厄克·谢阁兰 谢阁兰之孙】今天的山海关火车站早已不是一百年前的模样，这些旅客想必无人知道当年的瘟疫。然而，那时我爷爷带着他的医疗队驻守在这里。

　　【谢阁兰旁白】下午三点，中途火车站电报到了：注意一个可疑旅客，第二个三等车厢。火车进站了。我们进去，一个可怜的人正吓得一声不吭，独自呆在车厢中间。

　　不久，哈尔滨举行了一场大规模火葬，死亡人数迅速下降。1911 年 3 月 1 日，哈尔滨防疫总部收到最后一例死亡报告，瘟疫宣告结束。

谢阁兰与助手在山海关

为鼠疫患者消毒

北洋医学院，谢阁兰（左四）和中国学生

【布利厄克·谢阁兰 谢阁兰之孙】我爷爷结束了在山海的关工作，去北洋医学堂做教授。此时，他心里充满忧虑，因为各方面传来的消息都指向一个结局，清朝皇帝已经摇摇欲坠。

四

进入 1911 年，南方革命风潮涌动。

4 月，广州爆发起义，民军与清军激战，起义失败；

6 月，四川开始保路运动。因为清政府宣布民间投资的铁路收归国有，四川民众罢市罢课，围攻省城，荣县宣布独立。清政府被迫从湖北调集军队前去镇压。

1911年10月10日,湖北武昌起义,宣布成立中华民国湖北军政府,黎元洪被推举为都督。不久,上海、南京陆续起义,江南大半宣布独立。

【朱敏达 李石曾外孙女】外公李石曾此时正在北京。

【李石曾旁白】武汉革命爆发之时,我适在华北,故参加而主持京津同盟会之工作。

当时,北京还在清政府控制下,京津同盟会借用义兴局商号为办公地点,把上海制造的炸弹秘密运来,藏在这里。李石曾准备用暗杀迫使皇帝退位。

主持京津同盟会时期的李石曾　　　　鲁瓦,小说里的勒内·莱斯

一个意外机会,谢阁兰似乎找到一个接近皇帝的途径:一位19岁的比利时人鲁瓦宣称他常常出入紫禁城。

【秦海鹰 北京大学教授】鲁瓦呢是他学汉语的老师,他跟他每天教汉语的过程中,就不断地跟他讲,他知道的皇帝的事情,他进过紫禁宫,他是秘密警察。谢阁兰跟他太太当然都在北京,已经居家在四合院里住了,他们是真信,就是特别兴奋,他每天都记,他一走完他就记。

【洛尔·梅乐-谢阁兰 谢阁兰孙女】谢阁兰认为,鲁瓦是一个很了解中国的人,这种神秘的、被禁的内部中国,深深吸引着谢阁兰。

【菲利普·波斯特尔 谢阁兰研究会主席】他声称自己是头号宫廷侍卫，或是皇后的情人。

鲁瓦声称他是皇帝爸爸摄政王的秘密警察头目，经常出入皇宫，鲁瓦描述的紫禁城在谢阁兰的想象中缓缓展开。

【谢阁兰旁白】在我从来不曾经过的道路上，一下为我打开了许多见所未见的梦幻的楼亭殿宇！多亏他，我真正进入了宫中最为隐秘的中央！

当时谢阁兰还没意识到鲁瓦是个骗子。他期望有一天，神通广大的鲁瓦能把他带进紫禁城，见到皇帝。

那时，南方各省宣布独立，清政府无路可走，启用三年前被开缺回家的袁世凯为总理大臣，对付南方革命军。谢阁兰担心袁世凯会伤害皇帝。

【谢阁兰旁白】此人动作猛烈，一双威风凛凛的眼睛咄咄逼人。这位比任命他的人还要强大百倍的奴才，似乎已经成了御座前面的主人了。

但鲁瓦宣称袁世凯不过是去前线送死的，朝廷固若金汤。

孙中山就任中华民国临时大总统

军阀袁世凯

袁世凯上任两天就夺回汉口，发现革命军并不难对付，于是下令停战，暗中唆使部下劝皇帝退位。鲁瓦所谓的内部消息开始露出破绽。

【秦海鹰 北京大学教授】他真的是开始怀疑了，你怎么一直这么玩我，这么骗我，很受伤。但是从创作的角度想，他与其信其无，他宁愿信其有。

【谢阁兰旁白】：今天，我对有的事产生怀疑了。突然之间，我怀疑一切了。

谢阁兰虽然明白鲁瓦关于紫禁城的故事不过是谎言而已。但他还是把这个故事写进了小说《勒内·莱斯》。就在此时，谢阁兰最不愿看到的事情终于发生了。1912年元旦，孙中山宣誓就任中华民国临时大总统。王朝将倒，皇帝危在旦夕，谢阁兰忧心忡忡，但毫无办法。

【秦海鹰 北京大学教授】当时辛亥革命他正好就在中国，他难得跟他的朋友写信，他说这一次，我一生第一次，我一辈子明确表示一下我的政治立场，我这次我就站在清朝一边。中华帝国天子是他一个难得，可以进入法国文学史独特的一个文学题材。

谢阁兰在书信里斥责企图推翻皇帝的"一些医生或者从事农业的人"，暗指孙中山和李石曾。但他也只能回到帝国的遗址寻找温暖。

谢阁兰在中国西北考古

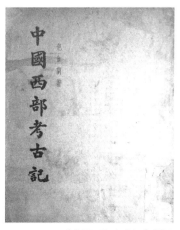

《中国西部考古记》封面

一年前，谢阁兰曾去西北考察古迹，其成果收入《中国西部考古记》一书，那时他被译作色伽兰。

旅途中，谢阁兰在西安碑林找到强烈的异国情调。

【谢阁兰旁白】今天到有一千一百多座碑的碑林去朝圣。那块著名的《大秦景教流行中国碑》，讲述了聂斯托利教流传中国的整个历史。第一次，一双欧洲眼睛审视石碑。

《大秦景教流行中国碑》

【秦海鹰 北京大学教授】《大秦景教流行中国碑》是那个汉学家的一个专集，碑上只有文字，文字用石头来固定，这个东西他觉得是天然的一个文学形式。

【洛尔·梅乐–谢阁兰 谢阁兰孙女】我认为最初让他感兴趣，或是有所触动的，是这种艺术表现形式，十分简洁，可以把一首诗非常视觉化地呈现在一块石头上。

【毛磊 谢阁兰基金会主席 前法国驻华大使】经过精心研究，他在碑刻里发现了决定性要素，当作一个历史性、文学性、形式上的参照。他就想把他的诗歌引入到这样一种形式里。

【秦海鹰 北京大学教授】他看到碑，所以为什么发自内心的高兴，他符合他对于文字的追求，文字是一个让瞬间永恒化的这样一个手段。

【谢阁兰旁白】幸运的是，多亏了那些美妙的拓片，所有的拓片都可以带走。

【解说】恍惚间，谢阁兰忽然从《大秦景教流行中国碑》得到灵感，决定为皇帝写首诗：诗歌模仿碑的形式，右上角铭文是汉语，碑身为法文。这是一个文人为帝国所能做出的最后努力。

君王啊，纵乐的君王，

您的灭亡已被宣告

想想帝国，想想自己吧！

君王说：够了！恶毒的预言！

我之于帝国如同太阳之于天空。

谁能去摘太阳？

太阳落了，我才会落。

纵乐的帝国不会陨落。

Prince, ô Prince des joies défendues,

votre perte est dénoncée.

Songez à l'Empire ! Songez à vous!

Le Prince dit : Assez ! Mauvais augure!

Je suis à l'Empire ce que le Soleil est au Ciel.

Et qui donc s'en irait le dépendre?

Quand il tombera, moi aussi.

L'Empire des joies défendues n'a pas de déclin.

【秦海鹰 北京大学教授】把一个瞬间固定下来，用文字固定住永恒。不光是文字，还是沉重的石头，石头上刻字。

【洛尔·梅乐－谢阁兰 谢阁兰孙女】他似乎一开始的时候，是从形式上获得灵感，后来才从内容上受到启发。

【秦海鹰 北京大学教授】他创造了新的碑体形式，里边配上中文的铭文。一定要加上他那个黑色的方框，在当时这是一个相当前卫的文学样式。当然历史正好构成了这样一个巧合，当他这个中华帝国在诗中建立的时候，咱们中国这个清朝正好也覆没了。

保皇党领袖良弼

当时，湖南、湖北、江苏、上海等17省已经独立，清政府急忙召开御前会议，讨论退位问题。曾经留学日本的满清贵族良弼组织宗社党，拒绝退位。因此，李石曾决定除掉良弼。

李石曾与京津同盟会暗杀部部长彭家珍细致研究了行动细节：炸弹分量要足，为防敌人逃跑，暗杀地点选择在良弼家门口，并准备三套方案，务必马到成功。

彭家珍，四川金堂县人，1911年加入京津同盟会，出任暗杀部部长。

彭家珍烈士

这是一个悲壮的夜晚,彭家珍与女友做最后的话别。彭家珍并不悲情,如同出席一场生命的盛会,他在"绝命书"中留下来这样的话:"良弼不除,共和必难成。共和成,虽死亦荣;共和不成,虽生亦辱。"

1912年1月26日,寒冷的黄昏,彭家珍冒充熟人前去拜访良弼,恰好良弼上朝未归。彭家珍刚刚告辞出来,不想在门口巧遇。彭家珍引燃炸弹,冲了上去。良弼被炸掉一腿,伤重不治,第二天死去。彭家珍当场牺牲。"一炸胜雄兵十万"。1912年2月12日,6岁小皇帝宣布退位,中国两千年封建王朝就此落幕。

皇帝退位,谢阁兰梦幻里的紫禁城突然空洞,他感到前所未有的寂寞和悲哀。

【谢阁兰旁白】我是真的全心全意拥护这个朝代,天子皇帝的神奇故事不能就这样被遗弃。旧中国依然很美,但必须有人理解,消化,重建。

【洛尔·梅乐 – 谢阁兰 谢阁兰孙女】他所追求的不仅仅是进入紫禁城,确切地说,他想要探寻中国的奥秘,中国这个伟大文明的奥秘。

【秦海鹰 北京大学教授】皇帝本身这个人物，作为一个象征人物，很多符合他本身就有的那个内在空间的一些特质。因为现实就发生在眼前，他是用他的诗歌来抵抗一下。真正的中华帝国没有了，那么我在诗歌里，我就顺势，借着这个比喻建立我这个心中的中华帝国，而且它更加永恒。

谢阁兰决定用诗歌重建覆灭的帝国，一个永恒的王朝。

愿此碑不标示任何朝代：

不是创业的夏、立法的周，

不是汉、唐、宋、元和大明，

不是我热诚侍奉的清白的清，

也不是因荣耀而被称为光绪的清朝末年。

而是这无年代、无尽期、无法形诸文字的独特纪元，

每人都在自身建立它，并向它致敬，

当自己成为贤哲、于心灵宝座上摄政的那个黎明。

Que ceci donc ne soit point marqué d'un règne :

ni des Hsia fondateurs ; ni des Tcheou législateurs ;

ni des Han, ni des Thang, ni des Soung, ni des Yuan, ni des Grands Ming,

ni des Tshing, les Purs, que je sers avec ferveur.

Ni du dernier des Tshing dont la gloire nomma la période Kuang-Siu,

Mais de cette ère unique, sans date et sans fin, aux caractères indicibles,

que tout homme instaure en lui-même et salue,

A l'aube où il devient Sage et Régent du trône de son coeur.

法国南特大学教授菲利普·波斯特尔担任谢阁兰研究会主席，今天他来巴黎国家图书馆查阅谢阁兰《碑》的手稿。

【秦海鹰 北京大学教授】他尽量把中国，他能知道的中国艺术品

的元素都用上，那么我刚才说咱们画里面要留印章，他就为这个诗刻了三个印章。你可以看到他可以写一些汉字，他可以编一两句文言，这就是《碑》里面那个中文题词里边，有一半是他自己编的文言，所以有时候你读的不知道是什么，有点文理不通的感觉。

1912年版《碑》的封面

《碑》手稿

谢阁兰为《碑》刻的印章

这是 1912 年在北京出版的《碑》，排版、设计都是中国式的。

【菲利普·波斯特尔 谢阁兰研究会主席】这里有第一版，这本书的中文书名是《古今碑录》，这是一部印制的作品，是 1912 年版的，现存于法国国家图书馆。作品在北京出版，谢阁兰甚至亲自监制了书的出版，装订方法是连缀册页式的，可以拉伸犹如手风琴一般。

菲利普·波斯特尔教授

【秦海鹰 北京大学教授】他的贡献就是把中法合起来,又是大量很散的中国元素合在一块,创造了一个没人见过的一种文学题材形式叫碑,碑体诗。碑是中国的,但是碑体诗只有谢阁兰一个人。

【巴斯蒂(Marianne Bastide-Bruguière)法国科学院院士】一面是文学、一面是美术啊。

按照中国数理逻辑,《碑》印了81本。封面采用樟木,内文使用高丽纸。目前这个版本已经成为收藏界的珍本。事实上,谢阁兰曾将

谢阁兰和儿子在袁世凯的花园,
他曾应邀作为袁克定的私人医生。

一册《碑》赠送给一位中国人：袁克定，袁世凯的长子。那时，袁克定因骑马摔伤，谢阁兰应邀去河南彰德为他治疗，这是他与儿子在袁世凯家里的合影。谢阁兰寻机接近袁世凯，而且确实获得袁世凯的召见。

【菲利普·波斯特尔 谢阁兰研究会主席】在谢阁兰身上可能有一种对权力的痴迷。他梦想建立一个帝国，如同马可·波罗在蒙古帝国中扮演的角色。

不过，正在练习做总统的袁世凯只把谢阁兰当作一名普通医生，无心倾听他超出治疗方案之外的建议。1914 年，谢阁兰带着这本帝国的赞歌，怅然离开了中国。

五

【朱敏达 李石曾外孙女】中华民国成立后，孙中山建议外公任驻法大使，外公拒绝了，他说："我们已把专制政体推翻了，此后你发展交通，我普及教育。"

李石曾发起俭学会

当年，外公便发起留法俭学会，我父亲三兄弟作为第一批俭学生来到法国。这就是后来留法勤工俭学运动的先声。那时，我父亲只有9岁，我母亲刚刚2岁。从此，外公一生致力于中法文化交流和教育事业。

1916年底，谢阁兰最后一次来中国：为参加第一次世界大战的劳工进行体检。这一年，他38岁。在他生命的最后十年，有7年在中国度过。他在书信里这样描述当时的工作：

朱广才（左一），朱敏达的父亲　　　最后一次来华的谢阁兰

【谢阁兰旁白】从早上6点到下午3点，我们检查工人身体，1800名工人来自山东、江苏北部。身体很健壮的工人。我从没看到过这么迷人的一群中国人。

【秦海鹰 北京大学教授】他是以招募华工军医的身份来中国，那么他当时实际上对中国已经比较失望。

他原来把中国当成一个丰硕的水果，那么既然中国已经完全进入了一个革命的东西，还是出于对一个西化的中国的失望。

然而，谢阁兰在北京遭遇了一场危机，一个名叫张勋的军阀把12岁的溥仪再次扶上皇位。然而，11天之后皇帝再次被废黜。紫禁城也开放了一角，谢阁兰终于走进了皇宫，但他对皇帝丧失了兴趣。他说：北京，一张沉寂的脸。

【洛尔·梅乐 – 谢阁兰 谢阁兰孙女】1917 年他重返曾经生活的北京，觉得北京变了，一切都变得消极。

【秦海鹰 北京大学教授】当时的中国也确实是破烂不堪那个样子，跟他已经读到的辉煌的中国古代，他看到多少艺术品中的中国（相比），现实中的东西还是很让他失望。

当时，第一次世界大战席卷欧洲，死伤数百万。法国青壮年男人都奔赴前线，制造军火、清理战场急需人手。于是法国政府迫切希望从中国招募劳工。

【洛尔·梅乐 – 谢阁兰 谢阁兰孙女】第一次世界大战还没结束，他目睹了许多朋友的死亡。战争对他触动很大，我觉得他受到前两年生活的影响。

两个月后，谢阁兰乘船离开，带着 1300 名体检合格的华工回法国。他说：

中国，对我来说已经结束。我越来越把自己与她分开，撤退，逃走。

然而，谢阁兰把中国写进小说《勒内·莱斯》《天子》，散文《西藏》《砖与瓦》，学术著作《中国，伟大的雕塑》《异国情调论》等作品。

谢阁兰作品

在他的书里，皇帝只是中国文化的一种象征。1919 年谢阁兰在故乡去世时年仅 41 岁，默默无闻，但多年以后，他的作品陆续出版，因为关于中国的杰出描述而成为法兰西文学经典,他的灵感来源和精神故乡都是中国。

谢阁兰基金会主办的"食品与健康"中法研讨会

【布利厄克·谢阁兰 谢阁兰之孙】2014 年秋天,我踏着爷爷谢阁兰的足迹来到北京,与中国专家一起探讨食品与健康问题。谢阁兰基金会成立于 10 年前,按照爷爷的遗愿,推进中法两国的文化交流。法国前驻华大使毛磊先生担任基金会主席。

布利厄克·谢阁兰在天安门广场寻找谢阁兰的踪迹

我现在走过的天安门广场,正是爷爷第一次来北京时居住的地方。我无法推测他看到今天的北京会有什么想法,但我知道,他对中国的热爱不仅成长为谢阁兰家族的传统情感,也是许多法国人共同的愿望。

第 二 章

贝熙业大夫

贝熙业大夫

贝大夫，浓密的白色胡须，乐观的脸上有一双蓝色眼睛，身材魁梧，庄严沉静面对工作。在44年的工作中，他治疗过的病人有各种各样，东方，西方，现在他在中国是个里程碑式的人物。

——《关于一些外国人在中国的经历》

我把中国当成第二祖国，把中国人当成我的人民。我认为自己配得上作为这个国家的客人。在这里有我全部的财富，全部最宝贵的情感……

——让·奥古斯汀·贝熙业

1. 序

1954年8月底，北京喜气洋洋，年轻共和国正准备迎接国庆5周年。

王府井大甜水井胡同16号，一位年迈的老人走出家门，他身穿白色西装，一只手臂像老北京似地提着鸟笼，里面是一只百灵鸟。他走出两步，又回头看一眼，近前擦了一下门牌。铜牌上写着：贝熙业大夫。他身后是穿旗袍的年轻妻子，现年30岁的中国画家吴似丹。三个月前，贝熙业被公安机关通知离开中国，但妻子吴似丹不能离开。

车到天津大沽港。贝熙业依依不舍，吴似丹已是泪水满面，他们都知道，这一次是生离死别。

吴似丹全家都来送行，妹妹吴端华回忆说，"就不允许我姐姐跟他一块走。这贝熙业就带了 30 美金，什么都没有了。外国人出国就许带 30 美金。"

海关的钟声响了，诀别的时刻到了。就在贝熙业准备上船时，一位警察突然跑过来，高声喊道，"吴似丹！吴似丹！"在场的人都愣住了，以为发生了什么意外。吴端华回忆说，"结果眼看都上船了，那儿就叫她的名字，她就去了。到那儿以后，说现在你愿不愿意跟他一块走？她说我愿意跟他一块走。他说那你跟他一块走吧，周总理批了一个条子，特许你跟他一块走。给她高兴得不得了，那走吧！身上30 块钱美金也没有，是什么东西都没有，空着一个人，就这一件，还是 8 月份，就穿这么一件衣服就跟着走了。"

着汉服的贝熙业

　　吴似丹本是送行的，现在却成了行人，马上漂洋过海，远行法国。她回头跟母亲再见。送行的弟弟吴一九说："那时候贝熙业穿着白色的衬衣，穿着灰色的裤子。他把鸟笼子里的百灵鸟就放飞了。完了他就上了轮船。那时候我三姐穿着旗袍在他身后，满脸都是泪水。因为离开家了，什么时候再能见着很难说了。所以那时候全家都流泪告别了，那就很难说那种感情。"

　　上了船便是一生。贝熙业回过头来，雕像一样站立，一部白胡子风中飘动。他最后一次凝望中国，仿佛看到42年前的自己，正是从这里上岸。

贝熙业大夫

2. 42年中国缘

　　1912年4月，迎春花释放春天的消息，袁世凯刚刚宣誓就任中华民国总统，古老的北京一派新生气象。那时，北京还没有柏油马路，有钱有势的人依然坐轿，不过也有人乘四轮马车，有点身份的人则坐人力三轮车。

　　一辆马车穿过长安街，进入东交民巷使馆区，停在法国公使馆门前。车上下来一家人，唇上方翘一缕八字胡、表情严肃的中年男人是让·奥古斯汀·贝熙业（Jean-Augustin Bussière），站在他身边的是妻子玛丽翁（Marion Pernon），9 岁的大女儿苏珊娜（Suzanne）和 3 岁的小女儿吉奈特（Ginette）则新鲜地东张西望，打量这座陌生的城市。

　　看来，法国公使馆又多了一位外交官。

　　不，他是一位大夫。贝熙业毕业于法国南部波尔多大学，获医学博士学位，后来参军成为随军医生。1895 年，23 岁时他被派往非洲塞内加尔，在那个近乎原生态的国家，他的主要工作是治疗和打猎。不料，一条腿被毒箭刺伤，他果敢地一刀挖掉中毒的肉，保住了性命。接着他被派往印度，在那里，他遇到来自里昂的一位法国姑娘玛丽翁，两人结为夫妻。从此，玛丽翁也跟随他云游世界：从越南西贡到伊朗波斯湾。当时，霍乱流行，贝熙业的专业从外科、内科扩展到流行病防治。1909 年他终于回到巴黎，开了一家诊所。像所有军人一样，命运总是掌握在上级手里。三年之后，贝熙业接到了官方任命，调任北京法国驻华公使馆医生。除了应天津北洋医学院邀请辅导临床医学和

贝熙业大女儿苏珊娜

细菌学的学生之外，他一直生活在北京。

西谚云"生命始于四十"。这句话可以看作贝熙业的生命预言。他本以为北京也如此前的德黑兰、西贡一样成为生命的一个驿站，但没想到与中国的缘分长达 42 年。一生最辉煌的日子、最浪漫的情感、最美好的回忆都将在这里展开。

贝熙业凭借 20 年的职业生涯尤其东方经验，医学声誉迅速从洋人圈子传入中国上流社会，总统府邀请他作为医学顾问，一些政府机构也纷纷聘请他做医官。

来华三年里，贝熙业目睹了中国政局的动荡不安。袁世凯就任中华民国总统不到一年，就与南方革命党人决裂，孙文号召二次革命。1915 年春天，落败的孙文逃亡日本，与年轻的女秘书宋庆龄小姐举行了婚礼，用爱情慰藉又一次人生挫折。而在北京，袁世凯踌躇满志，已不满足于刚刚坐稳的总统座位，每天焦灼地等待劝进皇帝的函电。筹安会与国民代表大会就拥戴袁世凯称帝展开竞赛，原来独霸一方的各省督军已有一半以上表态支持，连美国政治学家古德诺教授也表示帝制优于民主。长子袁克定悄悄编辑了一份只有一个读者的报纸——《顺天时报》，供袁世凯感知各地拥戴帝制的决心。12 月 12 日，袁世凯终于下定决心，宣布登基洪宪皇帝，改为中华帝国。

北京外交使团对帝制态度暧昧。现存资料没发现贝熙业大夫的表态，但 12 月 13 日，袁世凯给贝熙业大夫颁发一枚三等文虎勋章，以表彰他对于军队医学所做的贡献。这是 1912 年年底设立的一项勋章，专门奖励陆海军功勋卓著的将士，但只有大总统才有特权颁发给外国人。这一消息带给驻华外国人无限想象空间。12 月 15 日，天津北洋医科学院首席药剂师杜瓦尔致电贝熙业，首先祝贺他获得文虎勋章，接着提出要求，"有人说总统将于 1 月初正式称帝，届时一定会有大型典礼，你看是否能设法把我也列入受邀名单？"

贝熙业是否为这位爱凑热闹的药剂师争取到观礼资格不得而知，

文虎勋章奖状

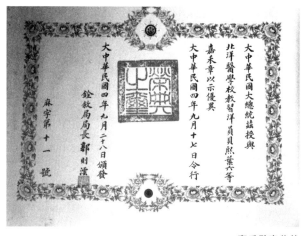

嘉禾勋章奖状

但 2 月 18 日，袁克定却以太子身份在北海团城宴请贝大夫。请柬注明铎尔孟也在受邀之列。铎尔孟也来自法国，1906 年就到了北京，当时身份为总统府顾问，曾帮助袁世凯找法国银行借款。这是北京最寒冷的季节，想来宾主之间应是杯觥交错，其乐融融，袁克定还在体验新任太子的激动心情。不过，袁世凯肯定没有这么悠闲。那时，蔡锷将军已在云南举兵讨伐，北洋系老部下徐世昌、冯国璋、段祺瑞也公开要求取消帝制，三个月前举国一致的劝进变成了异口同声的诅咒。

一个月后，袁世凯绝望地宣布取消帝制，希望重做民国总统。

但民国不再需要袁世凯。这位曾经兴办洋务、训练新军、逼退清朝的风云人物意识到已是山穷水尽，这盘棋无法收场，内外交困，心火上攻，连小便也撒不出来，慢慢演化为尿毒症。他不信西医，每天只是喝点草药，不料病情加重，不能吃也不能尿。一家人惊慌失措，束手无策，袁克定想到贝熙业。6月5日，袁世凯已是疼痛难耐，危险万分。袁克定征得父亲同意，请贝熙业大夫登门治疗。

贝熙业赶到总统府看了病情，提出把袁世凯送到医院进行手术。然而，当时去医院已是困难，贝大夫决定先导尿解除病人的痛苦。大儿子袁克定、二儿子袁克文和三女儿袁静雪静候一旁。据袁静雪回忆，贝熙业在袁世凯的后脊梁上扎了一针，接着用五个玻璃火罐在后腰部位往外导尿，但导出来的并不是尿，而是血水。当时在场的人都很惊慌，袁世凯呻吟了一阵，让人找来段祺瑞和徐世昌，把大总统印交给徐世昌，并说："总统应该是黎宋卿的。我就是病好了，也准备回彰德啦！"

其时，作为医生贝熙业也无可奈何，袁世凯已病入膏肓，第二天就一命呜呼。从此，中国现代史进入最为混乱的军阀时代。

当时不少民国名流都曾是贝熙业大夫的病人，黎元洪、段祺瑞、汪精卫、九世班禅大师、蔡元培、梅兰芳……他是驻华西方大夫中最有权威的医生。然而，同事却从他身上体会到谦逊。巴黎大学医学院毕业的朱广相博士，刚回国时无人认可。后来，他结识了贝大夫。贝大夫了解朱广相的情况后，以伯乐的情怀在各种场合推荐他，宣称朱广相的医术比他高。后来，朱广相名声鹊起，西什库万桑医院工资表上，朱广相月收入折合为小米818斤，而贝熙业的工资仅为400斤小米。据朱鉴桓回忆，父母不管在什么时候，每当谈到贝大夫时，都用不可掩饰的激动心情讲："他是我们的恩人，我们的亲兄弟，我们生生世世都不能忘记他。"

不过，贝熙业不仅是一名大夫，还是一个文化沙龙的主人。

3. 贝家沙龙

北京王府井大甜水井胡同，今日的 22 号、24 号两个院原来是 16 号院。因为 2008 年北京奥运会，22 号院被拆成马路，24 号院还在，窗上铜锁扣提示这是法国风格。一百年前，大甜水井 16 号主人是贝熙业大夫。当时，院分两进，里外有 20 多间房。

贝熙业在大甜水井16号家中

曾任驻华大使的毛磊先生这样描述：

时近黄昏。使馆区渐渐平静下来。离法国公使馆不远处，圣厄弥尔教堂敲起了晚祷的钟声。卫兵们该换岗了，社交生活的往来走动即将开始。法国公使馆有个大花园，周围有好几座大房子。此时，几个人影正向花园深处驻馆医生的住所走去。医生在此居住多年，在北京的法国人圈子里是位知名人士。此公每星期都要接待一批朋友；这些人不一定都是公认的汉学家，但是对于中国，以及更广泛地说对于上亚洲地区，无不怀有浓厚的兴趣；他们各有主张，不囿于门派之见，也不受地域限制。

大家见面，问候寒暄；围绕着总是和蔼可亲的主人，交换近来的种种消息。主人在这种场合，当然是以良师益友自居的。人们谈论的内容，不外是这个处于危机之中的国度一周来发生的重大事件，包括京城里的尔虞我诈，以及外省的形势变化；多为宾客们旅行与活动的所见所闻。最后，还要根据《北京政治》月刊发布的消息，互相报告哪些人要走了，哪些人抵达了。

他所讲述的医生就是贝熙业。每周三晚上，贝大夫都会在自家小院招待来自世界各地的法国人。每当这时，他就从严谨的外科大夫转为艺术爱好者、新闻传播者和慷慨好客的沙龙主人，几乎每一位来宾都从他的笑容里读到了真诚和友谊。他们聚集一起，品尝着糕点、水果和红酒，交流着思想、情感和见闻。聚会从寒暄开始，途经美食和红酒，最后达到文化领地：由一位专业人士带来最新的研究报告。

贝家沙龙

　　从留下的宴会来宾名单中，可以发现贝熙业的家是北京法国人社交中心。人类学家德日进神父，医生、考古学家谢阁兰，汉学家、北京大学教授铎尔孟，法国公使馆的同事特别是外交官阿历克西·莱热……

　　请把镜头切回1917年。黄昏的风里弥漫着蝉声和炊烟，大甜水井16号门口的灯已经亮了。如同往日一样，贝熙业在天井等候客人，他知道今天有一位远道而来的嘉宾——谢阁兰，一位毕业于波尔多大学的师弟，五年前天津北洋医学院的同事。法国男人在第一次世界大战中死伤惨重，留下的工作需要中国男人去完成。作为医生，谢阁兰风尘仆仆赶到中国，为华工体检。同样来自波尔多的还有法国公使馆三等秘书，年轻的外交官阿历克西·莱热——后来他以圣琼·佩斯闻名诗坛，他从去年上任不久就成为星期三沙龙的常客。现在，他已经来了，正在与铎尔孟讨论文学问题。

贝熙业（后排左四）与谢阁兰（左二门洞后排右四）在朋友婚礼上

门口响起三轮车的铃声，贝熙业走出大门，来人正是谢阁兰。

虽然目前还没确切记载，但这是谢阁兰与佩斯唯一一次可能的会面，尽管 1912 年谢阁兰就寄赠诗集《碑》给莱热。

偶尔也有来自法国或者中国各地的汉学家参与。1920 年夏天的一个星期三，上海领事馆法官居斯塔夫 – 夏尔·图森宣读了他翻译的讲述藏传佛教创始人莲花生大师转世故事的诗歌，佩斯的心灵显然被这部诗歌触动。即使当天晚上他并未把激动写在脸上，却在后来图森赠送的诗稿上留下划痕：

于是，名叫黑色解脱的僧人背离了

整个世纪渴求的狩猎活动

无法诵念众神暝思的经文

从而以其野蛮的灵魂

强暴了他作为长老与兄弟的誓言

法门洞开，无限扩张

由于众人不再衡量

黑色解脱乃按照其钟爱的因明之门

将所有各界引入歧途

这次聚会直接促成了 1920 年 10 月的一次探险，贝熙业、佩斯与图森穿越沙漠，远赴库伦，而标志着诗人圣琼·佩斯诞生的诗歌《远征》就来自这次探险的灵感。

不过，聚会仍在继续，让我们回到现场。

铎尔孟是几乎每周必到的常客，也常是沙龙话锋最健的好辩之士。一次聚会中，铎尔孟对于奶油软糖表现出足够的兴趣，贝熙业当即赠送。然而，回去铎尔孟才发现忘带亲爱的奶糖，他毫不犹豫地立即写信给贝熙业：

亲爱的老哥：

我忘了把您答应给我这贪吃之人的美味"奶油软糖"带走了。您能不能把它交给帮您送包裹的那个人？能让您如此关照我这点小事，您不知道我有多么幸福。

忠诚地问候。

安德烈·铎尔孟

吃了还要带，忘了还得要，说明哥儿俩关系非同一般。事实上，他们兄弟似的友谊持续了一生。另一封信证明，铎尔孟确实把贝熙业当作兄弟：

亲爱的老哥，我必须去拜访一下Thiebauet上校，而且我必须稍微努力，打破8天来把我囚禁起来的这种隔绝状态。您今天下午4点能不能给我派辆车来？我要在回我的孤岛之前，先去看看热娜维耶芙怎样了，看看苏珊表现如何。您也许在家吧？一会儿见。

安德烈·铎尔孟

星期一，中午

着汉服、写汉字的铎尔孟

铎尔孟要出门，请贝熙业派车——当时，贝大夫拥有一辆别克轿车。19世纪20年代的北京，拥有一辆私人轿车是一件极为奢侈的事情，中国学者中只有北京大学教授顾颉刚先生有汽车，多数学者出门乘坐的是黄包车，鲁迅先生、胡适先生等人都是如此。

星期三沙龙也并非法国人的专利。瞧，这位西装革履、长发飘飘的正是李煜瀛，人称石曾先生，时任北京大学教授；那一位长袍垂脚、戴一副圆形眼镜的是蔡元培先生，时任北京大学校长。今天他们谈论的留法勤工俭学，铎尔孟自愿做义务法文教员，只须每次派黄包车接送；佩斯则帮助办理法国公使馆的公文，贝熙业帮助办理银行事宜。1919 年 6 月 20 日李石曾给蔡元培的信中写道：

此间应接洽之各方面，大略列左，并注明须备之介绍书：

（一）法国部署：法国使馆 Leger 可作介绍书。

（二）法国银行：如能得介绍信亦好。汇理可托铎尔孟君，中法可托贝熙业君。

此后，中法大学、西山温泉乡村实验等重大事项都与星期三沙龙关联密切。

贝熙业的名字是铎尔孟帮他取的，中国人按照汉语习惯称他为贝大夫，也有些官场人物称他为贝大人。从 1918 年开始，贝大夫担任位于东交民巷的法国医院院长，也接受来自中国各机构的聘请，担任医生、顾问或者名誉顾问，开始了他一生最为忙碌的时期：

蔡元培校长邀请他作为北京大学校医；

中法大学邀请他作为校医，并担任医学院教授；

卫生建设委员会邀请他为顾问；

京师传染病医院邀请他为名誉顾问；

宗人府第二工厂邀请他为义务医官；

段祺瑞临时执政府裁撤了医务处，但留任他为医官；

贝熙业的影响超越了医生，延伸到学术机构：

北平研究院院长李石曾邀请他作为特约研究员；

上海震旦大学邀请他为医学院院长，每年为博士招生命题把关；

作为一位著名医生、学者和社会活动家，贝熙业赢得中国跨越社会阶层的普遍尊重。他交游广泛，仕女如云，私人像册留下了一批当时社会名流的照片：袁世凯、汪精卫、梅兰芳、袁克定、裕容龄等，还有一群衣着时髦、面貌姣好的年轻女子，因为时代的猝然断裂，今天我们已经无法判断她们的身份。而在他珍藏的文件里，还保存了一些请柬：

清代郡王衔贝勒爱新觉罗·载涛兄弟在王府井大街大陆饭店宴请；

清代贵族存耆在北京饭店宴请；

时任民国财务总长孙宝琦在铁狮子胡同家中宴请，还备有菜谱。贝熙业的收入究竟有多少？无法准确统计。但可以根据留下的资料推测，北京大学兼职校医月薪就达200大洋，再加上那么多顾问、医官、院长、教授的头衔，贝熙业的收入应该是一笔天文数字。这从他马上着手建设的西山别墅就可以发现，这栋别墅现在称作贝家花园，北京市列为文物保护单位。他为什么在西山建造一座花园？

4. 贝家花园

2013年10月，北京的秋色正向西山聚集。

从北安河村往西，顺着山势，一条小道爬进深山密林，直达一组老建筑群：一座四层碉楼兀然耸立，前方不远处是一座两层小楼，南侧为平房，古典花格门窗犹在，雕梁画栋却已褪色。院子中间矗立着一座秋千架，铁环已然生锈。

这里正是贝家花园，屋瓦破损，杂草丛生，已经废弃半个多世纪。

现在，一支建筑队已经进驻，开始对老建筑进行修缮。

修补屋瓦，粉上白灰，刷亮朱漆，描绘画图。

工程师拿着图纸，细心地检查：中式屋檐，西式窗户，一招一式都须追随原来风格。

秋天的树在风中飘动，团团白云越过屋顶。施工队拆除脚手架，一座古色古香的花园别墅回到了 90 年前——它刚刚诞生的年代。

那是 1923 年，贝熙业正在遭受命运的磨难：结婚 20 年的妻子患癌症突然病故，小女儿又染上肺病。为了治愈女儿的病，他想找一处空气清新、环境优美的住所。

19 世纪 20 年代的西山一派天然。林木茂盛，飞瀑长流，以泉水闻名的八大水院会聚这里，其中四个水院散布于阳台山一带。从大甜水井胡同到这里大约 30 多公里，骑马要走一天。当时，中国人还没有旅游观念，星期、周末之类的词汇属于少数人士。但对于驻华外交官，周末是神圣的。贝熙业常常和佩斯、铎尔孟等朋友在这里野游。有时，佩斯会在山上寺庙里住一阵子，躲避京城的喧嚣。中法大学教授兰荷海在西山购买一片土地，建起别墅。最后，贝熙业在阳台山牛涧沟租了一片土地，决定建造别墅。

从照片看，碉楼应该是夏天动工的。建筑材料取自当地，而风格则是典型的法国城堡。二层小楼为中国风格，黛瓦飞檐，雕梁画栋，木柱长廊，但独立窗户与混凝土技术，室内浴缸、壁炉等都是法国风格。

贝家花园落成庆典

别墅完成于当年冬天。落成典礼上，一支乐队敲敲打打，朋友和附近的村民都前来祝贺。二层小楼是贝熙业的卧室与客厅，而平房则是女儿闺房，门外一片平台，往山下望去，一马平川，视野开阔。从此，法国人的北京社交中心迁移到西山贝家花园。

贝家沙龙自然是异国情调。多则十数人，少则三五人，来客以法国人为主。地点往往选择女儿楼门口的平台上。从留下的照片可以看到，贝熙业正在倒酒，铎尔孟回头似乎吩咐着什么，餐桌后面两位女士似乎非常悠闲。同一群人也出现于另一张照片，餐后信步走进自然的风景，两位女士似乎自得其乐，男士们也轻松地聊天。

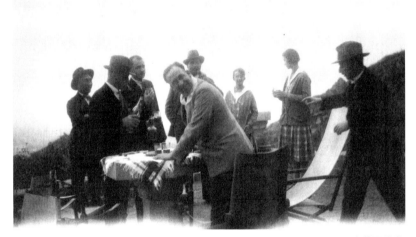

贝家花园沙龙

一张餐桌象征了中法文化的对话：茶与红酒。贝熙业神情专注地观看着什么，而中间侧脸背对观众的应该是人类学家德日进神父，当时他正在周口店发掘猿人遗址——也许，他和贝熙业交流着考古信息。

这一桌来宾似乎看见了摄影师，大家纷纷摆出姿势拍照。

亚历山大·大卫·奈尔（Alexandra David-Néel），贝熙业的朋友，一位女探险家，也是花园的常客，她把衣物、平底锅甚至钱寄存在这里。

贝家花园沙龙

贝家花园沙龙

贝家花园完工时，佩斯已离开中国，但铎尔孟却是花园常客，他把贝家花园称作 Niu Kien Kou，简写为 NKK，这是法文牛涧沟的首字母缩写。炎炎夏日，北京城燥热难耐。每到这时，贝熙业便来花园度假。1925 年，苏珊娜已是 22 岁的大姑娘，她与来自法国的一位邮局职员拉奥结婚，与父亲住在一起。照片记录了苏珊娜和拉奥在贝家花园的情景：她坐在左边台阶上，而拉奥坐在右边台阶，铎尔孟站在中间，叼着标志性大烟斗。的确，铎尔孟已成为贝熙业家庭的一员，像他自己所说的那样。

女儿也在闺房享受悠闲的时光。白天，阳光透过窗棂在地面上留下光与影的流动图画，白云游过玻璃窗上的画格，游过树梢，游过蓝天；夜晚，月光洒在床上，蛐蛐演奏小夜曲，远处的狗吠隐隐约约。

铎尔孟与贝熙业女儿苏珊娜一家

　　工作时一身白大褂，社交场合西装革履，贝熙业总是慈祥而庄严。但一到花园，贝熙业便回归休闲空间：一身短衣短衫，仿佛采药归来的老中医，或雨后初晴，倚门而望。秋风起时，庭院闲聊，山间漫游；冬天来了，白雪飘飞，小径信步，鹤发童颜。也许，这是贝熙业一生最美好的日子。

登高望远

踏雪寻踪

雨过天晴

闲庭信步

　　然而，贝家花园又不仅仅属于贝熙业，也属于花园附近的所有村庄，碉楼曾经接待过难以数计的村民。

　　2013 年冬日的一天，一位学者模样的人在北安河村穿街走巷，好像在寻找什么。他叫张文大，北京市民俗学会会员，多年来在西山一带考古调研。现在，他正在寻找当年贝大夫看过病的老人。

　　张文大走进一个普通的居民大院，喊道："高老师，高老师在家吗？"

　　"文大，我等着你呢！"高老师正在书桌用毛笔写字，内容是纪念贝熙业大夫为村民治病。

　　高老师是一位小学教师，宣纸上写的名字都是他的学生，有的还健在，有些已经去世，他们都请贝大夫看过病。高老师说，他小时候去过贝家花园，贝家花园的管家王月川是他表哥。王月川夫人得了一种奇怪的病，贝大夫请她去法国医院治疗，当时就住在高家。

张文大从包里拿出一个本子，里边是各种不同的字迹：

于赵氏：我母亲年轻时得了哮喘病，一到冬天便哮喘不止。恰巧有人说贝家花园的贝大夫医术挺好，何不求贝大夫治一治呢？我父亲听了以后说："贝家花园离我家有二里地远，指着我母亲说，她又走不了远路，这可怎么办呢？"邻居说："你可以请贝大夫来家中诊治呀。"爸爸心想，贝大夫到西山是来休息的，病人找到门上去看就够麻烦人家的了，让人家到家来看，耽误时间多，人家能来吗？为了给妈妈治病，爸爸也顾不了太多了，抱着半信半疑的心态到了贝家花园，和贝大夫讲了妈妈的病情。贝大夫二话没说，背起药箱就跟着我爸爸来到我家，没顾上喝口水，马上就给我妈瞧病。当时农村非常落后，农民没见过听诊器。一见贝大夫拿出听诊器要往我妈的心口上放，吓得我妈直哆嗦。经贝大夫耐心解释，我妈和全家人才放心。贝大夫拿听诊器在前心后背静静地听着，不时地观察母亲的脸色，然后详细地询问了病情，这才对症开了西药，细心地介绍药的作用和具体服用方法，并鼓励我母亲要树立战胜疾病的信心。此后，贝大夫又到我家来过两次。经过贝大夫的精心医治，母亲的病情大有好转。贝大夫到我家给母亲治病，一分钱也没收。多好的大夫啊！

孙长福 4 岁得了腮腺炎，左耳下方红肿得厉害。当时农村缺医少药，得病没处看，忍着疼痛等着病能自然好，如果好不了，就只好等死。正在这时，贝大夫在我村老高家开了门诊部，义务给乡亲们看病，妈妈领着我到老高家看病。贝大夫看了病情后，给肿着的大包用药水擦了一遍，拿起手术刀。我一见刀子十分害怕，吓得连哭带闹，甚至骂出了脏话，说什么也不让开刀。贝大夫听了也不生气，耐心地开导我。过了一会儿，我不哭了，贝大夫马上给脓包开了刀，流出的脓血足够一小碗。贝大夫也不嫌脏，又耐心地清理伤口，在伤口上撒了药面，用白布盖上。过两天又换了一次药，经过十几天的治疗，我的腮腺炎彻底好了。

每逢周末或者夏天，贝大夫就会回到花园休假，附近村民常来看病。碉楼就是诊所，设有药箱和临时手术台。那时，贝熙业已能用普通话与村民交流。

张文大说，他的朋友胡宝善也曾请贝大夫治过病。

胡宝善住在北京志新村小区，已经82岁了，如今退休在家。小时候，他家住在温泉镇。每次来花园，贝大夫的汽车都会从他门口经过。他抬起腿，伤痕犹在：

1943年刚放暑假，天气很热，我高兴地跳进温泉村东的大坑里去游泳，凉水一激，回到家就病了，发起了高烧，腿和肩膀红肿起来。土偏方试了几回，病情不见好转。父母不能眼看着自己的孩子遭罪死去，父亲只好请假给我找贝家花园的贝熙业大夫去看病。

父亲借来一头小毛驴，哥哥和父亲两人把我扶到驴背上。到了贝家花园，石楼下的圈墙上，坐着七八个人都在等着贝大夫给看病，我们也坐下来等候。

轮到我了，贝大夫把父亲、哥哥和我一起叫了进去。贝大夫让父亲按住我的肩膀，哥哥压住我的右腿不许动。贝大夫仔细地察看了病情之后认为，左腿和右肩虽然也红肿，但还没到化脓的程度，可以不用手术，右腿里面已经化脓，必须手术，把脓血放出来才能好。大夫用一种"药水"在我红肿的右腿上反复擦抹，闻到"药水"的味道，知道不是酒精而是汽油，用汽油消毒。当我不注意的时候，手术刀顺着小腿的方向喀嚓一声，切开一个两寸多长的口子，皮肉翻开像驴唇马嘴，我疼得顿时昏了过去。脓血顺着腿流了出来，擦去脓血，用灰锰氧冲洗伤口，把一尺多长的纱布条一点一点地塞进开开的口子里，外面盖了一块纱布，把袜子剪了只留袜筒部分，套在伤口处，起到绷带的作用。贝大夫叮嘱明天还要来换药，我们就在北安河找了个住处暂时住下。

第二天再去换药，要把塞进口子里的布条抽出来，用灰锰氧清洗后，再塞进一个新布条，这次布条略短了一点。这样一连四天换药，布条越换越短。病情见好转，后来拄着拐棍，练习走路。我的腿直到入冬才算好利落，扔掉了拐杖。

张文大收集了20多个类似的故事。贝家司机梅筱山之子梅洪崑回忆说，"老大夫住的是一个大门脸，两边搁两条大板凳，专门为咱们穷人看病。来了以后都坐到板凳，抱孩子的，要饭的什么人。他门里头有一小窗户，谁叫门他开小窗户看，传达看是谁来看病的，诊所，他那诊所，就在那儿。"

贝熙业或许并不知道病人的名字，但他理解农民的苦难。他说"我是个农民，土地已经进入了我的血液，我和土地上的人有着天然的联系。"事实上，贝大夫究竟治疗过多少病人？谁也无法统计。他离开中国已60多年，治过的病人多已去世。不过，贝家花园附近村庄里的老人几乎都知道贝大夫，不少人的亲戚或街坊请贝大夫看过病。所有见证人的记忆是一致的：免费治疗，连药品也是赠送。这些药品是他专门放在碉楼里给村民治病的。1954年给周恩来的信中贝熙业写道，"我的原则是不要常常提及自己的荣誉，在任何时候，无论患者的贫富，无论是外国人还是中国人，都一视同仁，尽可能治疗和开具处方，有时候甚至无偿施药。这些药品是我从战后为了那些穷苦的农民而存放于我在白安河附近的乡间别墅中的。"

1937年春天，教育家李石曾赠送给贝熙业一块石碑，现在仍然镶嵌在碉楼门口，上书"济世之医"。碑文写道："贝熙业先生医学精深，名满中外，乐待吾人。为之介绍：先生更热心社会，此或非人所尽知，但温泉一带，则多能道出。《温泉颂》有云：'济世之医，救民之命'。虽为断章取义，适拿贝先生。民国二十五年春日刻于温泉，姚同宜、李煜瀛题赠。"

当时一家报纸这样报道："他一直都在为当地的民众免费看病提供药品。他像罗宾汉似的把从富人那得来的钱用在了穷人身上。他身边的朋友知道他为什么可以有接触达官贵人的机会，但还是把家建在了这个穷乡僻壤。这让他想起自己的家乡（Auvergne），而且更为重要的是那些质朴的农民让他想起了自己家乡的人。"

然而，贝熙业没想到，平静的生活突然被打破，他和北平迎来一个黑暗年代。

5. 反法西斯岁月

1937 年 7 月 7 日，卢沟桥事变爆发。8 月，日军占领北平。

事变发生时，贝熙业正在上海震旦医学院，铎尔孟还在法国休假。贝熙业迅速赶回北平，看见所有城门都设立了岗楼，日本兵列队在街上巡逻。那时，欧洲还沉醉于绥靖气氛，日本对法国保持了基本尊重，东交民巷使馆区生活并无多大改变。此时，苏珊娜带着女儿安娜生活在北京，而她的丈夫拉奥却远在香港。

秋天的一个黄昏，贝熙业刚从法国医院回到大甜水井 16 号家中，突然有人敲门。贝大夫开门一看，来人是新街口福音堂的黄长老，在百花深处胡同开了一家古玩铺，铺号明华斋，他常去淘点中国古玩。一番寒暄之后，黄长老请贝大夫帮个忙：中国游击队在抵抗日军侵略，却缺少药品，需要援助。贝熙业稍作思考，给黄长老讲述了他的计划。

周六下午，像往常一样，贝熙业司机梅筱山驾驶别克汽车从大甜水井 16 号出发。经过西直门岗楼时，值班日军见是法国医院院长贝熙业大夫，立即放行。夕阳西下，汽车穿过海淀镇、贝大夫桥，奔温泉镇，这里又有一座日军岗楼。看到熟悉的别克汽车，日本宪兵明白是贝大夫回来了，照例放行。那时还是煤渣路，车过处烟尘滚滚。回到花园，车停好，贝大夫吩咐司机从后备箱里搬出一箱药品，放进碉楼。

司机之子梅洪崐出生于贝家，曾跟着贝大夫去取药。他回忆说：

　　那运药我记得起码有十几回。我爸开车之前，总提溜一书包。那书包任何人不准动的。爸爸一出车，就叫我开门去，他就提溜着书包上车了，完了以后就直接奔走。我妈说你又上哪去？上哪去？他这么一比划（手势八）。我以为弄钱去呢。后来我大了我才琢磨，这一比划是八路军。

　　我爸爸拿着药，贝大夫坐到车后边，坐到椅子上大大方方，这一坐。他有这日本人的汽车通行证，是大夫的通行证，所以哪都能去。他说看病去，他就跟着去，他就跟着上西山。他们在西山有时候整夜活动，夜里不回来。

贝熙业司机梅筱山与孩子

天色渐晚，贝熙业点燃蜡烛。那时，通往贝家花园的电线已被剪断，电线铜丝被日军拿去制造炮弹。晚饭过后，已近70岁的贝大夫习惯性地拿起一本书在灯下阅读，有时闭目养神，花白的胡须垂下来；有时又抬头望望，额头上的皱纹骤然加深。夜里9点许，管家进来说，一位年轻人求见。贝大夫明白这是黄长老派来的。他按照约定问话，直到暗号都对上，他才将这箱药品交给年轻人。几天后，这箱德国拜尔药品转移到平西游击队，而接收这些药品的正是白求恩大夫。

黄长老原来是共产党地下交通员黄浩。据他回忆，贝熙业经常用自己的汽车为游击队运药品和医疗器械，掩护地下人员。1943年夏天一个雨夜，日本宪兵破获了情报，去新街口家中抓捕黄浩。黄浩得知消息，从屋顶逃走，连夜赶到贝家花园，在这里短暂停留，然后转移到根据地。多年以后，贝熙业才知道，黄浩是共产党地下交通员，解放后曾任北京市房管局副局长，1969年死于"文革"。贝熙业在给周恩来的信中写道，"当中国抵抗外国的侵略，我们共同敌人的侵略，这时，我冒着生命危险，穿过日军的检查站，提供药品，治疗共产党战士，给他们做手术，并把他们藏在乡间的房子里。我冒着最大的危险，把城里的情报人员转移出去。我所做的是一位中国爱国者的行为。"贝熙业相册里珍藏着一张照片，他和八路军战士站在一起，背面是他的题字：1939，八路，北安河。吴一九回忆，贝熙业7次为八路军做手术："那时候我三姐一共在那帮他动手术动了7次。这7次都是那儿的游击队，八路军、游击队在那儿，因为妙峰山那儿属于共产党管的地方。"

然而，贝熙业没有想到，中日战争开始之后3年，他的祖国法国遭受纳粹德国攻击。巴黎陷落，希特勒检阅埃菲尔铁塔，兴致勃勃巡视巴黎每一处风景，这些昔日的骄傲如今化为辛酸的记忆。不久，贝当元帅组织了维希投降政府。而在中国，昔日曾一起筹办勤工俭学的汪精卫早已降日，建立伪政权，北平街头挂满"中日亲善"之类的标语。贝熙业深切感受了失去祖国的悲哀，于是他组织法国红十字会北平委员会，并担任主席，铎尔孟任副主席，发动募捐，为苦难的祖国贡献一份力量。

1941 年 12 月 7 日，日本轰炸美国海军基地珍珠港，太平洋战争爆发。第二天，贝熙业意识到战争局面即将发生变化，急忙去法国大使馆研究局势，却没料到，他出门的时候，一个英国人正赶往贝家花园。燕京大学林迈克教授从广播里得知珍珠港事件，立即与校长司徒雷登商议对策。司徒雷登将汽车借给他，让他快走。林迈克与妻子李效黎驾车从红山口到黑龙潭，然后丢下汽车，直奔贝家花园。不过，贝熙业当时并不在家，管家王月川按照待客礼节招待了午饭。王月川是河北人，忠厚老实，为人诚恳，贝大夫称他为 François Wang，已在贝家花园工作十余年了。

饭后，林迈克说明来意，希望帮助他去平西游击队。"管家一听，显出极其害怕的神情，并急忙给我们找来了几个背夫，要我们赶快离开。"林迈克后来这样回忆。其实，王月川正是地下党，在没有证明来人身份之前，他不敢贸然行动，而是立即把他们转移到安全地方，悄悄向组织汇报。第二天，情报就传到肖克将军那里，他派人接应，将林迈克一行顺利带到根据地。后来，林迈克辗转去了延安，接受朱德总司令亲笔签发的聘书，做了八路军无线电顾问，创建了延安根据地的国际广播电台。他一直在延安工作到日本投降，才乘坐美军观察组的飞机回到英国。

此后，苏珊娜的丈夫拉奥失去了消息。多年以后，贝熙业才知道拉奥留在香港。拉奥在给母亲的信里讲述了日本军队的暴行："日本人开驻进香港，就像猴子在一片玉米地或香蕉地里所做的那样，偷、毁、抢、虐、强奸，一切都未能幸免。那场面是极其令人憎恶的。"他也被监控了，直到逃往重庆。

1941 年 12 月 19 日下午 5 点，法国红十字会北平委员会召开会议，董事会一致同意由主席贝熙业提议，副主席安德烈·铎尔孟协助，授予法国驻中国大使戈思默和北京宗座代牧主教保罗·蒙田荣誉主席的称号。

贝熙业主席向大会报告了捐助的衣服、40床羽绒被，180个捐助包，而资金上，北平为103万法郎，天津为18万法郎，云南为6万法郎。他说，"我要向你们致谢。女士们，感谢你们工作时的热忱和忠诚。先生们，感谢你们每月一次的缴费。这费用能够让我们重新建立联系后向法国派送大批急需的衣服，你们的关爱将大大缓解很多人的痛苦。"

日军占领北平后，日伪当局不断向中法大学发出指令：组织学生庆祝攻克徐州、占领南京之类的活动，签署"中日亲善、共存共荣"条文，派驻日本辅导官，开设日语课……李麟玉校长都拒绝了。最后，教育总署督办周作人签署法令停办中法大学，学校财产征用。李麟玉回答：这需要董事会讨论，他无法做主。中法大学岌岌可危。

那时，法国政府已与德国合作。为保住中法大学财产，保持法国

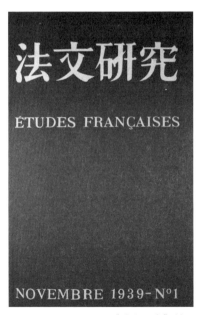

《法文研究》封面

汉学在世界的领先地位，1939 年 8 月 23 日法国驻华使馆领事雷恩（M. D.Rhein）向时在上海的法国驻华大使戈思默（Henry Cosme）建议在北京设立汉学研究所。9 月 1 日，戈思默大使在北京皇城根前中法大学旧址内亲自主持成立仪式，宣布中法汉学研究所（Centre Franco-Chinois d'Etudes Sinologiques）成立，由铎尔孟担任所长。那时，日本宪兵横行街头，"东亚共荣"标语贴满东单、西单牌楼，小学生被迫学习日语，铎尔孟和一群汉学家收集中国民俗艺术，研读汉语文学，出版法文《法文研究》杂志。

铎尔孟居住的新鲜胡同 24 号也成为日本宪兵监视的目标。但一个月后，日本宪兵就兴趣索然。他们发现，这个老头只有周三才外出，其他时间都窝在家里像个宅男，并且晚上灯火通明，朗诵、谈话甚至伴随着辩论，直到凌晨 3 点才清静，搞得他们精疲力尽。其实，每周三他固定的时间是去贝熙业家，因此被称作星期三先生。

此时，贝家沙龙依然照旧，尽管来宾不像过去那么多，但铎尔孟却是每周不会缺席的。相识 20 多年，铎尔孟一直以老哥称呼贝熙业，他们亲如兄弟。如果有需要转达的消息，铎尔孟会立即写一张便条，"我亲爱的大夫，我完全忘记了，因为我太厌倦，太伤心，太沮丧了，我完全忘记告诉您说，Marchaud 夫人明确要求我跟您说，您节日的那天她没有忘记您。好好睡吧，问心无愧。我再次拥抱您，在您的这个吉祥夜晚。"

贝熙业依然不忘送他一些美食，而铎尔孟也会写信致谢，"亲爱的老哥，谢谢这个奶酪！（我向您的才华致敬！）但一个人吃，太遗憾了！致敬！"在贝熙业遗物中，铎尔孟仅仅感谢美食的信就有三封。如果贝熙业外出度假，铎尔孟会提醒，"假期愉快，老哥，好好休息！不过希望您的享乐主义不要忘记了那些严肃的事情！也不要忘记我的存在。"

铎尔孟甚至会去贝熙业家里在他的书房给他留下信件：

亲爱的老哥，

我坐在您的办公室里匆匆写这几行字。

我9月18日下午5点收到您同一天晚上11点10分写完的信！

说得更严肃一点，我的老哥，我日日夜夜都在我最后的残骸上划桨或摇橹；以至于我的眼睛都不行了，几乎看不见我的笔（不对，是您的笔）在这张纸上写下的字。

天太晚了，光线真的很暗了，我没法开始回应您的说教（我是想说您审讯）。但我真不知道，您这样的一个享乐主义者（绝对是这样！）怎么会想到把我叫作唯物主义者呢？我这人从来都相信，在第一个分子中就有着精神的萌芽。（这里本应展开来说，但10页纸也不够。）一旦跟您谈到本来其实是很简单的死亡主题，或者更准确地说，一旦谈到涉及到我本人的死亡问题，您就表现得如此愤怒，这其实来自于一种我无法帮您消除的误解。准确地讲，要谈论的不是"死亡"，因为，如果排除了陈旧禁忌和古老迷信的所有废话，"死亡"这个词其实毫无意义；这里要讨论的仅仅是：停止生活，当生活不再令人愉悦，甚至不再有趣的时候。您把这称之为我的悖论。但是亲爱的老哥，这是一些最基本的真理啊！先不谈这些吧！我们在这一点上不大可能达成一致（您注意到没有，"达成一致"这个表达法真有意思：= 一起摔倒）。您这么不遗余力地从智力上和感情上迫害我，竟然还说您是我的"受气包"！

不过我得停下来了（啪！灯灭了），回到我的风景和神话妖怪中去了。我要向您坦白，我每天都在数日子（您估计也是这样吧，但您觉得日子过得太快，而我则相反），我急切地盼望看到您回来。只有当我能够每天晚上重新跟您通电话时，我才能多少平静下来。骑自行车摔跤对我来说不是好事。我希望您上周摔倒后现在已经没有什么感觉了。另外，您的牙怎么样了？——还有，老哥，我的周三太冷清了……您想想这些吧，别离开我太长时间了，即使有您在的时候您总是抱怨。

热诚地拥抱您，您的老弟。

安德烈·铎尔孟

猎户座，月亮的第 24 个花瓣

就这样，他们争论着，互相温暖着，度过北京寒冷的季节。

6．第一次退休

1939 年冬日，一个晴和的早晨。10 点钟，圣·米歇尔医院大楼外歌声，一队黑衣白帽的修女唱起赞美诗。一群绅士们肃立一旁，冬天用棉帽和大衣修饰他们的仪容。68 岁的贝熙业头戴皮帽，身穿翻领大衣，两撇八字胡微微上翘。

贝熙业退休仪式

接着，法国大使拿齐雅（H.E.Monsieur Naggiar）致辞：

贝熙业博士从 1912 年来到中国，不仅担任之前法国公使馆医官，也是民国总统的医生和其他一些当地部门长官的医生。他还为很多医疗和慈善机构服务。由于他的教养、个性、对人性的洞察，贝熙业大夫赢得了每个人的欢迎。他还为中法文化交流做出巨大的贡献。

贝熙业在医院

　　原来，这是法国大使馆为贝熙业大夫举行的退休仪式。圣·米歇尔医院建于 1902 年，由天主教会两个姐妹管理。从 1914 年起，贝熙业担任医院首席内科医生，至今已经 25 年了。接着，北京主教保罗·蒙田（Mgr. Montaigne）讲话，他感谢贝大夫对于宗教使命的贡献，包括医院和慈善工作，称赞贝大夫在传教士心中地位很高。之后他以北京天主教会的名义授予贝大夫一枚银制纪念章。

　　最后，贝熙业大夫应邀讲话，他讲述了他南下广州的经历。那一个星期十分炎热，但他还是去了岭南大学、广州方便医院和沙门岛市政医院。广州已遭日军轰炸。在方便医院里，他看到爱尔兰天主教神甫肯尼迪（Kennedy），6 位来自加拿大法语地区的修女和两位中国医生义务帮忙。医院有 800 个床位，一个简单但清洁的手术室，每天大概都有 10 位病人来这里接受救治。但每月只有 4000 美元资金。贝大夫看到三位经过手术开始恢复的病人，一位修女非常开心地告诉他，这是第一次在 24 小时内没有一个病人死去。

"中外各国人，不论是传教士、工人、修女，护士，医生助手，以及医院里那些辅助小工都有自己的故乡，有自己的归属地。"贝大夫说，"很欣慰地看到，曾经繁荣的城市遭受肆意破坏，一片凋敝，但是他们怀着高尚的精神援助这些苦难中的广州民众。这展示了人性中的某些共性：科学，慈善，奉献的精神，没有边境的局限，没有国籍、教条或者种族的限制。目标是无限的：文化和人道主义的繁荣。真正的文明，更确切地讲是一种文明能够教化人们——对待别人要像希望别人对待自己一样。"

贝大夫离开时，两位修女挥泪送别。他们一起工作了整整 25 年。

当时的报纸以《贝大夫 25 年的工作得到嘉奖》报道了这一仪式。

圣米歇尔医院的护士们

退休之后，贝熙业留在家里的时间更多了。他在厨房安装了冰激凌机器，每天摇上一支品味一番。儿童时代的梅洪崑很淘气，他回忆说：

我嘴馋。我跟我姐姐上他后院去玩去，看那石榴真好。回来我姐姐说咱们摘着吃。我就过去摘了两个，一人一个大石榴。我们两个吃。

因为小孩不懂，你皮扔了，扔了就完了吗？都给扔到地下。这老大夫出来溜弯了看见了，一看石榴没了，就上我们家去了。小弟呢，我说哎，说谁吃的石榴？我说我跟我姐姐。我妈上去拿棍子，擀面棍就敲我姐姐的脑袋。后来老大夫回去，摘了两个又给我们送来了。给我们送来说，"不要打孩子，不要打孩子，他们爱吃给他。"

1944 年 8 月 25 日，戴高乐将军率部队进入巴黎，法国解放。

72 岁的贝熙业为祖国重获自由由衷高兴，但日本当局立即逮捕了留在北平的法国人，关押在山海关。于是他向日本当局提议，去山海关战俘营工作。他在日记留下了时事观察：

1945 年 8 月 10 日：原子弹，宣布了。满洲边境线上的敌对开始了。

1945 年 8 月 15 日：停战。

7. 迟开的爱情之花

和平日子没过几天，战争阴云又汇聚北平上空。

国共和谈破裂，战火再起，从西北到东北，共产党从防守转为进攻。1948 年夏天，辽沈战役结束，解放军挥师入关，林彪将军率部队将北平和天津团团围住。

1948 年年底，通往西山的路已被解放军切断，贝熙业只能在大甜水井胡同家里，东交民巷外交使团人心惶惶。解放军是否攻城？国军还能抵抗多久？国民政府呼吁大使馆前往广州，法国大使馆要求在华法国人撤走。女婿拉奥专门回北京，劝说贝大夫离开。但贝大夫拒绝了，他说，"这里缺医少药，我的病人都离不开我。我的职责让我继续留在这里。"

贝熙业并不明白共产党到来之后究竟会发生什么，他带着一丝忧虑观望事态发展。当时，李石曾、李书华等人都已离开，但中法大学校长李麟玉却坚持留下。铎尔孟时常来家里小坐，交换关于时局的看法，相信留在北平是正确选择，他们了解到共产党领导人中周恩来、陈毅、邓小平都是当年勤工俭学的留法学生，毛泽东还在北京大学图书馆工作过。就在这时，国民政府将领傅作义将军宣布北平和平解放。

不久，中法大学被接管，但李麟玉继续做校长，贝熙业也继续留在中法大学教书，担任校医。1950 年 11 月，李麟玉介绍华北农业科学研究所负责人来找他。见面之后贝熙业才明白，华北农业科学研究所希望租用贝家花园进行植物实验和研究。当时，贝家花园已经废弃两年。贝熙业当即表示同意，并表示免收租金。根据当时留下的书面资料，贝大夫提出，归研究所使用的房屋，可作为办公室，学习室，会议室或藏书室，也可用作研究所人员住所。并且，连同房屋里的家具也可供研究所使用。归研究所使用的房子包括：

A. 大房屋：共 10 间，2 间地下室（其中一间为画室）

小房屋：共 6 间，1 间厕所

厨房与附属建筑物：4 间，外加 2 间库房

B. 农场建筑物：8 间，4 间仓库，1 座温室

C. 高处背斜谷建筑：5 间，1 个蓄水池

共计：33 间房屋，2 个地下室，6 间仓库，1 间卫生间，1 间温室，1 个蓄水池。

贝大夫希望由研究所出资整理，并对房屋进行必要的修缮。因为花园曾为军队占领，又长期废置。日本占领期间供电被中断，如果能恢复是再好不过的了。

贝大夫给自己留下了一些房间：

A. 大泉房屋：12 间，2 间厕所，1 间地下室

B. 塔楼 – 门诊室：3 间，1 间阁楼

共计：15 间房屋，2 间厕所，1 间地下室和 1 间阁楼

12 月 11 日，星期二，贝熙业去铎尔孟家，讨论房屋使用的合同条款。

12 月 18 日，他在合同上签署了自己的名字。

贝家花园租用协议

立合作合同字据人华北农业科学研究所（以下简称贝研所）与贝熙业大夫（以下简称贝大夫）为实现改良山区果树繁殖及管理技术的共同目的，农研所使用贝大夫座落宛平县第三区北安河村牛涧别墅及其果园，兹双方协定，除该别墅之房屋十六间及地洞一座贝大夫留用外，其余房屋及果园俱农研所实验人员居住及实验使用，以果树牧业无偿试验经营，如有不足由农研所负责，非经双方同意，不得改建建筑物之原状。此合同有效期暂定三年，贝大夫得指定专事人代理，应领正式通知农研所，合同期满后仍还原主，至是否延长，由双方协定之，本合同缮缮两份各执一张，以资愚证。

公元一九五○年十二月十八日

立合作合同字据
华北农业科学研究所
贝熙业大夫

1951年3月29日，楼靖康先生去贝家花园，交接钥匙和家具。同时，他任命了一个管理员，看管整个花园。在这里工作了近30年的管家王月川被辞退。检查房屋时，他们从储藏室里发现74瓶红酒，这是1937年9月日本入侵时放进山洞的。对于贝熙业，这是一次意外的收获，他早已忘记了那些酒瓶。

代表贝熙业办理交接手续的是一位年轻女士吴似丹，那年她才26岁。吴似丹出生于北京世家，父亲吴鸣远和伯父吴鼎昌早年留学日本，伯父曾任贵州省政府主席，1949 年被共产党列为 43 名战犯之一。后来，她进入辅仁大学学习绘画。吴似丹体弱多病，神父便给她介绍了贝熙业大夫。

从现在留存的资料看，1942 年贝熙业便和吴似丹有了来往，他为吴似丹写了一段题辞：

您的画笔在纸上就像花瓣上的蜻蜓

轻轻的触动，山峰、森林和山泉就在白色的纸面上流淌出来。

那时，吴似丹才 18 岁。

大约到 1947 年，共产党军队已经开始反攻，显示了胜利气象。贝家女儿苏珊娜和吉奈特回了法国。吴家也躲回四川老家，但吴似丹执意留在北京。吴端华回忆说：

我们（19）47 年到（19）50 年的 5 月，不在北京。因为我们要到南方去，这些孩子们就各奔东西，自己得找出路。这个二哥是刚刚辅仁大学毕业，人家就给介绍到台湾去教体育了。我这二姐找了一男朋友，他们要结婚，她要嫁人，她就解决了。我这三姐当时跟这贝熙业不是就搞什么诊所嘛，她就说她不走，她跟着这大夫一块干这事，这么着她就留下了，她就跟着这大夫了。

此时，70 多岁贝熙业独身一人，工作生活不甚方便。吴似丹帮着贝熙业操持诊所，也安排家务。铎尔孟常来相聚，看到如此场景，称赞吴似丹像女儿一样。

一次暴雨，贝熙业摔倒，吴似丹正在旁边，救起他，细心护理。后来贝熙业称吴似丹"救过他的命"。贝大夫热衷收藏中国古玩。那段时间，吴似丹闲时弹奏一曲古琴，兴起挥毫画上几笔。贝熙业渐渐感到，吴似丹的出现如同升起一道彩虹，生活添了色彩。或许就在朝夕相处中，两人心灵渐渐靠近，跨越年龄和种族，他们恋爱了。

在炮火与政治改天换地的岁月里，贝熙业和吴似丹度过了一段隐秘的审美时光。爱情让贝熙业青春焕发。他陪着吴似丹四处游历，景

山俯瞰故宫，野外垂足河边，海淀寻古探幽，西山体验自然。幽林里，
小溪边，岩石旁，荷花前，贝熙业像摄影师一样，给吴似丹留下一个
个美丽瞬间。他们还特别来到贝大夫桥，互相拍照留念。后来吴似丹
回忆说，"转眼又是寒冬，落叶满地凋零，门前垂柳，缕缕金丝，随
风飘溢。记得 Jean（贝熙业）在叫我欣赏这大自然的美——金丝柳映
着日落的红光。"

贝熙业与吴似丹结伴同游

　　从 1950 年开始，吴似丹俨然贝家女主人，招待来自世界各地的
朋友，一起享受季节的美妙。

　　然而，年龄像一道鸿沟横在中间，两人毕竟相差 52 岁。当时贝
熙业和吴似丹没公开这段感情，即使老朋友也不知晓。铎尔孟，这个
没谈过恋爱的老男生，似乎对男女关系缺乏足够敏感。他后来埋怨道，
"多年以来，关于某种关系的性质，他一直有意骗我，他让我以为这
种关系是一种父爱。"

贝熙业、吴似丹与友人

　　两年过去了，贝熙业和吴似丹已无法分离，按照宗教仪式秘密结婚。当他们决定公开消息时，两人首先告诉了铎尔孟。但铎尔孟坚决反对："当他不得不把这个关系的真实性质告诉我的时候，我多次激烈地试图让他想象一下这种不谨慎决定的严重性和后果，但都没能做到。我发现任何责备都是徒劳的，除了残酷没有别的作用，这时我便只好放弃了对他的责备。"事已如此，铎尔孟表示，"不论我的朋友有什么过错，我的友谊拒绝怪罪于他，我永远兄弟般地忠实于他。"

吴似丹婚纱照

　　爱情是一杯烈酒，沉醉其中的人往往忘乎所以，但世界却冷眼相对。贝熙业不知如何面对女儿，便把这件棘手的事交给好兄弟铎尔孟。铎尔孟不得不饮下这杯苦酒——谁让他吃了那么多奶油软糖呢！

亲爱的苏珊娜，亲爱的热娜维耶芙，

　　我完全没有料到会写这么一封可能让你们吃惊和不那么愉快的信。你们一定会觉得这信的口气有点生硬：要不是我认为把我该跟你们说的、但只能口头说出的一切全都写下来的做法是很不恰当的话，那么这信也许会是另一个样子。

　　上周五，3月6日，你们的父亲和吴似丹来告诉我说，一个瑞士牧师已于去年9月27日为他们秘密举行了婚礼祝圣仪式，使他们结合在一起了；他们还告诉我说，他们认为正式确认这一合法的结合、并把消息散布出去的时机已到，因为似丹有理由认为她将要做母亲了。

这次谈话的第二天，他们办理了符合当地法律要求的手续。从前天早上开始，他们已经合法拥有了一张由中国当局正式颁发的结婚证。他们剩下要做的只是获得我们领事馆办公处的批准。

这些就是我认为必须让你们知道的事情。

不过，为了避免我的这个简单介绍会导致你们对这件事情不自觉地做出错误的解释，也许我还应该补充两点个人看法。

你们知道，你们的父亲一向是非常清醒的：他的决定都是他本人做出的，他完全了解并承担他所做决定的责任。

至于似丹，我很容易设想别人会对她意图的纯洁性有所误解。但很久以来，我能够近距离地观察她，所以我必须声明，她是完全诚心诚意的，是真诚而无图谋的；我若不这样说，那我对她就太不公平了。此外，无须隐瞒的事实是，在此时此处，对于一个中国女子来说，愿意把自己的命运与一个被斥责为帝国主义国家的外国人连在一起，这是一种很勇敢的行为。

我要说的就是这些。因为从今以后，亲爱的苏珊娜，亲爱的热娜维耶芙，我只能祝愿你们父亲选择的、他认为对他晚年的快乐岁月必不可少的这个中国伴侣，他希望跟她生下的孩子能使他晚年的岁月沐浴在至高无上的幸福之光中。

亲爱的苏珊娜，亲爱的热娜维耶芙，请相信，你们的老哥今天是用比平时更多的温情拥抱你们。

大安德烈

北京，1953 年 3 月 12 日

事实上，两个女儿没听从铎尔孟的劝解，一直无法理解贝熙业的决定。即使贝熙业回到法国，一家人再也没能团聚。事过 60 多年，同住法国的贝家后代也几乎从不来往。

吴家态度也有分歧。吴端华说：

领了结婚证以后，我们家才知道的。当时我爸爸反对。我爸爸就说，你看，他比我岁数还大，你跟他结婚就不合适。我妈呢倒无所谓，我妈觉得人家这大夫吧特别好，他还救过我爸爸的病呢！所以我妈就觉得，他们愿意结婚就让他们结吧。我妈还按照中国的方式给做的什么被子、箱子给人家送去。

不管赞同还是反对，都无法阻挡贝熙业与吴似丹新婚的幸福。看看他们在大甜水井 16 号的一组照片就会明白，爱情是生命的保鲜剂。贝熙业焕发出巨大的创作热情，为吴似丹拍出各种姿势：堂前独立，若有所思；花间徘徊，闲庭信步；书桌弄笔，性情怡然；小狗，儿童，鸭子，都成为画面的主角，小院里流淌着生活的乐趣。贝熙业年过80，性格严肃，照片上似乎永远看不见笑容。然而，在吴似丹的镜头前，他像演员摆弄造型：花间漫步，弄狗自乐，嗅花闻香，屋顶小酌。吴似丹还特别拍摄了贝熙业身穿汉服的造型，仿佛清朝官员。贝熙业和吴似丹在相同场景互相拍摄：书桌前，一盆水仙为道具，一会儿看书，一会儿独坐。一向严肃的贝熙业也被逗出了笑容。可以想象，吴似丹在这组照片里担任导演兼女主角，而贝熙业则是心甘情愿的男主角。小小庭院，成了两个人的爱情摄影棚。

从贝熙业遗物里发现一架 135 莱卡照相机，有自拍功能。估计他们两人的合影大多出于自拍。这些合影虽不专业，却生动自然：持花相伴，倚门而笑，傲然相对，独立苍松。或许吴似丹嫌贝熙业太严肃了，设计了互动场景：有一张过于匆忙，按下按钮吴似丹就跑过来，蹲在贝熙业面前，笑容有些刻意；另一张恰到好处，青丝白发，深情凝望。多年以后，吴似丹这样表白："我和 Jean（贝熙业）的爱情决不是能以钱财相换的，我的心像白玉一样的坚硬无瑕。"

从大甜水井 16 号四合院到西山贝家花园，两个人度过一段浪漫时光。

贝熙业、吴似丹合影

这年初夏，艺菊名家刘契园邀请贝熙业夫妇赏花。刘契园原名文嘉，年轻时曾经东渡日本求学，后参加辛亥革命，在东北从政多年。1931年"九一八"事变后，他隐居北京，在新街口买了六亩地辟为"契园"，培育出不少优异菊种。毛泽东、朱德、郭沫若等人都曾来契园赏菊。作家冰心描写道：

契园前后院共有仰止庐等7间菊展室，存花两千余盆，五百多种。这里面也是琳琅满目，美不胜收，如花上开花的紫凤冠，金黄细丝的金缕衣，碧绿的碧玲珑，黑紫的永寿墨，莹白的云中鹤。

贝熙业和吴似丹在契园流连盘桓，兴致勃勃，何况吴似丹还是画家，一定仔细观赏，格外留心菊花的品貌。贝熙业自称"迁客羁人"，回家便写诗报答契园先生的善意。

燕市美莴艳，霜花千万枝。

倾城来仕女，伉俪殷勤滋。

……

神往目为眩，茫然难遍窥。

濒别复回眸，不尽中心怡。

缅怀追厥裔，紫苑生东篱。

贝熙业的汉语是否可以作诗？无法考证。也许这份诗稿应该出于吴似丹之手。

5月21日，契园先生回赠诗歌：

冬青老人携似丹女士远来看菊，旋以法华对照佳什并写真见贻，口占小诗二首奉谢，即希同粲。

良医济世世同仁

皓首童颜不老身

携得彩鸾来看菊

爱花都是有情人

万里来华有宿缘

时逾九九享高年

新诗译假丹青手

异日应留佳话传

从契园先生的回赠诗看，译诗应是吴似丹手笔，而法语诗应出自贝熙业之手。一世良医是文人啊！

8. 最后的中国

新中国一成立就选择了一边倒的政策，站在苏联为首的社会主义阵营，与以美国为首的资本主义阵营进行了长达20年的冷战。

1950年，中国人民志愿军就开赴朝鲜，与以美国为首的联合国军进行了朝鲜战争,直到1953年才在板门店签署停战协议。与此同时,法国在南越向胡志明领导的北越发动攻击。1954年,朝鲜战争和越南战争成为日内瓦会议的主题。然而,就在会议期间,越南人民军在奠边府大败法军,还俘虏了法军司令。在这一背景下,几乎所有生活在中国的西方人都成为不受欢迎的人。

法国继续承认中华民国,与社会主义中国没有外交关系。留在北京的法国大使馆变成留守机构,失去外交地位。不久,中法大学已改组为北京工业学院,李麟玉不再担任校长,贝熙业失去了教授和校医职务,成为私人诊所医生。

不过,贝熙业依然拥有一个相对稳定的顾客群——不少熟人和朋友依然找他看病,北安河一带的村民有了病也照旧来贝家花园。

然而,1954年6月,贝熙业遭遇了严峻的危机:行医执照被卫生局收回,他失去居住中国的合法性,甚至被警察要求一个月内离开中国。据吴似丹弟弟吴远生回忆,贝家佣人经常上派出所告发吴似丹和贝熙业,引来警察的调查和审讯,甚至吴似丹生病住院警察都会跟来。

又一个周三晚上,依然在大甜水井胡同16号,贝熙业和铎尔孟两个老男人再次相聚。来北京时青春年少,风华正茂,而今已满头飞雪,铎尔孟想起李白的诗句:"高堂明镜悲白发,朝如青丝暮成雪。"他意识到这将是最后一次北京聚会。此时,他在中国已经48年,贝熙业也有42年,生命里最重要的记忆都与这群人、这片土地纠结在一起。他们早就在北安河买下墓地,原计划永远留在中国。现在他们必须讨论回到法国的生活。一位73岁,一位82岁,在多数人养老的年龄,他们必须再次面对人生的挑战。

铎尔孟25岁离开法国,几乎所有的朋友和事业都在中国。在法国他无亲无故,孑然一身,甚至都不知道应该或者可以住在什么地方,做什么,如何养老。这突如其来的变故让他绝望。

"唐在复在哪里？"贝熙业提醒道。铎尔孟很久没有看到他了，他也老了，听说在上海。但他女儿好像住在巴黎。铎尔孟决定写封信试探一下。

铎尔孟很快就要离开，回到无人等待的巴黎。他提议，回去之后两家一起在巴黎郊区找个地方住下，互相照应。贝熙业同意这一计划，吴似丹与铎尔孟一起设计草图，安排未来的新生活。后来，铎尔孟在给吴似丹的信中说，"想当年，我同您一起看图纸，天真地想着将在那所房屋里和我亲爱的医生老哥以及您一起变老……"

但贝熙业另有打算。为争取留在中国的机会——实在不行，至少能带吴似丹一起走，他想起中国政府总理兼外交部长周恩来，写了一封信。贝熙业遗物里还留下了信稿：

1954 年 7 月 4 日

让·A. 贝熙业大夫

致外交部长

部长先生：

自从 1912 年我在这个国家从事外科医生的工作，我曾经在三所学校或大学教授医学。我已经 82 岁。虽然年事已高，我还可以继续从事自 19 岁就开始的自由职业。直至上个月初，官方的证书都允许我执业。我的病人来自世界各地，属于社会各个阶层。这是在力所能及的范围内对公共事业的微薄贡献。我的原则是不要常常提及自己的荣誉，在任何时候，无论患者的贫富，无论是外国人还是中国人，都一视同仁，尽可能治疗和开具处方，有时候甚至无偿施药，这些药品是我从战后为了那些穷苦的农民而存放于我在白安河附近的乡间别墅中的，这个别墅使用到 1948 年。

上个月卫生局找到我，对我说，考虑到我的年龄和病人数量很少，当局认为我应当彻底退休，完全停止医生的职业并上交执照。

15 天以后，公安局的电话把我叫到了一位警察面前。对我说，因为已经没有执照，不能再执业，也没有了工作。我无权继续留在中国，应当考虑做出一个决定。

在给行政机关的信中，我解释说，由于我在中国已经度过了半生，与一位中国女人正式结婚，我的一切都在这里，我渴望被允许在这里度过我已经为数不多的日子。由于我的请求被拒绝，我恳请在9月末启程。这个期限对我而言是必须的，用来做准备，清理我在城里和郊区两处住所的东西。这个延期格外重要，是因为我要平复内心的感情，不要让我的身心过于重负，在酷暑中煎熬。我的医生都认为应该避免在酷暑中穿越热带地区。此外我还请求我的中国妻子保留她的国籍并允许她跟我一起走，她对我的照顾是不可或缺的，她自己也不愿与我分离。

法国在这里没有代表，我自作主张向您提出请求，我很荣幸地向您介绍我请求您好意批准的原因。

在41年里，无论何种环境，我在这里从事我的工作，尽职尽责，从不区别对待病人，甚至对贫苦的人更充满感情。我从未犯罪，也没有违法。我把中国当成第二祖国，把中国人当成我的人民。我认为自己配得上作为这个国家的客人。我在这里有我全部的财富，全部最宝贵的情感……我希望在乡间与爱我的妻子一起度过残生，不愿意离开。当中国抵抗外国的侵略，我们共同敌人的侵略，这时，我冒着生命危险，穿过日军的检查站，提供药品，治疗共产党战士，给他们做手术，并把他们藏在乡间的房子里。我冒着最大的危险，把城里的情报人员转移出去。我所做的是一位中国爱国者的行为。但是除此之外，我仅仅只是做一位医生应尽的职责，而不管其他任何事情。面对中国人民，我非常清楚，我尽了我的职责，而且仅仅只做我的职责该做之事。

根据我过去41年之所作所为，根据法律规定，我这样一个又老又有病的人，是否可以在不工作也不需要任何负担的情况下住在北京？

假若法律不允许，是否可以考虑我刚才提出的把我的行期推迟到9月底？

我与一位爱我的中国女人结婚，我也爱她身上的全部美德。因为她曾经救过我的生命，她也不愿意离开我，她对我的照顾是不可或缺的。是否可以允许她跟我一起同时离开？

我充满信任地向您提出请求。由于给我的期限非常紧张，如果您能尽快答复，我将不胜感激。等待您的答复，部长先生，请您接受我最崇高的敬意。

让·A.贝熙业

不过，法国在北京已失去外交地位，如何把信送达周恩来是个难题。据吴端华说，"印度大使要见周总理的时候，他托了印度大使给他带信，说让周总理知道一下，他想带着夫人走。"不知周恩来看到这封信时是否想起了贝熙业的名字？但他很快批复，尽管不能允许他留下，但同意他延期到9月底。

贝熙业稍感安慰，炎炎夏日里，他开始收拾大甜水井胡同16号和贝家花园的东西：手稿、照片、奖章、证书、书信、书籍、古玩、家具等等，40多年的财产和记忆装入行李箱，光古玩就装满五个箱子。

7月28日，贝熙业从英国海运公司预订了他和吴似丹的船票，票价为88880法郎。

临行前，法国医院同事朱广相为他饯行。朱鉴桓回忆说：

像每次来家吃饭一样，母亲为他准备了一块餐巾。因为他每次吃一口饭菜，都要抹去大胡子粘上的东西。几岁的我，当看到他这十分可亲可爱，但又十分滑稽的表情，若不是出于礼貌，真会笑出声来。惜别之情，产生了沉默，饭桌上一片静寂，让人感到压抑。终于父亲打破了这个局面，开口了，"你在中国待了一辈子，中国是你的第二个故乡。法国还有亲人吗？有生活来源吗？你打算回法国怎样生活？"已过古稀之年的老头，头发和胡子全白了，表情一下子严肃起来，但又十分淡定。回答说："法国是一个音乐之乡，那里的人爱音乐，离不开音乐。我早就让我的太太学习了中国的古琴和字画，我要把中国的文化，中国的音乐带到法国，他们会喜欢，我们也就能生活了。"

离开北京时，贝熙业装满古玩的五个箱子遭遇了麻烦，海关明确宣布这些古玩不能出境。贝熙业无奈，只能把箱子寄存到法国大使馆。事过60多年，这五个箱子至今还保存在法国大使馆的仓库里。

10月9日，贝熙业和吴似丹在香港乘上电通公司的邮轮，踏上去法国的旅程。

9. 82岁，又一次白手起家

1954年10月底，法国马赛港，一艘来自香港的轮船缓缓靠岸。乘客从船上走下来，等待的亲人走上去迎接，拥抱，表达重逢的激动。

最后走出来的是贝熙业，白须飘飘，身穿中国传统长袍，一手提着一只鸟笼，一手挽着吴似丹。他步态稳健，却有些缓慢。没人迎接他们。

此时，铎尔孟早已在巴黎华幽梦安顿下来，满心热望来马赛迎接贝熙业。但贝熙业的女儿吉奈特告诉他是"家庭聚会"。多年来，铎尔孟都把自己当作贝熙业的家庭成员，甚至有时比其他家庭成员还亲近，直到此时他才发现他并不是。他告诉吴似丹：

当我告诉吉奈特我打算去马赛接你们，或者直接去沙特纳夫见你们的时候，我碰了个大钉子：她称那是家人聚会，我不必掺和（当然她的话并没有说得这么直截了当，但就是这个意思）。我心想，那么多年期间，我那么近地"掺和"到贝大夫生活中，比他的兄弟姐妹都更近乎，比近些年他的亲生女儿所做的也更近乎；在与他"家人"的接触中，我的在场好像并非那么有害处；但是我想应该遵从吉奈特的意见，她有权对我提出这种反对意见。于是我写信告诉了贝大夫我当时的处境。我天真地承认，那时我对他的回答几乎没有任何怀疑，以至安排好了所有的事准备立刻出发。可当我看到他在信中说非常高兴"晚一些时候与我重逢"时,我是何等的吃惊!(确切地说:"但是我强烈希望我们的分离不要延长得太久。")您在那个时候,我很清楚,无法表达自己的意愿,而他,对自己的决定完全做主。无论他可以做什么辩解,他是完全做主。我至今还没有完全摆脱这次伤害的痛苦。我说出此事并无任何不高兴,也没有任何怨恨,只是感到一种深深的悲伤。

从马赛转车,一路颠簸3个小时,82岁的贝熙业回到家乡奥维涅地区沙特纳夫村,他去中国前曾在这儿开温泉办疗养院。沙特纳夫只有400多人,一条小河从村头婉转流过。河边是密林,对岸是一片并不巍峨的山峦。贝熙业夫妇暂时住在旅馆,那时游客已去,客房很便宜。

20岁离家时一贫如洗,一别60多年游子归来,依然两手空空,贝熙业重回起点,82岁再次搏击人生。照片上,手术刀改为斧头,贝熙业伐木砍柴。码头边,他单腿跪地,河里取水。吴似丹从小生活在北京,一双弹琴画画的手不得不锄地,劈柴,搓煤,摘苹果,像一位农妇。

此时,贝熙业实在无法维生,他向法国政府求助。吴端华回忆说:

(贝熙业)就给他们写了一封信。就说他哪年来中国的,他是哪毕业的,他在部队什么军衔什么这那的,都给写清楚了。然后这封信给寄到法国(政府)了。法国(政府)人家一查,说,哟!这老头去中国那么多年了,也没给他涨过钱,也没给他涨过级,就是军衔也没提过。说这个现在人家回来了,没法生活,那就给他补吧,一次性给他补了点钱,就给他寄去了。他们就买的这山上的别墅。

贝熙业遗物中没发现这封信,但后来催款的信还保存着:

荣军大臣先生:

本人在法国驻北京大使馆担任过多年的医生和医疗顾问,至1928

贝熙业在沙特纳夫

年 7 月 9 日之前作为非战地军医，之后作为殖民地驻军退役军医。1954 年 9 月 10 日遭驱逐离开中国，躲到沙特纳夫定居，军饷由地方邮政局长发给我。

1954 年 10 月底抵达法国时我有病在身，曾让住在巴黎 Beaujour 街 42 号的女儿 Geneviève Bussière 代为去大臣公署告知，请把拖欠的 1924 年 7 月 9 日的荣军军官勋爵的薪待发至我的新住地。

我离开中国时，我国驻北京领事馆官员通过驻香港的领事将军转交给我了登记证明，在此附上。该《证明》证实，我的薪待兑付延续至 1954 年 1 月 1 日（含），我还应得到 1954 年 7 月 1 日，1955 年 1 月 1 日和 1955 年 7 月 1 日的拖欠薪待。

我请求将军大人敦促解决我的问题，并使拖欠薪待以及今后的薪待通过我现在的居住地多姆山省沙特纳夫镇邮政局局长发送，本人不胜感激。

随信附上《登记证明》和一张新近照片，以备需要。《证明》上的旧照还是在北京生病前使馆的荣军大臣贴上的。

尊敬的荣军大臣先生，请接受我深深的致敬。

贝熙业大夫
殖民地驻军部队卫生部退休医生
多姆山省沙特纳夫

劳累、疲惫、绝望，伴随着心绞痛和严重感冒，贝熙业度过了沙特纳夫的最初日子。很快，铎尔孟来信，向贝熙业表达了"兄弟般的问候"。他安慰道，"与一辈子的生活突然割裂不会没有后果的，如此残酷的背井离乡必然伴随痛楚的撕裂、沉重的疲惫和强烈的情绪。"回法国在他看来是"背井离乡"。

事实上，铎尔孟也并不轻松，"我的每日生活就像个和尚，努力在不断更新又永远嘈杂的芸芸众生之中编织自己的孤独。只有去食堂时才离开办公桌，在一片望不到边际的大海上无休止地、有时是很艰难地划着桨。"1955 年 5 月 30 日的来信中，他抱怨居住环境的混乱，也不能确定他的书籍是否可以安放在这里，因为华幽梦主人顾安还在纽约。何况，他还忍受着身体痛苦：两颌全是烂毛病，手上的湿疹、荨麻疹更厉害，大腿上也有湿疹，还有猖獗的"香港脚"。

不久，铎尔孟与联合国教科文组织签订了审校《红楼梦》法译版的合同。朋友们都为此事高兴，而他向贝熙业倾诉烦恼：

亲爱的老哥：

经不住那么多人（也包括你们）的一再敦促，我最终还是错误地让步了，答应审校《红楼梦》法译本（译者是我过去的一个学生）的前四十回，须一年之内完成，报酬 420000 法郎。"走运"，是吧？就算是吧；然而就在我刚刚在合同上写下我的签名后却发现，与中国译者签的合同上写的报酬是 875000 法郎。您对此作何感想？您，亲爱的老哥？

铎尔孟以一首诗表达了他的心情：

他们会对你说：生活是美好的。但睁眼看，

烂泥中他们重压的证据，只等待

我们冬天的严寒，而这个春天，

为别人，也许会到来，但迟迟不露面。

这是铎尔孟留下的唯一诗歌。他常常夜里写诗，天明全部烧毁。临终前，他焚毁所有书信、日记和文稿。本文所引的书信都是吴似丹冒着决裂的勇气保存下来的。

忧郁、绝望的气息笼罩着两位老人，直到一个新生命诞生，希望又重新燃烧。1955 年 12 月，83 岁的贝熙业高龄得子，取名让·路易·贝熙业。

铎尔孟立即写信祝贺：

亲爱的老哥，亲爱的似丹，

我一直焦急地等待着好消息。好消息终于到了。我赶紧发出这封祝贺电报，衷心祝贺你们！我可以猜到你们的喜悦，我为你们高兴。愿那些还密守在你们古老的奥维涅地区的仙女们都能来到你们小欧亚人的摇篮边守护他。(你们给他起了什么名字呢？) 从你们对他的描述我看到了所有的希望。愿你们两人共同努力去实现这些希望。愿似丹不久就能起床了，我了解她的勇气。不过难道真的不能使用麻醉吗？现在的时光，对于你们两人，一定是充满了欢乐。我这封信要告诉你们，我为你们两人的幸福而幸福。

　　你们的老哥衷心祝福你们三人。

大安德烈

1955 年 12 月 7 日

　　他为让·路易起了一个中文乳名"小瑞儿"。在给吴似丹的信中，铎尔孟解释道："'瑞儿'译成法语的意思是'美好的或神奇的长子'，这对于这个儿子很合适，他身上寄托着您'传宗接代'的希望，尤其现在家人可能会担心断了香火。"瑞儿是用汉字写的。

　　让·路易是贝熙业最后的希望，他把全部精力都贯注在这个小生命身上：喂食，学步，玩耍，眼睛里流露出慈爱的光辉。

贝熙业给让·路易喂面包

贝熙业带让·路易在村头玩耍

　　84岁的贝熙业预感来日无多，他总是说："我要在去世前看到我的老朋友。"而这笔路费于他却是巨额负担。1956年7月13日，他委托巴黎银行卖出17枚瑞士金币、一枚1781年俄国金币、一枚印度币和9块中国小金条，一共获得166324法郎。

　　1957年6月，贝熙业带着吴似丹和让·路易一家三口从沙特纳夫出发。他们步行两公里左右，乘火车去巴黎。一别32年，塞纳河依然平静地流淌，但香榭丽舍大街却更为时尚，橱窗里名牌时装和化妆品，红男绿女，熙熙攘攘。贝熙业一家参观了凯旋门，他与让·路易在埃菲尔铁塔前合影，与吴似丹在香榭丽舍大街合影。

从巴黎去华幽梦并不远，却非常折腾。贝熙业回忆说，"这真是一次艰辛的远行！我们先乘坐小车到文森①，后又转乘小推车，顺着国道下头走了6里地才到了修道院。"当时，贝熙业右腿已经病痛难耐，每走一百步就得停下来休息一下。就这样，贝熙业拄着拐杖、吴似丹抱着孩子，一家人走走停停，终于到了华幽梦。

此时的铎尔孟正被翻译折磨着：

我的每一分钟都被那个让我精疲力竭又没完没了的差事占据了，就是与教科文签的合同把我钉在上面的那个苦差事。此刻已是早晨6点钟。我刚刚完成了这个地狱般翻译的一章，可惜却没有松口气的感觉，因为过一会儿又得开始下一章（而且永远如此，夜复一夜，一直干到早晨七八点钟）。

我现在睡眠分小段进行，一会儿睡两小时，过会儿再睡两小时。因此对我而言，一天与另一天之间不再有隔断，以至我的时光以一种不确定的速度流淌着，我再也搞不清写字的每分钟属于第二天还是属于前一天。我从来没有日历的记忆。

就在这样的苦痛中，贝熙业突然出现。铎尔孟在给友人的信里谈到当时的情景：

我正要下楼去见一位来访的女士，就在狭窄的楼梯上和似丹打了个照面！半个小时后，贝熙业和他的儿子也赶到了，真是喜从天降！他们竟然来邀请我去新堡浴做客！

北京一别，他们已经三年没见了。铎尔孟放下手头的工作，兴奋地带他们参观这座年代久远的庄园。尖顶教堂下，贝熙业一家三口与铎尔孟留下最后一张合影：两位老人都已须发皆白，手持拐杖，护卫着年轻的母亲和幼小的儿童。贝熙业回忆说，"看到老朋友还是那么

---

① 法国地点，位于马恩河谷省。

硬朗，实在是令人心生喜悦。我想我将永不会忘怀。"他明白，这一次是人生告别。

10. 寂寞身后事

回到沙特纳夫，花园荒芜，杂草丛生。86 岁的贝熙业感到力不从心：

家务实在多得干不完。照顾孩子、骑自行车去买牛奶和面包、浆洗衣服、下厨、打理花园……花园里面乱糟糟的，但我们实在不得空照管它。

似丹是一位极具有行动力的人，她甚至还可以与我一起给花园翻土，因为我已干不动重活了。似丹也不许我再干那些了。我也自觉没什么力气，病痛又让我动弹不得。

沙特纳夫的冬天寒冷而又漫长。自从入冬，贝熙业就一直处于病中，咳嗽折磨得他无法入睡。最后，吴似丹把他送进医院。这位一生解救痛苦、救人无数的大夫，却无力医治自己的病。吴似丹法语并不流畅，又没多少钱，住院两周就花去 190000 法郎，而她只有 160000 法郎。她给贝熙业女儿吉奈特打了电话，吉奈特第二天便赶到医院。吴似丹回忆说，"使我得到不少的安慰是这几天苏珊娜和吉奈特对我很好，所有亲友都给我慰问和给我帮助，使我不感觉孤单。"然而，贝熙业时而昏迷，时而清醒。鼻塞、痰，无法进食。护士麻木不仁，医生也漠不关心。

1958 年 2 月 5 日，贝熙业终于去世，享年 86 岁。

吴似丹写信给法国唯一的朋友铎尔孟：

大安德烈：

请原谅我一直到现在才给您写信，Jean（贝熙业）在受了一个月的痛苦后终于离开我了，我的脑子空了，心是碎了，我没有勇气提笔。

在去世前三点钟，他是那样的安静，像蜡烛一样慢慢的熄灭。我告诉他我们的心永远在一起。我决定随他的意志，在这里抚养路易成人。我有勇敢，我叫他放心。他明白我的话，可是他不能回答我，他只是紧握我的手来回答我。我的十字架比他的更苦，更长久。

现在就剩我和让·路易两人生活了，我要过着像修女一般的朴素刻苦的生活来教养孩子，别无可言！

贝熙业去世前，甚至葬礼，铎尔孟都没露面。后来他给吴似丹解释说：

不要以为我仍然还在埋怨 Jean（贝熙业）背叛我，放弃了共度晚年的计划。我们曾约定一起去美丽乡野找个地方安家，离巴黎不要太远（但也不要去山区，冬季天总是那么阴沉和寒冷）。还记得共住房屋的那些图纸吗？您曾画了多少遍！假如那个计划得以实施，我们现在就可以一起过了，会非常自在，您也不至孤独一人，在这个无情无义难以接近的国度里抚养着年幼的孩子，没有人懂得您，真诚地爱您，每天帮衬您。我呢，就可以照顾曾是我那么久的兄弟般朋友的儿子，也可以照顾您。无疑，我是法国唯一真正了解您、懂得您的人。

正因为我对您完全信任才觉得他做错了。他不该一把年纪时把您年轻的生命与他连在一起，不该冒着撒下你独自抚养孩子的风险而生下孩子，他错就错在把您几乎无可挽回地与那块穷乡僻壤绑在一起。（不幸的是，这一切都发生了！）

由于家庭纷争等原因，您（指吴似丹）还感到惊讶的是，您以为我是因为旧怨耿耿于怀才没有在 Jean 临终前去看望他；可您怎么不明白，好几个不得已的理由阻止了我。他的女儿们完全不愿意我在场，我无法出现在他的床榻前，在您和她们之间。此外，我想保留朋友年富力强、意气风发的记忆，而不是奄奄一息、无意识无声音的可怜相。对我而言，我当年那个兄弟般的朋友没有死，他只是在远方，离我还很遥远……我没有看到我母亲去世，甚至不知道她的墓在哪里。她在我脑海里出现，就像我小时候看到的那样，仍然年轻、漂亮，长时间远在他乡。

吴似丹一人带小贝长大

贝熙业去世的 1958 年,吴似丹 34 岁,让·路易 3 岁。"爸爸告诉我的一切在我的脑海里只建构出了唯——一幅得以长时间留存的图像,那就是一位 84 岁的老人,留着长长的白胡须,怀中抱着一个乳娃。"多年以后,接受记者采访时,让·路易这样描述。而当年,3 岁的他天天吵着要爸爸。吴似丹在信中告诉铎尔孟:

我一说离开他就哭,每天重复地问我:"爸爸哪去了?"每晚叫我唱爸爸以前给他唱的歌,他自己也唱。前天晚上他唱了两句哭起来了,每天夜里从梦中哭醒叫妈妈,我们心太苦了。

1958 年的中国正经历一个疯狂的时代,吴似丹与北京家里的联系越来越困难。她告诉铎尔孟,"我自年底接母亲一封信后,至今三个月没见信了,使我非常怀念。母亲信中说姐姐给我寄来日历一份,我也没收到。我看那边情况越来越难。我最怕的是永远再得不到家中的消息了,想到此处,我心欲碎。"一次当地电影院放映中国影片,邀请她把画展览在放映厅里。电影一放,故乡风景与音乐让她不由自主地失声痛哭!

吴似丹与母亲

吴似丹在法国举办画展

　　故乡已远，丈夫已逝，一人独在异乡，带着一个 3 岁幼童，吴似丹经济无着，法语又不流畅，她所遭遇的苦难无法想象。她唯一可以倾诉的对象是远在华幽梦的铎尔孟，那时的书信可谓满纸眼泪，一腔心酸。然而，这位在北京怕见生人、不敢上街购物的年轻女人唤发出母性的力量，常常忍受头痛的折磨彻夜作画，去尼斯、维希办画展。她说，"我自己每天五六点钟起，十一二点睡，一天忙到晚，夜间常失眠，肝胃病复犯。"

可是，那时中国画在西方几乎没有销路，常常是花了旅费、展费却卖不出画。好在法国政府还给他们母子发放贝熙业 60% 的工资，直到让·路易 18 岁。

吴端华回忆说：

当时他死了以后人家就调查，说根据法国的政策，她得结婚满五年，而且得有孩子。她正好满五年了，也有一个儿子。人家给她批的这个养老金。他退休以后，50% 给他的，他媳妇如果说没工作的话，50% 给他媳妇，10% 给他的孩子。结果她就拿这老头的 60% 养老金，当时带着一孩子，还是这么凑合着过的。那老头（工资）已经涨上去了，那工资就较比高了。

三年后，6 岁的让·路易已经学会写信，他的第一封信便发给铎尔孟：

大安德烈，

妈妈说 11 月 30 日是您的节日，我赶紧给您写这几个字，祝您节日快乐！

紧紧拥抱您。

让·路易

1961 年 11 月 27 日，于 Les Méritis 宅

铎尔孟回信时溢满亲情：

亲爱的让·路易，

你热情的短信写得很好，你的祝愿，漂亮的图画以及两张照片都带给我巨大的快慰。得知你在学校那么优秀，跳了一级还名列前茅，我也非常高兴。

你是怎么驯服那头可怕的大象的？见你英雄凯旋般地骑在它背上！

我深情温柔地拥抱你，可惜只能天涯寄情思，我为此很伤心。

大安德烈

收到 1963 年 12 月 17 日最后一封信，铎尔孟再无音信。

直到数年之后，吴似丹才知铎尔孟已于 1965 年 2 月去世。

遗嘱里，铎尔孟要求焚烧所有日记、书信和文稿，尸体送医学院解剖，连坟墓都不留。这份遗嘱现藏于里昂市立图书馆：

我已年过八十，身体（表面上看）仍然健康，头脑完全清醒，但为了准备我（希望即将到来）的离世，我留下我的最后意愿。

烦请文化俱乐部主任阿兰·克雷斯佩勒（Alain Crespelle）先生严格执行我的意愿。

我不要安葬，不要任何方式的葬礼。我的遗体应交给医学院的学生们，他们可以根据该校领导的意见自由处置。我的死讯必须等我的遗体清走之后才能让人知晓，且不应发布任何对外公告。

凡是信封上正式标明"销毁"字样的信件必须立即销毁，任何人不得了解信件内容。对于信封上标明了一个明确去处的信件，也必须遵守同样的保密原则，这些信件应尽快交给需送达的人。所有的日记本也必须不经翻阅就全部销毁。我不想在这个低贱的世界上留下我的（本质上是诗性的）历险的任何物质痕迹。

我在中国耗尽了全部财产。自从我回法国之后，只靠一份没完没了的译本再翻译工作为生，故我不留任何遗产。我保留我对我的藏书的使用权直到我生命的最后一刻，但我藏书的所有权已于今年 1 月 1 日明确移交给了亨利·顾安先生。

我只在邮政储蓄所有一个活期账户。我账户中的金额以及我的钱包中将能找到的金额，在扣除了清理我的存在所需的费用之外，应该交给拉奥·德·赛尔瑟（Roaul de Sercey）伯爵夫人，留给她本人、她后代和她妹妹。

我箱子里的东西（以及箱子本身），衣柜和我房间壁柜中的东西，壁柜里一个小盒子里的东西，以及我桌子上和书架格子里的小摆设均应交给拉奥·德·赛尔瑟伯爵夫人，由她分给其后代和她妹妹吉奈特·贝熙业（Geneviève Bussiere）小姐，他们从中可自行选择一些纪念品分给那些以他们的爱心给予了我宝贵帮助的最亲近的朋友。

戴在我左手上的指环宝石只具有对我个人而言的感情价值，这个指环以及也是我左手上戴的那枚结婚戒指可以保留下来，仅仅作为纪念。指环和结婚戒指均应交给菲利普·德·赛尔瑟（Philippe de Sercey）先生。

只有唯一一个人可能会要求对我的继承权：一个不称职的表妹。她对我而言只是一个愚蠢、恶毒的外人。万一她有脸出现（这种情况不大可能发生），我宣布：完全地、不可改变地剥夺她的继承权。

安德烈·铎尔孟

1962 年 5 月 5 日

铎尔孟遗嘱里提及的拉奥夫人正是贝熙业女儿苏珊娜。去世前的几年里，苏珊娜和吉奈特常去华幽梦看望铎尔孟。但两姐妹并没有通知吴似丹铎尔孟去世的消息。

那时，让·路易已离开沙特纳夫，去外地上中学。他在沙特纳夫小学成绩优异，八岁半就毕业了。吴端华回忆说：

他进去圣母中学的时候是八岁半，人说太小，不能上初一，上预科吧。预科可能念了半年吧，就让他上初一了。上了初一一直到高三，他才十六岁半，然后就该考大学了。这时候他妈又着急了。要考大学，考一大学这学费太高。这时候他妈呢就是在中学里头给人家教美术，教劳作，手工，完了晚上就是看那女学生，就是干这个工作。这么着过了一阵子挣点钱，开画展挣点钱。

17 岁的让·路易考入波尔多大学医学院——他父亲当年的母校，

后来成为一名心脏病医生。

2013 年 6 月，吴似丹以 89 岁高龄去世，距离贝熙业来中国已是 101 年。她曾于 1983 年回过北京，但无法接近贝家花园——当时属于军事禁区。

让·路易在贝家花园

2014 年 3 月，59 岁的让·路易第一次来到父亲的花园。他冷静地、又近乎贪婪地一路走，一路拍照，生怕错过一处细节。

关于《贝家花园往事》的拍摄，他坐在花园石阶上接受了采访：

在我母亲病重，开始长达六年的瘫痪后，我开始对过去的历史感兴趣，我才真正懂得我错过了一些事情。那时，我开始在文献资料中寻找这一时期的蛛丝马迹。这段历史能够在今天揭开尘封令我十分高兴，因为她原来可能再也没有机会为世人所知了。所以我认为这件事很好，我父母也受到了大家的追忆和敬佩。这也使……安息……抱歉！

谈到这儿，一向严肃的让·路易泣不成声，采访被迫中止。

第 三 章

导演手记

导演手记

一、缘起

拍摄《贝家花园往事》纯属偶然，仿佛伴娘变新娘。

我对法国医生贝熙业的最初了解来自法国诗人圣琼·佩斯的一封信。举觞白眼望青天的 80 年代，佩斯曾是我的英雄，他的晦涩与波德莱尔的颤栗、魏尔仑的忧郁一起发酵为法兰西诗歌面包，喂养我饥饿的青春。谁曾料到，《阿纳巴斯》居然写于北京西山，我得以乘纪录片之舟探望诗歌故乡，心生喜乐。从佩斯开始，挖地瓜似地，贝熙业、铎尔孟、李石曾和谢阁兰相继出现，而贝熙业是这一朋友圈的核心人物。法国前驻华大使毛磊先生这样描述：

时近黄昏，几个人影正向花园深处驻馆医生的住所走去。医生在此居住多年，在北京的法国圈子里是位知名人士。他每星期都要接待一批朋友，大家见面、问候、寒暄，围绕着总是和蔼可亲的主人，交换近来的种种消息。

这是一个什么样的朋友圈？贝熙业到底是一个什么样的人物？

2013 年，深秋，我去北京西郊阳台山探寻一座荒芜多年的花园。

远远望去，一片密林托出一座孤独的楼顶，走近看见一座四层碉楼，铁门禁闭，门楣上一块石匾："济世之医"。循山路而上，约四五百米，疏落的林间透出一座二层中式小楼，红砖封住门窗，廊柱上的图画色彩斑驳。院里杂草丛生，秋千架只余铁环兀自悬空。回身向南，上一小台，是一座中式平房，也被封锁。这便是贝家花园。

显然，这是一座废弃的花园。

岂止花园，花园主人贝熙业所留下的也不过是一堆无法粘合的碎片：法国公使馆医生，据说为八路军送过药，花园是为生病的女儿所修，他曾主持过一个文化沙龙，1954年回法国。他为什么回法国？在中国都做了些什么？还有哪些后人？

所谓历史就是一个焦点化与模糊化的双重运动。贝熙业属于被模糊的系列。不过，淘气的历史偶尔也会耍点调皮。2014年中法建交50年，跟法国相关的一些人和事突然暴红，贝熙业又列入被焦点化的序列。

于是，寻找贝大夫的历程开始了。

二、发现贝大夫

除了西山荒芜的花园、破败的石桥和王府井大甜水井胡同拆了一半的四合院，寥寥几张非专业图片和一些无法证实的网络传说，关于贝熙业的资料珍稀如上古文物，根本无法支撑一部纪录片的视觉元素。

寻找以汉语和法语两种方式进行。国家图书馆、北京市档案馆、中国第一历史档案馆——当时拒绝对外开放。第一次发现贝熙业三字的汉语组合可用狂喜形容，那是中法大学档案董事栏下的名字，这众多传说中至少可以确认他与中法大学的关系。陆续发现了工资单、住址和电话号码——我真想向这个号码拨一通穿越电话。然而，这一喜悦是肤浅的，贝熙业依然是一个苍白的符号。

法语调研是唯一的希望。一天，本片导演、荷兰制作人荷内先生从法国媒体发现贝熙业夫人吴似丹去世的消息，时间为2014年6月29日。动手晚了！悔恨之余，抱着绝望的心理意外发现贝熙业83岁时与吴似丹生有一子，生活在巴黎，名叫让·路易·贝熙业。

欣喜很快变为焦灼，巴黎之大，寻找让·路易犹如海中捞粟。求助法国大使馆，每次答复都相同：正在与他本人沟通。这让我想起熟悉的"研究研究"，二者异曲同工。

就在陷入绝望之际，国际制片毛毛从中国驻法使馆找到让·路易的邮箱地址。不久，让·路易回信。当时我突然意识到，通向藏宝洞的大门露出一条隙缝。

2013 年 11 月，我在美国短暂停留后从洛杉矶去巴黎，与先期到达的毛毛、荷内会合。巴黎 15 区一座百年公寓，门打开，是一位中等身材的男人，不苟言笑，脸上保留的几乎都是欧洲人特征。这是让·路易·贝熙业。公寓里中国古典家具漆黑油亮，国画《马》颇有古风，署名是似丹。让·路易搬出父亲的遗物：信件，嘉禾、文虎勋章，吴似丹的中文信，像册，至今仍藏在北京法国大使馆的五箱珍宝目录，仅象牙笔筒就有 5 个，铜镜若干——都是当年贝熙业离境时不能带走的古玩。荷内多次善意地阻止我继续翻阅的愿望。后来他解释说，在欧洲人面前，不可表现得过于热情——其实是贪婪，我理解他的含蓄。

我的心理迅速从穷光蛋抵达百万富翁，可富也有富的烦恼。这么多资料，且多是法文，既不可带到中国，也不能将专家团带到巴黎。谁来研读资料？人选一时难觅。

当天晚餐时我领悟到，上帝是真正的戏剧导演。驻法使馆吴参赞安排我与法国导演让·米歇尔见面，席间得知同来的张伟参赞热心于这段历史，已在博客上发表了大量文字。我抱着试试的态度，询问他是否可以帮忙？他一口答应。

然而，让·路易是位心脏病大夫，工作极忙，只有周末才有时间整理资料。于是，每过一周或两周，张伟便跑一趟让·路易家，取到资料，发回国内。可照片上的人多不可辨认，手稿字迹也难以阅读，何况多数是法语。我虽忝列教授有年，却着实体验了一把文盲的真实感受。承担翻译工作的北京大学、北京外国语大学和北京语言大学法语系的研究生团队也望手稿兴叹，破译天书的工作只好留待北京大学秦海鹰教授。好在秦教授留法多年，端的是功力深厚，颇像当年吓退蛮人的李白，硬是从字迹慌乱的手稿里译出了铎尔孟遗嘱、贝熙业日记、书信等重要资料。

公文像西装，献辞像礼服，书信和日记则是睡衣，柔软，带着体温和性格，像一段血脉流入心灵。我们找到了贝大夫离开中国前写给周恩来的信，回法国后给铎尔孟的信，与佩斯一起蒙古探险的日记，吴似丹写给铎尔孟的信，甚至铎尔孟的信件——据说他临终前销毁了全部资料。贝大夫从一个光辉符号还原为肉体凡胎：爱吃冰淇淋；常与铎尔孟争论，却又总惦记着给这位兄弟留下美味点心；他穿着大裤衩给农民看病；甚至贝家沙龙上也是一副短打扮，休闲、自然；他与吴似丹的一组照片疑似自拍——画面有些亲昵甚至肉麻；……坦率地说，贝大夫的书信、档案和照片赋予这部影片以灵魂。

专家组是此片的核武器。秦海鹰教授是谢阁兰专家，刘晓研究员是李石曾专家，诗人树才是佩斯专家，钱翰教授从法国外交部档案馆查到佩斯蒙古探险的报纸，张文大先生是民俗学者。最终，摄制组翻译法文资料 80 多万字，收集档案和文献两千多卷，图片一千五百多张，并独家发现了一百多年前的李石曾豆腐工厂电影和容龄公主剑舞电影。

在纪录片开始之前，我们已经完成了一项学术课题。不过，把学术成果转化为影片并非物理累积，而是化学聚变，宛如从粮食提炼酒精的过程。

三、剧本

调研基本结束后，进入剧本阶段。没料到，4 集剧本整整用了四个月时间，开机时间被迫推迟两月。首先面临的是结构问题：一是按照时间线索，四个主人公集体推进，但他们来华时间相差十多年，每集人物和故事分配因为时间限制而穷富不均；二是专题化处理，按照来中国、去法国、法国人在中国、大结局分成 4 集，人物和故事均衡了，但叙事时间陷入混乱；三是围绕人物分集，命运感突出，叙事清晰，但人物穷富不均比较明显。荷内用英文写出三稿剧本，尝试了前两种结构，效果并不理想。

2014 年 3 月 31 日，《贝家花园往事》开机仪式在贝家花园举行，小贝专程从法国赶来，第一次走进父亲的花园，数度哽咽，激动不已。仪式过后，为澄净心境，远离城市喧嚣，我隐居贝家花园招待所，写作剧本。晨昏之际，踏着贝熙业踩过的石阶，漫步、伫立、倾听、呆坐，思路渐渐像白云一样飘动。一周之内，3 万余字的初稿完工了。

接下来的劳动节是一场残酷的思想博斗：资深导演梁碧波、肖同庆与我的团队一起讨论，争论，辩论。限于汉语水平，大部分时间里荷内保持了严肃的迷惑表情。最终，确定了第三种思路：以人物为中心；以戏剧化组织故事，讲述人生横截面，屏蔽生平展示和传记化冲动。如此一来，豪富贝熙业和倔强铎尔孟被挤进一集；谢阁兰大量的游历、考古被搁置，穷得撑不起一集，只好围绕清朝皇帝，请反清的李石曾入伙。佩斯和李石曾各一集。为了给历史故事找到今日视点和叙事动力，我决定采用寻找模式，而小贝则是最佳人选：所找的人是他爸爸和爸爸的朋友。征求小贝意见，想以他第一人称的视角讲述 4 集影片，他同意了——事实上，当时他正在研究爸爸留下的文献。

文稿在我与碧波兄的邮箱之间往返穿梭，每一出入都会减肥或增肉。我们反复讨论的核心词汇是：戏剧性、结构、节奏与人物关系、场景、情节。最后细到解说词甚至音乐提示。最终于 6 月初定稿。

文学本敲定，导演本开始。再现、动画、资料和现场拍摄，冯雷导演就在此时介入。几番研讨，最终确定再现部分在京郊一座摄影棚拍摄，而佩斯探险、谢阁兰骑马等场景则在蒙古草原、明十三陵、西山等地拍摄。留下冯雷筹备再现，我带摄制组赴法国拍摄。资料、采访、纪实场景分类列出，毛毛与荷内先期去法国安排行程，我紧张地准备资料，为不同场景设计拍摄方法，并制定不止一种方案。

四、拍摄

本片大半场景拍摄于法国。但拍摄过程恰如一部恶俗的好莱坞电影：变象丛生，防不胜防，终归大团圆。

拍摄出发前两天，小贝发来一份措辞严厉的邮件，拒绝拍摄，主要意思是他将休假，且怀疑本片是否能够讲述真实的故事。小贝临时变卦当然出于其他原因，但对纪录片的影响是致命的。

我四顾茫然：取消行程？机票不能退，一路旅馆、拍摄点都已预订；继续走，小贝拒绝拍摄，拍谁呢？此时别无选择，只能出发。先期到达巴黎的制片毛毛表示她做点工作试试。

雨中到巴黎，前来接机的毛毛兴奋地说，小贝态度已软化，同意见面谈谈。于是，大飞、晁军等摄制组在门口等待，毛毛、荷内和我跟小贝整整谈了3个小时。最终达成的协议是：影片需要在他同意后定版，他只参加关于他父亲的拍摄，其他部分概不参与，包括华幽梦。午餐在阳光灿烂的街边进行，而下午拍摄却笼罩于一种小心翼翼的气氛，小贝全然一副外科大夫的表情。

晚上10点餐毕，约定明天5点起床去华幽梦。此时，来自重庆的华侨司机突然提出每天加薪80欧元，否则罢工。我似乎只能忍受敲诈，但荷内却发起欧洲人的犟脾气：不接受这种不讲信用的敲诈，实在不行他开车。司机本以为我们别无选择，没想到荷内突然狙击，他只好再找别的活路了。

几天后，我们赶到贝熙业的村庄沙特纳夫。也是雨天，乡村旅馆，小贝一家与我们共进晚餐。借助酒力，僵冷的气氛慢慢回暖。果然，第二天拍摄非常顺利。小贝走进旧居小院，指着对面的山告诉我，"妈妈说这里很像北京西山。"说罢，他又哽咽。细雨中，我们跟他上山，进入一片密林，大树自然招眼，但多是灌木。小贝说，这些树是他父母栽的。我不禁想起《世说新语》里的句子："树犹如此、人何以堪。"

去蒙达尔纪为寻李石曾的踪迹。但李石曾的故事谁来讲？

可巧，李石曾外孙女朱敏达住在巴黎。简单说明意图，朱敏达马上答应了。我们先去巴黎附近的科伦布寻找豆腐工厂旧址，现在是一座幼儿园。但戈蒙电影馆却藏着关于豆腐工厂的电影，拍摄于1911年，是一段新闻片。电影里，李石曾戴一顶鸭舌帽，精瘦。朱敏达记忆里的外公是有胡子的，看到30岁的年轻外公，80岁的老太太伸长脖子，尽力接近屏幕，笑容从脸上溢出，仿佛与外公交流。

到了蒙达尔纪，才知朱敏达没来。毛毛说，老太太有些激动，血压升高，不敢出门。无奈，我们跟着王培文博士拍摄以李石曾命名的十字路口、李石曾留学的农业学校、蔡和森和向警予留学的中学、李石曾旧居，这些地方往往挂着中文牌"伟大的足迹"，远远看见，好像遇到老乡一般。这都是王培文博士努力的结果——听说她又提案将火车站改名为邓小平广场，获得通过，这是后话。

当天晚上，毛毛兴奋地告诉我：朱敏达明天来，血压正常了。我明白，她是打心眼里爱外公的。于是，我又补拍了她走过李石曾路口、寻找李石曾档案的场景。几年来，她不断寻找外公的踪迹，确实发现不少资料，包括她妈妈在巴黎的出生证。一百多年了，一个外国人的出生证明还完好留存。

寻找佩斯也足够戏剧化。

佩斯晚年住在法国吉安半岛一座海滨别墅。目前，别墅已住进新主人。国际制片毛毛多次联络，回复都是："妈妈有病，不便拍摄。"

可我们还是来了吉安半岛，心犹不甘。正巧，毛毛有位朋友就住在佩斯故居隔壁，一位开朗、善良的法国女士。说明情况后，她直接拨通邻居电话。没想到，女主人热情欢迎拍摄，只要不拍她的家人。摄影师大飞本来构思了不止一种偷拍方案，此时终于可以大大方方拍摄：佩斯曾经散步的庭院、通向海滨的台阶、餐桌……而我则在当年佩斯乘凉的树荫下，跟老太太轻松聊天，她甚至提议可上屋顶拍摄。

我们在院里谈话，房屋门窗紧闭，窗帘偶尔露出一角便立即遮住，里边可能是女儿。原来，毛毛每次发电子邮件，都是女儿直接回复，妈妈根本不知此事。不知我们走后，老太太是否收到女儿的埋怨？

唯一的遗憾是，佩斯的侄子阿兰始终没露面。

调研时曾会过阿兰，脸型与佩斯还确实有些仿佛。小贝拒绝串场，我想邀请阿兰讲述佩斯的故事。可阿兰是位会计，似乎对舅舅没多少好感。本来约好一起去佩斯故居，他临时取消了行程。我们提出去他度假的地方采访，他不再答复，直到我们离开巴黎。

后来，我重读《阿纳巴斯》，发现树才的译本最有味道。于是，一个大胆的想法油然而生，请树才讲述佩斯故事：树才是诗人，也曾做外交官，又翻译过佩斯诗歌，东方与西方、历史与今天进行对话。我与树才素昧平生，但第一次通话就气味相投，达成一致。

后来，阿兰度完假，发信表示愿来中国拍摄。但我已确认树才是最佳人选。

哪知，树才带来的惊奇超出我的想象。一天他电话告知：法国大诗人维尔泰要来北京，他为佩斯写了一首长诗《远航》。我立即请他跟维尔泰商议，可否拍摄？事实上，维尔泰是佩斯的粉丝，他不仅去西山追寻佩斯的足迹，还朗诵了佩斯的《阿纳巴斯》。维尔泰在法国主持诗歌广播节目30年，声音富有磁性，由一位大诗人朗诵另一位大诗人的作品，为纪录片注入诗的韵味。

五、导演阐述

文明的相遇往往伴随着野蛮的杀戮与征服。但也有例外，《贝家花园往事》讲述的便是一段中法文明融合的故事。

《贝家花园往事》是一段追忆之旅，一位来自法语空间的儿子寻找汉语空间里的父亲与他的朋友们，这本身就是文化对话。

从1900年开始的半个世纪里，战争、阴谋、暴力与屈辱布满中国大地，本片主人公无可逃避地被命运卷入残酷的现实。然而，本片讲述的却是一群文化外乡人在冷酷现实里的心灵追寻：

贝熙业，大夫，学者，沙龙主人，也是一位人道主义者。他像土地一样宽厚，包容，身处富贵优裕之境，却无偿为乡民医病，甚至对待穷人更有情感。当侵略暴行迫在眉睫，他的勇气被激发出来，抵抗法西斯。迟到的爱情为苍老的人生带来温暖和传奇。

铎尔孟，学者，诗人。他的一生就是一串谜：迷离的身世，终生独身，居住中国长达48年。他把灵魂深藏于汉语，回到法国却感觉"背井离乡"。他用亚历山大体复活了《红楼梦》中精致凄艳的诗篇，临终前像黛玉焚稿一样焚毁自己的日记、书信和作品，"质本洁来还洁去。"

谢阁兰，医生身份掩盖着诗人之心，天生的外乡人，却在中国找到了他的"异国情调"。他迷恋皇帝——但不是皇帝本身，而是皇帝文化，他用中国"碑"的形制创造了法兰西诗《碑》。

佩斯，外交官与诗人的双面体，一方面追权逐利，情海弄舟，另一方面却保持着高远宏阔的心灵。当外交官遭遇危机，诗人便开始复活，他在中国创作的史诗《阿纳巴斯》为他赢得诺贝尔文学奖。

李石曾，一位理想主义的文化行动者。他出身官宦世家，却以暗杀逼迫清廷退位；他创办中法大学，发起勤工俭学运动，只为改造中国社会；他奉行不做官、不食肉等"八不主义"，一生为教育奔走。

本片主人公都生活于一个朋友圈：贝熙业是沙龙主人，铎尔孟、李石曾、谢阁兰和佩斯都是他的朋友与合作者，而不少文化神话正是两种文明碰撞与融合的结晶：《碑》《阿纳巴斯》《红楼梦》法译本与勤工俭学运动、中法大学等。本片正是讲述这一神话诞生的故事。

这是一个后代对于父辈、祖辈的寻找过程，好奇，自然，亲切，在不损伤真实感的前提下力求戏剧化，在戏剧化情景里凸显历史质感。因此，本片基调是温润的，回忆充满情感和色彩，而探寻行为赋予故事以动力。

节奏：一条小河在草原、山间缓缓流淌，偶尔也会激起波澜，浪花迸射，但终究静谧地流进森林。根据不同剧情设计出段落节奏，特别是每集都需要至少一次视听高潮段落。

摄影：陌生化是最高的美学原则，把熟悉的场景拍出新感受，但不流于怪诞。摄影突出动感，让所有镜头动起来，但尽量防止不规则运动，即使纪实场景也力戒剧烈晃动——战争和暗杀除外。镜头要饱含情绪和观点，而不是空洞的明信片。关注角度、景别的丰富性，突出特写的力量。

再现：不是解说词的填空，而是推动叙事的力量，着力刻画动作（包括心理动作）——而不是状态。本片再现是写意，而不是写实。

色彩：现实与历史进行色彩区分，但历史并不是黑白的，而是带有怀旧的彩色。

光线：纪实拍摄采用自然光，再现拍摄尽量模拟自然光。

图片：以运动激活图片，以特技将图片素材转化为叙事元素，让图片参与叙事，而不是简单地说明事件。

音乐：根据每集主要人物创作具有命运感、性格化的音乐。

解说：主体解说温厚内敛，角色配音力求贴切。

轰轰烈烈的历史被政客、武夫和暴动者打劫了，让我们回到百年前那个洒满阳光的慵懒的下午。茶色刚刚泛绿，好友举杯对饮，贝家花园的沙龙就要开始。

六、尾声

从 2013 年 9 月启动会，2014 年 3 月开机仪式到 2015 年 6 月播出，《贝家花园往事》历时 21 个月。其中前期调研七个月，剧本写作四个月，拍摄三个月，后期制作四个月，修改播出三个月。对于只有 4 集的片子这未免有些小题大做，但于我却是一次战战兢兢的心理旅行。

这是一段几乎完全被遮蔽的历史往事。荒芜的不止贝家花园，那些人，那些事，那些岁月里的神韵，都已随风飘散。倘非中法建交 50 周年这样的大事、贝熙业为八路军送药这样的好事，这段故事依然静默于时间的烟尘。然而，历史并非一具风干的标本，而是血肉鲜活的生命肌体。尘封一旦开启，那些因禁在博物馆、储藏室与图书馆的档案就会苏醒，言说，带着那个时代的口音和神情。一时间，我找不到与片中人物对话的方式——从语词到口吻，唯有默默对视。最后，我发现重新述说一段历史的时机尚不成熟，影片只能把历史虚焦为背景，将时代叙事转变为个人叙事——后代寻找父辈（祖辈）的故事。为此，我不仅需要叙事人出境、说话，也力图让每一位出场的历史人物拥有自己的声音。当然，角色配音是艰难的，尤其要模拟人物的年龄、口音与情绪。但最终还是实现了，尽管不够完美。

我想借圣琼·佩斯《阿纳巴斯》的诗句结束这篇文章：

给我们命运的，由对岸吹来的风，

将时间的种子吹得更遥远，

似是天平晃动的风尖上那片光灿的世纪……

盐包的浮冰面上中断的知识呵！

在我额顶灵敏处，诗的所在，

我记下这篇最陶醉的全民族的诗篇，

献给我们那一片片的造出不朽的船身入水部的工地！

附　录

采 访

梅洪崑：贝熙业司机梅筱山之子，首都汽车公司退休工人

2014 年 8 月 16 日，北京梅洪崑家中

一、住在贝大夫家的日子

问：梅先生，今天特别高兴能够采访到您。我听说您是在贝家大院出生的，对贝大夫也很了解。您是从什么时候开始，重新想起贝大夫的？

梅洪崑：那是在我学习白求恩以后，我就在想，我父亲也是给外国大夫开车，他是什么样的人？所以就勾起我的想法。贝大夫对我特别关心，我脑袋上呢摔了三个疤，都是他给缝的。他特别喜欢我，因为他们那一代没有男孩子，就有两个女儿，他特别喜欢我，处处特别关心我。

问：当时贝大夫家里是什么样？

梅洪崑：他有两个院子，他住在前院，他俩闺女住小楼上，有个小楼。后院都隔着墙，就是我们住，跨着车行。他屋里的摆置呢，那时我随便去，我随便看，挂的都是古董，墙上挂的都是盘子。我就说，我说这个人怎么吃饭的盘子都挂墙上干什么？他桌子上摆着笔纸，好多椅子。我们到春节（去）那儿集合，老大夫准请，请这些家人，这

些下人。都去干吗？上他屋里去，看皮影戏。她闺女抱着我，坐椅子上抱着我，挺喜欢我。屋里空房很多，不租，也不叫外人去。

问：他院里总共有多少间？

梅洪崑：总共也得有 20 多间。你想老妈子、厨子什么都在那儿住。

问：那这些人大约有多少？你们家有多少人？

梅洪崑：厨师、管家、老妈子，都在那儿住，都在一片平房里住。我们住的车房后面两间平房，我们家就这几个孩子跟父母，没有别人。

问：听说你们几个都是在贝家出生的？

梅洪崑：对，都是在那儿生的。我母亲生了五胎呢，我有个大姐姐也早死了，有个妹妹也早死了。老太太封建，你一个外国老爷子，给我接生。你想她能跟我们说这个吗？老太太她不会说这个的，她封建。

问：你回忆一下当时的生活状况？吃饭啊什么的。

梅洪崑：因为那阵儿也讲供应嘛，日本（占领）时候也不讲粮票，讲粮本。拿粮本夫大和恒买棒子面。我记得我爸爸说过，说大和恒的棒子面最好。就去那了，中等人家。

问：那贝大夫他们家里的生活是什么样的？

梅洪崑：他外国人另外有供应点。他们吃西餐，吃冰激凌，常给我吃。

问：贝大夫家里有冰激凌？

梅洪崑：我还帮他摇呢！没事我就上他家去，上厨房去，他摇冰激凌，摇。一个木桶，里头有一个转的，外头有一个把,摇。摇完了以后，冰激凌给大夫吃，老大夫吃，我吃那些刮下的。我想这也挺有意思的。

问：贝大夫会讲中国话？

梅洪崑：一口的中国话，一点都不扯！就跟北京人一样。所以他很精通。

问：贝大夫的性格是什么样？

梅洪崑：很柔和那么一个人，很善良。不轻易发脾气，除了我打开铅笔盒，他发了脾气以外，没见他发脾气。

有一次，我嘴馋，我跟我姐姐上他后院玩去，看那石榴真好。回来我姐姐说咱们摘着吃。我就过去摘了两个，一人一个大石榴，我们两个吃。因为小孩不懂，你皮扔了，扔了就完了吗？都给扔到地下，这老大夫出来溜弯了看见了，看见这石榴树，一看石榴没了，就上我们家去了。小弟呢，我说哎。说谁吃的石榴？我说我跟我姐姐。我妈上去拿棍子，擀面棍就敲我姐姐的脑袋。后来老大夫回去，摘了两个又给我们送来了。"不要打孩子，不要打孩子，他们爱吃给他。"我们还挺不好意思的。我小时候也挺淘的。

问：您当时记得贝大夫是怎么给人看病的？

梅洪崑：门口搁着两条大板凳，来了以后，都坐板凳上，抱孩子的，不抱孩子的。没有富人，都是看着穿得很脏，我上学都得走他门口过，都坐大板凳里头。他在传达室边上一间屋子里头看病，没听说要钱，前后三五个胡同都知道他看病，都上他那看病去。反正很多人，每天都很多人。实在没人了，我还躺那儿睡觉去。我困了，我就躺着，躺大板凳，最后俩板凳也丢了，也不知道谁偷走了，俩大板凳。两个很结实的板凳，红板凳，坐着给大伙看病。也没看见跟谁要钱，收费也没有。

问：他和街坊邻居的关系都处的怎么样？

梅洪崑：这个好，那非常好，都叫他贝大夫。他门口有个铜牌子，写着贝熙业大夫。我常站到那个，那个墩上，石头墩上看，都知道他是大夫。

二、为贝大夫开车，为八路军送药

问：你爸怎么成为贝大夫的司机，大约在什么年代？

梅洪崑:恐怕是日本（占领北平）以前了。他买车，都在天津买。天津有港口，这汽车都在天津买。天津卖就得有司机，这么样我爸爸在天津呢，就给他开车，他找到我爸爸。他们怎么认识的不知道，介绍的还是怎么着，就给他当司机，开到北京来了，就一直给他开车。我爸是天津人，老家是天津的。这么样我爸过来了，我们才跟着送到北京。我爸在北京结的婚，我妈也是天津人，完了以后在这生的孩子。我爸一直给他开车。

问:那是什么车您还记得吗?

梅洪崑:老福特，这表就是他车上的，您拿这表。

问:我把那表拿过来您看看。

梅洪崑:就是我爸开车时候，那阵也想换车，车老了换新车。我记得是福特。我爸换新车的时候，就把这个表拿下来给我们玩，当玩具。小时候没见过表，你看这个表啊，不简单啊! 我爸爸一代开车，我玩一代，我儿子玩一代，我孙子玩一代，四代人玩这表了。100多年了这块表。所以我现在拿它做纪念，一看起它米，我就想起我爸爸。

问:您记得贝大夫给八路军送药的事吗?

梅洪崑:这老大夫一天上我家去，说小弟子，我说哎，走，跟我出去一趟，我说好。我一出门，他给我抱洋车上去了。这拉洋车的拿块毯子跟我身上一围，露着个脖子，往两边一掖，掖在老大夫身边上，完了拉着我就走了。我说这上哪去? 我就挺高兴，反正坐车吗，就挺高兴。后来把我拉到哪? 东郊民巷，台基厂南口，有一个教堂。那儿总关着门，锁着大铁门，边上有个小门，给拉那儿去了。

老大夫跟着里边那看门的，就进那教堂的西边门进去了。后来抱出来两把枪，三把战刀，指挥刀。抱出来用那个毯子包着，老大夫就坐下，他把这东西搁在老大夫的身上，完了把我抱上来，坐到枪的前面，倚在枪的前面，完了以后他把毯子和我围着。围上掖上，完了拉着车，就直接奔我爸爸的车房了。

我爸两间车房,一间有车,一间没车。一看我们去了,我爸就把门缝开着,那洋车直接拉进去了。我爸就把那毯子给枪一裹,抱出后门,就上老大夫家去了。我跟他干过这么一回事,但其实我自己还想多好的枪啊,给我玩多好,小孩天真的。那玩意儿是武器。现在想起来,不是一般的事,给他们做了这么个事。

问:你见过他运药吗?

梅洪崑:哎对,我不是认识那个教堂了吗?我爸爸总说,送给你一个铅笔盒,你去那儿拿。我就走王府井出南口,奔台基厂,到那个教堂去了。教堂有个洋姑奶奶,她就把书包接过去了,到屋里头,给我抓了一把枣,院里种了很多枣。洋姑奶奶就是天主教的(修女),穿黑袍子,戴那么一个,就好像馄饨式的帽子。她说你回去吧。我一走她就关门,我一走我就听到吭当一关门。

我就到他那台阶上,打开书包,我上里边摸。这么大的铅笔盒,不是铅笔,是纸盒。我就给他拿出来打开。打开一看里头是蓝色的表皮,蓝色的。我知道,这是打针用的。我说不是铅笔,我想偷他两根铅笔,也没偷成,我就拿家去了。

我爸爸接过这个药以后啊,就送老大夫了。老大夫这发脾气:这药谁打开的?怎么回事?药都有封啊,封着呢,我给封撕了。他说谁家孩子?他就跟我爸发脾气。我爸吓得回家就跟我嚷嚷,你书包交给谁了?这盒谁打开的?我说我想偷两根铅笔,我说我打的。我爸爸没气了。他说别人看见没有,我说没有。他回去跟老大夫说,老大夫觉得不合适,发脾气太大了,就说没事了,没事了。一听说我打开(想)偷两根铅笔,这就没事了。

问:你记得运药的事吗?

梅洪崑:那运药我记得起码有十几回,那就是我爸爸的车呀!我爸开车之前,总提溜一书包。那书包任何人不准动的,我在家里都不准动的,我也没心想动人家书包。爸爸一要出车,开门去,就叫我开门去。我就开大门去，他就提溜着书包上车了，完了以后就直接奔走。我妈说你又上哪去？他不就一比划吗（比出八的手势）？他这么一比划，我以为弄钱去呢。后来我大了我才琢磨，这一比划是八路军。不是别的，他不好说，四周有走道的，也有街坊的，人要听着可不好。这一比划走了。这些药都是他运的，我爸爸也是进步人士。

问：运药的时候，贝大夫跟你爸一起去吗？

梅洪崑：一起去，还运过人呢，这听我姐姐说，还运过人呢。

问：您说说，贝大夫是怎么跟你爸一起运药的？

梅洪崑：我爸爸拿着药，贝大夫坐到车后边，坐到椅子上大大方方，这一坐。他有通行证，有这日本人的汽车通行证，是大夫的通行证，所以哪都能去。他说看病去，他就跟着去，他就跟着上西山。他们在西山有时候整夜活动，夜里不回来。夜里活动多，白天活动少，都是夜里活动，他运药就这么运去的。我是走教堂拿回家的，他使车运去的，那人走不行的，那要关城门的，人出不去，要搜身的。

问：当时日本岗楼也不拦贝大夫的车？

梅洪崑：不拦，他有通行证，我跟我爸爸走着到（东四）十二条这个宪兵队，我爸爸叫它什么，叫执行所叫什么，上那去办通行证去。只有大夫有这个通行证，谁也不拦，日本人也不拦，黄狗子也不拦，警察也不拦。

三、离开贝大夫

问：你爸是怎么离开贝大夫的？

梅洪崑：他不是喝酒吗？就在贝家花园。炉子没盖盖，冬天他们夜里活动，完了以后煤气熏着了。熏着人一看死了，人就给拉到院里去了。到院里头，守着大夫，大夫又给打针，又给干什么呀。他们三天以后，说叫我妈去，我妈没到，他缓过来了，他好了。他好了，可是他得病了，后遗症。一个是傻了，一个就是精神乱了，胡说八道了。贝大夫一看事不对，说你到上海工作去，我这儿汽油也紧张，车也准备卖了，不要车，我就坐洋车就行。介绍到上海中国银行，就给写了一封信，我们全家就走天津坐海轮到了上海了。

到了人就接，中国银行，还给我爸钱，生活费。后来一看是这么个人，脑子不清楚，而且胡说八道，人家也不用了。人家说你附近有什么亲戚没有？人家打算给他弄走，怕他泄密，我这后来想的。后来我妈就说蚌埠有个娘家，有个舅舅。他也是共产党员，地下党员，那时候我不知道。人家就给介绍到蚌埠去了。到蚌埠也有人接。有时候还送袋面，有时候还给点钱。我说这点不错。我问我妈，我妈说是你舅舅。说是舅舅，实际是什么舅舅，现在我老了，我想起那都是地下党。可是我父亲那么傻，那么疯，解放以后怎么着？他就找军管会去了，他找军管会要工作。军管会就接待他，说你到合肥，安徽省人民政府，到那儿去吧。

到了合肥怎么着？他跟皖北（行署）主任开车，就是现在的省长，给他开车。他非叫省长给我参加工作，我刚14，他说我一个孩子，你给安排工作。那首长说14岁能干什么呀？就15吧，给报15吧。我就参加工作了。说干什么去？他又没文化。让他给你们擦擦车，我留在汽车班学开车了。这一个吉普车八个人开，后来慢慢慢慢我就学了开车了，一直在开车了。

问：开了一辈子？

梅洪崑：开了一辈子，比较有意思，想起来也挺有意思的。多亏了党，没有党，我们家就完了，我很感激党。

吴端华：吴似丹妹妹

吴端华：北京景山学校教师。

2014 年 8 月 26 日，北京，吴端华家。

一、第一次见贝熙业

问：您第一次看到贝熙业是一个什么样子，什么样的情境？

吴端华：我第一次见到贝熙业的时候，就像他在那桥上坐着，那么样的一个老头。那时候我是 14 岁、15 岁吧，他领着我跟我姐姐，我们仨人还上过潭柘寺，上过碧云寺，上过他那个别墅那点儿，我都去过。我记得我第一次去潭柘寺的时候，跟他们俩人一块去的，那是我第一次见着他。

二、贝熙业如何结识吴似丹

吴端华：我姐姐是辅仁大学美术系的，她在辅仁大学里头就是信天主教的，他也信天主教。然后天主教里头有一个规矩，就是每礼拜要跟那神父，就跟咱们青年团那个向支部汇报似的，你跟神父叨念叨念自己的一些个痛苦啊，或者是解决不了的问题什么的，汇报一下，跟神父汇报。她跟神父汇报的时候，她就说她的病。后来这神父就说，说我给你介绍个大夫吧，就给她介绍了贝熙业，他们是这么认识的。

认识了以后呢，她跟这贝熙业接触了以后呢，那贝熙业呢就看这小孩挺好的，说你愿不愿意学法文，我教你法文。后来她就愿意学法文，跟他学法文。这贝熙业可能他也有想法，他愿意在中国找一两个人能帮助帮助他，他要把她教会了呢，然后就跟他合作，可以帮助帮助他，所以他们俩人是那么样就认识了。后来他又让她治病，完了他们俩慢慢慢慢地就好了。她在北安河那儿，也跟着他办那个诊疗所，到这个大甜水井这儿更是，她跟他一块办这个诊疗所。

三、贝熙业与吴似丹结婚

问：你三姐后来有没有跟你讲，她为什么要嫁给贝熙业？

吴端华：她为什么要嫁给贝熙业？也是有一些阴错阳差的。到了1947年那会儿吧，快解放了。我爸爸就说，他四川的（老家），那儿有地有房子有亲戚，还有他的大哥。他大哥家里，一家子人，我爸爸这三兄弟，他是老三，老大就继承了祖业，那些祖业、房子、地什么的都归了老大了。他说现在咱们回到四川去呢，还能生活，说那地还有他的一部分，他要把它卖了的话呢，还能够过一阵子。另外他对共产党不太了解，他怕这个共产党来了以后，对他怎么样。他就带着我妈，带着我，带着我那小哥哥，我小哥哥比我大三岁，带着我们两个小的孩子，我那时候好像是十一岁、十二岁的时候，就飞到四川去了。坐飞机，坐的那飞机都是战斗机，到四川了。

到四川以后呢，我爸爸就把他的那部分地给卖了。结果你说这事也逗，我爸爸他也不是真正的地主，可是他那儿地里有他的一份，他给卖了。卖给谁呢？卖给看地的那个人了。为什么我们家"文化大革命"里没摊上地主，地没有我们家的，是那个人的名，那个人倒算地主了。

问：那就是1947年，吴似丹跟贝熙业在北安河搞诊所的时候，你们都不在北京？

吴端华：我们1947年到1950年的5月，不在北京。因为我们要到南方去，这些孩子们就各奔东西，自己得找出路。这个二哥是刚刚辅仁大学毕业，人家就给介绍到台湾去教体育去了。我这二姐找了一男朋友，他们要结婚，她要嫁人，她就解决了。我这三姐当时跟这贝熙业不是就搞什么诊所嘛，她就说她不走，她跟着这大夫一块干这事，这么着她就留下了，她就跟着这大夫了。所以他们也有这么一个机遇，老在一块，后来就结婚了。

如果我们那时候要不去四川的话，好像我三姐当时还找了一个工作，是给人家画广告，弄那个设计什么的。可是我们这一走呢，她就死心塌地的跟他一块去了。等我们回来呢，都1950年的5月份了，他们已经都好了，等于是，只不过没结婚。不是我们家里那么乱的话，他们也不至于，造成他们的关系那么密切，她不见得要结婚。所以有时候真是阴错阳差。

问：他们什么时候结的婚？

吴端华：好像是1952年，中华人民共和国公布了《婚姻法》。公布了《婚姻法》以后呢，他们俩经过研究，说这《婚姻法》规定着，男20、女18可以结婚，没规定说是多大岁数不许结婚，这是第一。第二，他说的是什么样的人，什么条件可以结婚，没说中国人不能跟外国人结婚，这他也研究过了。他都经过研究以后，他认为他们俩人可以结婚，然后他们两人就上那个民政局自己领了结婚证。

领了结婚证以后，我们家才知道的。当时我爸爸反对。我爸爸就说，你看，他比我岁数还大，你跟他结婚就不合适。就跟现在这大丈夫似的，你跟他结婚多丢人你说，这意思。完了以后呢，她就已经领了结婚证，那没办法了。我爸爸当然他也是留学回来的，他也不能够做一些个不正确的举动，又不能打她，又不能骂她的，完了以后就是有点反对吧。我妈呢倒无所谓，我妈觉得人家这大夫吧特别好，他还治过我爸爸的病呢，在那个万桑医院里头住过。所以我妈就觉得，他们愿意结婚就让他们结吧。我妈还按照中国的方式给做的什么被子、箱子给人家送去。人家也不在乎这些，中国那被子能盖吗？短的被子，就都给送了。他们俩就结婚了。

四、贝熙业与吴似丹离开中国

吴端华：可是到了 1954 年，不知道什么政策那时候，让外国人都回国。你要不回国的话，你就必须得入中国籍。那按照他呢，他在中国是那么多年了，而且是学术挺好，医术挺好的，可以入中国籍。就征求他的意见，你可以入中国籍，你要不然你就回国。

这个老头呢还是挺爱国的，他就决定回国。他说我不能够背叛自己的祖国。这么大岁数了，还是回国。回国的时候呢，就什么东西都不许他带，他这儿财产什么东西都不许带。那他也得有想法，他就托一些个外国使馆里头的人，认识很多，帮他带了点什么地毯什么东西，就帮他带出去点东西。带出去这东西运费特别的高，人家给他带出去，给他运到他那法国去了。

然后走的那天呢，外国人出国就许带 30 美金。这贝熙业就带了 30 美金，什么都没有了，就空着人，带 30 美金。当然他可以带他自己的衣服什么的，就走。就上天津海港那儿去坐船，通过那个香港那么着走，回去。就不允许我姐姐跟他一块走。那时候我姐姐，那不允许那没办法，所以也没护照，也没那 30 美金，也没做准备。

可是呢，这个老头呢，他过去跟毛主席在北大学校里头同过事，毛主席在那儿当图书管理员，他当过校医。这个老大夫啊，他跟这个周总理特别好，朋友。过去就是 50 年我们从四川回来，我就看她。

因为那时候刚回来的时候，住在我大姐家，她经常到我大姐那儿去理头去。我们就问她说你理头干嘛？她说她不愿意上理发馆，我大姐会弄这头，她说今天跟着老头一块去参加周总理组织的酒会。完了报纸上登出来，他就挨着周总理——那个老头挨着周总理，她挨着那老头，就都是那样的，1950年那时候。所以他跟周总理是好朋友。

后来那次快要走的时候，他托了印度的大使。印度大使要见周总理的时候，他托了印度的大使给他带信，说让周总理知道一下，他想带着夫人走，这不允许。后来这个印度大使给他带了信了，这周总理写了一个条子。写的这条子呢，就是允许他的夫人吴似丹跟他一块去法国。结果眼看都上了船了，她什么都没带，就穿身上这身衣服。那儿就叫她的名字，她就去了。到那儿以后，说现在你愿不愿意跟他一块走？她说我愿意跟他一块走。他说那你跟他一块走吧，周总理批了一个条子，特许你跟他一块走。给她高兴的不得了，那走吧！身上30块钱美金也没有，是什么东西都没有，空着一个人，就这一件，还是8月份，就穿这么一件衣服就跟着走了。

走了以后他们一直到了香港。到香港，这老头还认识人挺多的，到香港，那香港也有法国大使馆，他原来那个中国的这大使馆里头那个大使都是他的学生。所以他到了那个香港的时候，人家就给他办了那个入法国的（证件），入法国籍。合着她刚一出去没两天就到香港了，到了香港她就入了法国籍了，所以她1954年入的法国籍，我三姐。

入了法国籍就到了法国了。到了法国以后，他那两个女儿呢，当然不待见他们，就觉得她爸爸在这儿娶了个中国的小老婆，什么也没有，空着人回来了。东西是寄到他女儿那儿，他女儿告诉说取东西的时候，要的运费特别高，把那东西都卖了都不够那运费，所以也没钱给你们，没有钱。他们俩人就这么一点点钱怎么过呀？穷的滴滴答答的，没法过。他们就在那个离他们现在别墅那儿就山上不远的地方有一个小旅馆，就是招待夏天旅游的人那旅馆，他们到那儿已经旅游季节都过去了，所以他旅馆就已经便宜，他们就住在那里头。

后来这个大夫就说怎么办呢？说给国家写封信吧，就给他们写了一封信。就说他哪年来中国的，他是哪毕业的，他在部队什么军衔什么这那的，都给写清楚了。然后这封信给寄到法国（政府）了。法国（政府）人家一查，说，哟，这老头去中国那么多年了，也没给他涨过钱，也没给他涨过级，就是军衔也没提过。说这个现在人家回来了，没法生活，那就给他补吧，一次性给他补了点钱，就给他寄去了。他们就买的这山上的别墅。

后来这别墅，这别墅让他儿子给卖了，我去的时候我们还在那别墅里头住过好些回呢！那个别墅相当不错，好多间房子，可是里头好多都是他们自己装修，自己弄的。这老头能干着呢，跟我姐姐俩人一块弄。可是老头死了以后，她不能住在那儿。她住在那儿，她（没有）生活来源。当时他死了以后人家就调查，说根据法国的政策，她得结婚满五年，而且得有孩子。她正好满五年了，也有一个儿子，这个儿子确定肯定就是他的。为什么呢？她在中国还没有呢，她到那儿还没有呢！她就在这山上没人的地方，她跟这老头生的这么一儿子，所以肯定是老头的儿子。所以人家都确定了以后，人家给她批的这个养老金。他们那儿的养老金，不是像咱们这儿似的，退休就吹了。他退休以后，50% 给他的，他媳妇如果说没工作的话，50% 给他媳妇，10% 给他的孩子。结果她就拿这老头的 60% 养老金，那老头（工资）已经涨上去了，那工资就较比高了，她拿这 60%，当时带着一孩子，还是这么凑合着过的。

她自己平常画的很多画，她就准备开画展，（当地）审判长帮了她大忙。完了就开画展，卖画。后来呢，这孩子其实就在那山上，上了小学根本就不行，根本跟咱们这儿景山学校都没法比，他就是一个老师教六个班，一年级到六年级都是这一个老师教，他四岁半就上这小学了，这让·路易。

五、贝大夫免费为穷人治病

问：你说这个贝大夫人特别好，具体的描述一下，对人很好，还是说他会做一些什么样的事情，让大家都很佩服他？

吴端华：他做的事情让人佩服，你比如说他给那个穷人看病不要钱。我记得我小的时候印象里头就有这么一件事，就是人家没有钱，人家可是有重病，他就给人弄住院了，不要钱，给人白做手术。像这样的，他看病，人家没钱，不给钱的这事忒多忒多的。他在这个大甜水井那医院里头也是那样，如果给人家看了病，人家没带钱或者没有那么多钱，我姐姐只要跟他一说，他说算了，不要了，就不要了，就那样。他经常的就是自己白给人家看病。

吴一九：吴似丹弟弟

吴一九：内蒙古自治区牧业生产资料股份有限公司总会计师

2014 年 9 月 4 日，内蒙古呼和浩特市 吴一九家

一、贝熙业印象

问：能给我讲一下你第一次见到贝熙业的情景吗？

吴一九：最初的时候，我父亲在中法兴业银行当总经理，他（贝熙业）那时候是董事，还有一个叫铎尔孟的也是董事，都是他们法国的侨民。贝熙业是个医生，他平时穿戴很整齐。他很俭朴，穿的西装吧，都毛茬了，他还要穿。他总是打着领带，整整齐齐的。

问：贝大夫是一个什么样的形象？

吴一九：他的体型吧，还没我高呢，一米六八，比我矮两公分。然后胡子呢有点发黄，主要是抽烟的缘故。他有时候晚上要抽一两根香烟，那个烟熏的这个胡子发黄了。头发是白的，胡子也是白的，但是有点发黄。身体很健壮，他比我要健壮得多，这胸部、背部都很健壮的。但是他平常呢，穿戴很整齐，要穿西服必须打领带，他没有不打领带的时候。他总是整整齐齐，绅士风度。

问：他做事的风格呢？

吴一九：做事的风格，总是利利索索，工作认真负责。

问：请您介绍一下贝熙业大夫的人品。

吴一九：他平易近人，他很谦虚，他对朋友很讲情义。他是怕担风险的，（但）对妙峰山那边的游击队，他都不怕风险的，他可以给他们带药，给他们看病，给他们治伤，这个人总是很正派的。

达官显贵也好，一般老百姓也好，（他）都是平易近人的，不卑不亢。他对中国人民很同情，所以他给当时游击队带药，所以那时候他能称为法国的白求恩，主要原因就在这，因为他很同情中国人民当时的处境，当时那时候受日本帝国主义的侵略。

二、贝熙业如何结识吴似丹

问：您能不能讲一下吴似丹是怎么认识贝熙业大夫的？

吴一九：吴似丹那时候身体不好。1940 年左右的时候，她得了肺结核。当时肺结核是很不好治的病。那时候她就住在北堂，就是西什库的北堂，那教堂的一个医院。那时候贝熙业是医院院长，他在那儿给我三姐看病，进而就认识了。我三姐会法文，贝熙业也说法文，这样的话，他们的语言上沟通了。完了又都信天主教，他们都是一个宗教的，所以这个宗教上又很合得来。以前中国没有这个药，所以治不了这肺结核，所以这是贝熙业给治好的。这样的话，我三姐很感激贝熙业的。

问：您三姐吴似丹是一个什么样的人？

吴一九：她是一个很善良的人，就是体弱多病。她在辅仁大学美术系毕业的，她的老师都是有名的画家，溥心畬、溥雪斋。那时候正是"南张北溥"嘛，南方是张大千，北方就是溥心畬了。所以她到了法国以后，她开画展，她能画画主要就是在那学习过。她的性格很温顺，所以贝熙业把整个家都交给她了，让她给管理。而且贝熙业那花园，就是贝家花园在妙峰山的下边，那地方叫牛涧沟，那时候牛涧沟那我去过，而且我在那还住过，我在那待过好几个月。

问：您跟贝熙业一起照过相吗？

吴一九：照过相，可是现在没有了。"文化大革命"的时候抄家都抄走了，所有的相片都没了。贝熙业就是比我稍微矮两公分，穿戴整齐，他老穿那西装，他还送给我一套西装。那个西装吧，就是边都磨得都毛茬了，他还送给我了。

问：这件衣服您现在还有吗？

吴一九：没有了，早就没有了。

三、贝熙业与吴似丹的婚礼

问：请您讲一下吴似丹跟贝熙业大夫结婚的经过。

吴一九：结婚的经过，他们并没有什么仪式，只是跟家里说了一声，就结婚了。

问：当时家里是什么态度？

吴一九：我们家我父母都很开明。只有我母亲说了一句，这个老大夫，就是贝熙业，岁数是不是太大了？那时候贝熙业已经70多岁了，快80岁了，那时候我三姐才20多岁。

问：那他们有没有举办典礼？

吴一九：没有，没有举办典礼。我那时候正上大学，在济南齐鲁大学，我上经济系，所以我没参加他们的典礼。他们没举行典礼，就跟家里说了一声。

他们是1952年在中国的内政部登记的结婚。那时候有新《婚姻法》了，按照中国的新《婚姻法》结的婚。他们结婚的时候请了中国跟法国的一些个客人，朋友到他的家里头举行宴会。完了第二天又把我的父母还有我们家里头的人都请到他那举行了一个家宴，就是这样。

四、贝熙业、吴似丹离开中国

问：贝大夫为什么离开中国？

吴一九：他是 1954 年 8 月份离开的中国。当时有两个原因，第一个原因就是外国侨民的一些个医院、学校和这个银行，等于企业这些都要国有化，所以那时候他就得进行选择了。再有一个就是当时那时候中国和越南的关系，当时那个时候越南，法国侵略越南，当时中国支援越南，这样的话又没有外交关系，所以贝熙业他就得选择，他究竟是留在中国还是回国的问题。

他自己本身又是军医出身，法国的军医吧。他也对他的祖国热爱，所以他就选择了回国。要不然他就得入中国籍，所以他就选择了回国。当时那个时候他给周总理还写了封信，那时候周总理还给他回信了，就同意他和吴似丹一块回国，回法兰西，是这样的。

问：您记得离别时的情形吗？

吴一九：他们从天津坐船走，坐船到法国得两个多月。那时候贝熙业穿着白色的衬衣，穿着灰色的裤子，就到了码头了。完了他又把他的鸟笼子里的百灵鸟就放飞了。完了他就上了轮船。那时候我三姐穿着旗袍在他身后，满脸都是泪水。因为离开家了，什么时候再能见着很难说了，所以那时候全家都流泪告别了，那就很难说那种感情。

五、贝家花园

问：贝家花园建筑都是什么风格？

吴一九：它那是中西合璧的一种风格，他自己很爱这种建筑风格的。所以他手下还有一些个匠人，帮他给建的这个花园。他那还有一个桥，那是"贝大夫桥"，那是当地老百姓给他修的桥。为什么当地老百姓给他修桥？他从来不要钱，给当地老百姓看病不要钱，他给这些游击队动手术也不要钱，也没要过钱。他主要资金来源，家里头的经济来源主要是靠法国医院的一些工资。

问：您是哪一年去的贝家花园？您是怎么去的？

吴一九：我是 1947 年去的，骑自行车。那时候那都是土路，一点柏油路也没有。走那个西直门，完了走颐和园，完了走黑山扈，黑山扈有个中学叫上义中学，从那上义中学过去到牛涧沟，就到了他们贝家花园了。贝家花园在妙峰山下头，那边属于燕山山脉嘛，也是西山的一部分。它那个里边苍松翠柏，里头花草种的很多，它那个建筑风格吧，外边是中式的，里边是洋式的，里边是西式的。

六、贝熙业的医术

问：请您讲一下贝大夫的医术。

吴一九：他的医术精益求精，内科、外科他都可以做。

问：您知不知道他给什么名人看过病？

吴一九：当时那时候连袁世凯都找过他看过病。那时候那些个北洋军阀，那些个大头的，都找他看病，都是什么黎元洪、徐世昌这些人都看过病。为什么我知道呢？他那个屋挂了好多写的字，有些都是人家挂了名的，所以对他来说都很尊重的，就那些北洋军阀的这些头目也很尊重他。所以当时在北京来说，他是很有名的一个大夫。

七、贝熙业给八路军送药治病

问：他是怎么给八路军治病的？

吴一九：他那个贝家花园小楼，二楼就是治病的诊疗所。当时，他动手术的时候，还让我三姐来当助手，来给他帮忙，来取子弹，上药，包扎，来做这些助手的工作。那时候我三姐一共在那帮他动手术动了七次，这七次都是那儿的游击队，八路军、游击队在那儿，因为妙峰山那属于共产党管的地方。所以贝熙业很信任她，就让她帮忙给动手术，要取子弹，来上药、换药等等的这些手术，她就帮着贝熙业干，一共帮他七次。

当时他还给八路军送过药。那时候从北京西直门到妙峰山很远，都是土路，一点柏油路都没有，别说高速公路了，柏油路都没有，就骑车给送药。那时候，有很多药都是日本禁止的，很难买的，像盘尼西林，像这种药，止疼的、止血的、止发炎的这种药，都是很不好买的。他就可以，因为他是大夫，他就从医院里拿出来就给人家送去。

问：贝熙业用汽车送药吗？

吴一九：没有汽车，从来没买过汽车。他都是骑自行车，他给人家送药也是骑自行车。要不然人家怎么说贝熙业是中国的白求恩呢？就因为他给八路军送药，不但要拿很多钱给人家，而且还要担很大的风险。因为他要经过西直门，要经过好几个卡子，要经过像颐和园那地方，都有人检查的，所以风险很大。他很正义的。当时的时候日本侵略中国，他站在正义的立场上，他帮着给八路军送药。药很多，有时候一大包，几十斤呢，他就捆在车头，就那么骑自行车就走了。

伊莎贝尔·克雷斯佩勒
（Isabella Crespelle）：
原华幽梦工作人员

2014 年 7 月 26 日　法国巴黎华幽梦（Royaumont）文化中心

一、初见铎尔孟时

问：您是怎么认识安德烈·铎尔孟先生的？

伊莎贝尔·克雷斯佩勒：第一次遇见安德烈·铎尔孟是我到华幽梦的时候，大概是 1959 年 9 月。我还是个大学生，当时在准备考试。

华幽梦那时候人很少，小餐厅里大概就五六个人。我们吃饭的时候能够安静地交谈。我在那儿待了几个星期，我们每天都能见面。

问：当您第一次见到他的时候，有什么印象？

伊莎贝尔·克雷斯佩勒：当时华幽梦优美的景色给我留下了很深刻的印象。那是秋天，天气晴朗而温暖。在洒满阳光的餐厅里，他总是坐在同一个位置，餐桌的尽头。我想，第一次一起吃饭的时候，大概有 2—3 个人，非常少的人在餐厅里。所以，他对新来的人——一个年轻女大学生很感兴趣。他问了我很多问题。我觉得他就像一个老爷爷，胡子花白，笑容满面，格外友好，特别开朗。我得承认，当时对他没有太多印象。但是很快地，我就有许多机会同他建立一些联系。他不是一个拒人千里之外的人。

问：您说您曾在这儿住了近十年？

伊莎贝尔·克雷斯佩勒：总共十年。因为我第一次来这儿是1959年。

我在这儿遇见了阿兰（Alain Crespelle），他当时是经理。一年半后我们就结婚了，在这儿生活了10年。

二、铎尔孟在华幽梦的生活

问：您能不能说说他的日常活动呢？

伊莎贝尔·克雷斯佩勒：他住在朝向公园的小房间里。早上，我不太了解他在干嘛，因为我们看不到他。我想他大概都待在房间里。他很少到外头散步，非常少。每天早上他会下楼，因为他房间里只有厕所。所以，他要穿过整个走廊，下半层楼去洗澡。他总穿着白色大浴衣，特别害羞——离开房间去洗澡在他看来有点害羞。为了避免人家跟他说话，他就朗诵诗歌。他想变成透明人。他大声朗诵一些拉丁诗文以及马拉美的诗歌。他的文学素养特别高。他念得声音大到让别人没法同他说话。这就是一天的开始。

吃午饭的时候，我看见他在那个小餐厅里，总是坐在同一个位置。

我们一起吃午饭，我们有机会听他说或是同他说话。之后，他就离开了。我猜他应该是去他的书房了，在三楼。他在那儿翻译巨著，他不倦地在翻译之路上探求。我们吃晚饭的时候会再看到他，然后又彼此交谈。之后，他又离开，回到自己房里。他从不参加音乐会、会议、代表会和研讨会。这一切他都不参加。他总是隐在他的房间或书房里。

问：为什么？

伊莎贝尔·克雷斯佩勒：这我不知道。我猜想，他可能在等别人来他房间里吧。也就是说，会有一些人来拜访他。比如李治华先生定期会过来,因为他们一起翻译《红楼梦》。李先生来这儿,和他一起吃饭,然后整个下午一起待在书房,他们两个人在那儿一直工作。

他无时不刻不在工作,他非常勤勉,每天好多个小时,尽管他已经上了岁数。我猜他应该能从翻译中获得报酬。

问:铎尔孟在这儿住是免费吗?

伊莎贝尔·克雷斯佩勒:我觉得他是华幽梦邀请来的客人,住在那儿是免费的。他是一个名人。不是吗?人们有时会看到他在窗边。有时他打开窗户,抽烟斗,安安静静。他思索着,观察着。他是一个很爱沉思的人。

不管怎样,他没有很多钱。他也不怎么花钱,基本没买过什么东西。除了华幽梦关闭的日子外,他从来不离开华幽梦。华幽梦每年1月份关门,也就是圣诞节过后就关闭了。我觉得安德烈·铎尔孟那时应该去了尚提驿的小旅馆。

三、铎尔孟与中国

问:他讲过在中国的日子吗?

伊莎贝尔·克雷斯佩勒:极少极少。他只说过,他最初到达中国的时候,他不知道中国的风俗习惯,不知道待人接物的礼节。他曾经跟我们说过一件轶事。在一次盛大的晚宴上,有个侍者把菜打翻,洒在他的裤子上。为了让侍者明白这没什么,他就摆出了一个大笑脸。结果,侍者惊慌失措地离开了。他跟我们解释说微笑有相反的含义:意味着那时你非常生气。

问:他说过为什么回到法国吗?

伊莎贝尔·克雷斯佩勒:他跟我们说,毛泽东主席执政后他被赶出门了。他说他被驱逐了。这是他跟我们说的,我不知道这是不是真的。

四、铎尔孟与唐贞珊小姐

问：您遇到过唐贞珊小姐吗？

伊莎贝尔·克雷斯佩勒：有的，经常。她经常来。他会打趣唐小姐，戏弄一下她。她对他是非常崇拜的。她有一台中文打字机，有时会打些东西。唐小姐打字就像弹钢琴一样。她来这儿也会在音乐室弹琴。这里有个小钢琴室，里面有个很不错的小钢琴。他呢，会小小地打趣她。他经常会很幽默地对待她，有点随意。

问：他们会经常相见吗？

伊莎贝尔·克雷斯佩勒：不会，她并不会那么经常来。她来，甚至在他死后，她还继续到这儿来。

五、铎尔孟离世

问：请您讲一下铎尔孟去世前的情况。

伊莎贝尔·克雷斯佩勒：到了他生命尽头的时候，一开始他病了。他发烧很严重，但他自己却坚决不愿去医院。他说："不，我就要待在这儿。我想死去。我不想去医院。"

人们强行用担架把他送去医院，因为他没法行走，太虚弱了。当人们从楼梯把他抬下去的时候，他大喊："这是抄袭！这是抄袭！"

我们不认识"抄袭"（Plagiat）这个词。法语中，人们用 plagiaire 这个词来形容有人抄袭他人，说这个人抄袭。然而，当人们查阅字典的时候，发现铎尔孟对法语掌握得实在太好了，plagiat 这个词最初是用来形容绑架儿童的。就好像我们把他绑架了一样。很让人惊讶！

他在美国医院治疗，一周后回到华幽梦。他康复了，他又继续了几个月的翻译工作。

接着，他完成了他的翻译工作。就在那时，他对我丈夫说："我不想活了，我也没必要再活下去了。没有人在等我，我没有亲人，我生无可恋。"他决定不再活下去，停止了进食。

离世前，他要求我丈夫成为他的遗嘱执行人。他要求不要留下任何痕迹，完全是他自己的理论。他要求他所创作的所有东西都要被销毁。

问：包括他的所有文稿？

伊莎贝尔·克雷斯佩勒：是的。他会在晚上写诗，到了早上，他就把昨晚写的诗都扔到香炉里烧了。在他看来，艺术就应该是艺术，不应该留下任何痕迹。这就是他的理论。

他可能会有点儿失望，因为他的朋友圣琼·佩斯出版了作品。我们一点也不失望，因为那是个大诗人。但是他，他不想保存也没有保留他所创作的东西。

他在这儿还写过日志。他在这儿度过的所有日子，他都记有日记。

他在离世之前，要求我丈夫把他的日记给毁了。我们互相询问该怎么做？这实在有点棘手。我们没有将日记打开，也没有读过。而我非常想要知道他写了什么。但我们没有看，为了遵守我丈夫给他的承诺，所以我们烧了它。

他还收到很多来自名人的信件。他要求把信件寄给还在世的寄信人，焚毁那些已经离世的人的信件。现在已经过去这么多年了，几十年之后，我心里常常想，如果他想要把那些东西毁了，他是可以自己把它们毁了的。那他为什么要让别人来替他做这件事呢？但我还是不明白。

他也不想让他的躯体留下任何痕迹。他不想被埋葬，他想有个可以静心思考的地方。他的哲学就是不留下任何痕迹。所以，他要求把他的躯体捐献给医学院。

他死后，没有举行葬礼，没留下痕迹。

我只知道这是他想要的，但我不能替他解释这一切。我认为这权利并不属于我。

问：那遗嘱现在在哪儿呢？

伊莎贝尔·克雷斯佩勒：我不知道，我一点也不知道。

（翻译　黄林）

毛磊（Pierre Morel）：前法国驻华大使

2014 年 8 月 3 日，法国 Roussas 乡村别墅

一、佩斯为什么来到中国

问：佩斯为什么选择了外交官生活，选择了中国？

毛磊：有很多原因。首先是榜样的力量。这一点很重要。圣琼·佩斯在外交部只是一位年轻的外交官，他来自外省，确切地说是瓜德罗普岛，父母都是种植园园主。在年少求学时他也曾迷茫，这种情况一直持续到大学。但他遇见了克洛代尔，克洛代尔给力他很大鼓舞。他说自己也是从外省来，现在在外交部工作，还去过中国。这就是推动的力量。

这份外派两三年的工作很适合他，因为他需要离开巴黎，那里有许多美丽的姑娘期待嫁给他，而他却并不想结婚。

这和谢阁兰的故事很像。他在圣琼·佩斯之前五六年到中国。不过他不是外交官，而是海军医生。他很喜欢远行，在当医生的同时他也学习中文。后来，他成为了一名杰出的考古学家，游历了整个中国。他有许多志趣相投的朋友，大多是探险家、传道士等。

法国的汉学研究就从此处发源。这里我总是向大家强调，1890年到1920年、1930年间的法国诗人非常喜欢向公众介绍他们眼里的中国，强大、智慧，同时也存在问题。我认为这也和欧洲自我认知危机相关。对于另一个非殖民世界的发现，对于另一个宏伟历史和杰出文明的发现，有利于他们重新认识自我。

二、佩斯在北京的生活

问：当时佩斯在北京过得是一种什么样的生活？

毛磊：这是一种和当今完全不同的生活方式。一个世纪前外派往中国的外交官，实际是一次非同寻常的尝试。因为他们要走入另一个世界，长期离开祖国，很难回去一次。有的人交际圈很小。尤其在北京，那里有外交圈和租界。当然，作为领事馆工作人员，就不同了。他们需要和中国人去接触，保持稳定交流。这是他们的职责所在。他们的工作是处理好外交关系，与皇室、大臣、贵族相处，接待国外贵宾，也像一个小西方社会。在北京的外交官是一个圈子，一般是早上工作，下午休息，有时会有一些社会活动。这就是外交官的日常生活。

圣琼·佩斯就一直尝试走出去。这是他的第一份工作，出于好奇，他想要了解世界另一端的这个国家，他对他所身处的这个世界很感兴趣。

他来自瓜德罗普岛。他开始写作生涯也是为了记录在另一个世界感受到的一切。他对此抱有极大热情。他把这一切都写下来，他写给母亲和朋友的信件更像是一部文集。他也喜欢结交中国朋友，其中不乏当时的社会名流，像李石曾、梁启超等。

此外，他想利用空闲时间来写作。他向大使提议，离开北京一两天，只要有需要就可以随时叫他回来。当时的大使也很通情达理，同意了他的要求。这样圣琼·佩斯就游览了西山，体验了一种退休般的惬意生活。之后他的作品中也体现他所感受到的中国魅力：历史、地理、风景、四季。总体来说，从 1916 年到 1921 年这五年间，圣琼·佩斯一直过着这样一种生活。

三、佩斯与老西开事件

问：佩斯在天津老西开事件中发挥了什么作用？人们对此好像有争议。

毛磊：是的，不过我现在想不出细节了。这个问题基本围绕天津法租界的扩张。天津是法国非常重要的一个租界地，法国在天津具有相当的影响力。

如果我没记错的话，大使写信给巴黎说我这里忙不过来了，请再派几个人过来。起初圣琼·佩斯被派到上海领事馆，后来又说你得去北京，北京需要人。

于是，他来到北京，开始协助处理外交事务。但他还很年轻，这是他第一份职业，他正在开始认识中国。这时他还没有任何实际权力。

圣琼·佩斯工作很努力。当时使馆和政府的态度都很悲观，情况很混乱，压力也很大。佩斯努力去平息。如果我没记错的话，最后还是没有达到。

四、佩斯与巴黎和会

问：佩斯在巴黎和会中扮演了什么样的角色？

毛磊：1917 年中国加入协约国。1918 年 9 月，双方签署停战协议。战后举办了巴黎和会，由陆征祥率领的中国代表团来到凡尔赛宫。但他们发现五年战争后的国际会议，主要探讨的是欧洲的利益，中国根本不被重视。渐渐地，中国代表团越来越失望，他们意识到与会议负责人对话、伸张自己的权益是如此之难。

各国对待中国事务态度不一，其中一大困难就是中国和日本的关系。英国表示支持日本，法国则持中立态度。当然，一切工作都是驻华大使及官员做的，圣琼·佩斯站出来说，中国参与了战争，我们劝他们加入了协约国，所以在和会上应该支持中国。在拉锯之中，中国代表团发现争论总是朝着有利于日本一方发展，要将山东交给日本。于是人民的不满和失望一下子爆发了。

对于当时的舆论，圣琼·佩斯和大使都及时做出了反应。他们开始进行说服工作，但同时也有一种感觉，巴黎和会是个错误。它引发中国社会的极大失望，导致了五四运动。圣琼·佩斯感到很失望。他当时还年轻，聪明有为，深得大使赏识。但无论如何这是个失败。他用两三年去做的一件事最终没有结果。有时外交官的工作就是这样。但在历史的关键时期，这不是一件小事，这个错误将给未来新中国以及中国与西方的关系带来深远的影响。

五、佩斯：外交官还是诗人

问：佩斯如何处理外交官和诗人的双重身份之间的矛盾？

毛磊：作为一名年轻外交官，圣琼·佩斯把事情分得很清。对他来讲有两个世界，外交官的世界，对他来说是一种超越自我的感觉。而诗歌的世界，是另一回事，甚至有点神秘。佩斯是他发表长诗《阿纳巴斯》时起的笔名，此后他严格区分他的诗人生活和外交官生活。他的同事、部长对此并不知情。但也有人知道，因为贝特洛一直对圣琼·佩斯的生活方式和作品都赞不绝口。

当他成为法国外交部办公室主任，更加意识到要将工作和文学创作分开，不能相互干扰。他1921年回国，1924年出版《阿纳巴斯》，1925年成为外交部办公室主任。此后，他宣布告别文坛，拒绝出版自己的作品。但他还是悄悄地从事文学创作。圣琼·佩斯的态度很复杂，时而拒绝，时而同意，时而保持沉默。不过他的诗歌一直在传播。所以不能说他完全停止了文学创作，只能说进入了"休眠期"。

六、佩斯在法国的地位和影响

问：圣琼·佩斯在法国乃至世界文学界是一种什么样的地位？

毛磊：是的，他在法国很有名。他是 20 世纪几大杰出诗人之一。他的作品一版再版。您可能去过普罗旺斯，那里有一个圣琼·佩斯基金会，办得很好。他的作品对于文学发展贡献巨大。这是非常关键的一点。因为从那时起，当时一代的文学教师都学习了他的风格，并且把它们运用到了教学中去。

有趣的是，他比谢阁兰成名得还要快。谢阁兰是一步一步才拥有了他在文学界地位。

佩斯在国外很有名，因为他常发出呼吁。就这样，佩斯最终获得了 1960 年诺贝尔文学奖。自此他名声大噪，各方对其也是大力宣传。在"二战"期间，他因与德国的关系而被迫流亡海外，失去法国国籍。很显然，佩斯是一名受害者。他曾到伦敦，但那时是六七月，他并未遇到戴高乐。后来佩斯辗转来到美国，并与抵抗运动成员保持联系。此刻他已失去一切，他的家庭在法国生活困难，他的作品被警察查抄。显然佩斯已被社会抛弃，但他并没有加入自由法国。这是他与戴高乐的最大分歧，戴高乐最终也没说服佩斯。此事在第五共和国建立后影响仍在，相当一部分人认为佩斯没有做出他应该做出的选择。

是的，这是一个复杂的话题，甚至是痛苦的话题。密特朗总统曾在法国会见圣琼·佩斯，他也非常欣赏佩斯。他告诉我：我很喜欢他，想和他聊诗歌，但他却想和我谈政治。于是我提出一个关于诗歌的问题，他却咨询我法国政治。这真是有点麻烦，因为这样的对话我俩都不太满意。

七、《阿纳巴斯》与中国

问：在《阿纳巴斯》中，中国占据了多大的重要性？

毛磊：这很复杂。这里面有历史要素，它源于一部古代希腊的经典文学作品，讲述了希腊时期一个军团的故事。将士们出发去远征波斯，随后返乡途中忍受了无穷无尽的长途跋涉，直至他们归还故国，抵达海边，他们才感到考验的时光终于结束了。圣琼·佩斯对古代希腊文学了如指掌。

同时，这里也有十分典型的中国元素。但你们不能对《阿纳巴斯》进行汉学研究。这是一部诗歌作品，而不是一部包含渊深知识的作品。然而，对我而言，这一点十分重要，其中包含一种对于广阔空间、对于沙漠车队、对于戈壁、对于向亚细亚高原攀登的沉思。你们可以看到《阿纳巴斯》中的一系列表达，有关旅途、远行、沙漠、跋涉、向着广阔空间攀登的主题。我们被震撼了。

我想这是在星期三，贝熙业家的沙龙每周一次，他将那些熟知中国的人聚集起来，形成一个法国圈子，却又不仅仅局限于法国人，他们在与主人谈话间提到了他们的活动、发现、游历、计划、文学创作、翻译、学术以及研究。在我看来，这是个熔炉，这间实验室在圣琼·佩斯作品中的地位举足轻重。之后，它又经历了重组、分裂，乃至最终解散。这里关于旅行的主题，关于出发的主题，关于向未知攀升的主题，正如他自己所言，《阿纳巴斯》是一次在自我内心中的攀升。所以，带着一种纵观全局的视点，一种自我内心的远行，他出发，并与这个伟大的形象相遇。

（翻译　王亦杰）

勒内·旺特斯克（Renee Ventresque）
法国佩斯专家

2014 年 8 月 3 日　法国蒙贝利埃（Montpelier）家中

一、《阿纳巴斯》

问：请问您是如何成为研究圣琼·佩斯的专家的？

勒内·旺特斯克：首先，是出于热爱。很久之前，当我还在读高中的时候，就开始接触他的作品，一首诗深深地吸引了我。后来，我在求学中又见到了这首诗。缘分就是这样开始的。

问：哪首诗触动了您呢？

勒内·旺特斯克：具体来说，是《阿纳巴斯》使我燃起了对圣琼·佩斯及其作品的兴趣。诗中，中国的形象跃然纸上，所描写的景色令我心驰神往。很久之后，圣琼·佩斯的作品成为我博士论文的选题。我并不是研究其作品的评论，而是深入探讨圣琼·佩斯诗歌创作和他的文学阅读的关系。您可能在爱克斯见到过那些书或者手稿。在这些佩斯读过的书中，有许多是关于中国的。佩斯不会说中文，我也不知道他是否能读或听。但在他的书库中，有很大一部分书是关于中国的。

问：但是佩斯没有明确说《阿纳巴斯》就是中国。

勒内·旺特斯克：事实上，《阿纳巴斯》十分切合佩斯诗歌创作的特点。从诗学这一角度来说，《阿纳巴斯》不可被视作中国诗歌。

阿纳巴斯指的是世界，是别处。但是显然，如果我们仔细读一读里面的诗，看一看里面所描绘的景色，甚至去实地走访那些地点和城市，就会发现中国的回忆占据了重要的地位。但作者写作时兼容并包，已然超越了中国的写实景色。

问：在法国文学中，《阿纳巴斯》地位如何？

勒内·旺特斯克：《阿纳巴斯》于 1924 年或 1925 年在法国出版。佩斯在中国只写成了一部分，并未全部完成，他到巴黎才完成全部的创作。可以说，这首诗首先传承了一种传统。我想您了解了其他一些诗人就会明白，法国一些文学作品打上了中国的烙印，比如克洛岱尔和谢阁兰。因此，《阿纳巴斯》延续了法国文坛的一种传统。

我认为，这首诗的成功首先是得到其他诗人认同的，进而也受到了国际性赞誉，比如在英国、美国、德国、意大利等。在法国，《阿纳巴斯》还受到了瓦莱里的肯定。因此，这是在世界范围内获得认可的作品。即便在今天，我仍将它列入我大学本科的教学计划中。可以说《阿纳巴斯》相当高深，学生想要通读并不是那么容易。

问：您是否认为这首诗从中国获取了灵感？

勒内·旺特斯克：我能回答的是，是的。他从一位希腊作家那里选用了"阿纳巴斯"的名字。但是他自己认为这种联系就到此为止。但是，阿纳巴斯实际上指的是数千里的远征，就是说希腊的战士们在数月之中流徙，穿过高山，再也没能回到希腊。因此，这是一种远征，一种行军。我想佩斯在某种程度上选取了这种意义。但是在《阿纳巴斯》中，并没有真正意义上的行军。这更是一次象征性的远征。怎么说呢？他作品里呈现的远征实际上是一次内在的求索和远行。这种内心的旅程能帮助他获得真谛。所以我们可以将这看作是一项哲学活动。因此，这样来看，中国就变成了一个暗喻，它代表的是"别处"。当然我们也知道，就像我刚才所说的，中国的景色和生活对于佩斯来说也是十分重要的。佩斯出生在安地列斯，他很晚才到法国本土。中国实际上是他唯一一次作为外交官派驻的地方，那么这些诗到底想告诉我们什么呢？是的，对于那些前往中国的人来说，中国是十分遥远的。在一篇的转折时我们经常能看到中国的影子。我认为，在佩斯的作品里，中国喻示着个人的求索、对于自身的探求，这是一种内在的探究。这不是一场行军，这是一次内心的远征。

二、佩斯与中国

问：那么他为什么选择到中国去呢？

勒内·旺特斯克：这是一个十分难以回答的问题，我认为有许多答案。在一封未发表过的信中，我们可以找到一点蛛丝马迹。这封信现在保管在基金会，是佩斯写给贝特洛夫人伊莲娜的。在这封信中，他提到和一个女人的关系。他对这个女人受够了，去中国是逃离这个他已经厌倦的女人的一次机会。

但是我想还不应该限于这种猜想。我想佩斯很早就开始对中国和亚洲感兴趣，这是他的时代使然。在 19 世纪末 20 世纪初，不仅是法国，整个西方社会"发现"了亚洲大陆和文明，汉学逐渐兴起。一些研究方兴未艾，占据了重要的地位。当我去探寻佩斯书库的时候，我发现早在去中国之前，他已经读过许多关于亚洲和中国的书籍，他对中国是有兴趣的。

此外，他的朋友之一，保罗·克洛岱尔在天津任领事时，曾经写信给佩斯，向他讲述了在中国的所见所闻。佩斯后来也具有了这种热情。他一直保有着这种热情。因为，所有在佩斯回国后见到他的人，自 19 世纪 20 年代直到他去世，都确信佩斯在中国度过的五年对他一生产生了决定性的影响。不仅是《阿纳巴斯》有一部分内容涉及到了中国，佩斯几乎所有的作品都或多或少地、或早或晚地浮现着中国的影子和影响。

问：那么他作品中的中国是什么样的呢？是当代的中国，还是谢阁兰笔下那种王朝式的中国？或者他笔下的中国更为久远，像蒙古一样？

勒内·旺特斯克：首先，我认为他的作品中有一个梦。因为中国处于亚洲，我们都来自于亚洲，这个文明的发源国令他目眩神迷。并且他读过的书使他认为这是一片原始的土地、源起的土地。在我们阅读《亚洲书简》时，能感受到中国令佩斯激情澎湃。所以，景色也是佩斯笔下的中国的重要组成部分。我想他在前往蒙古的时候，沿途见到了许多景色。我想蒙古的景色令佩斯心旷神怡。比如那里的大草原，比如中国的"黄土地"，中国的沙土和尘土飞扬。他也提到了北京。他也写到了中国的街道。中国的街道让他十分着迷，就像克洛岱尔和谢阁兰一样。

问：当他在北京的时候，他经常骑马出城。他在城外都干什么呢？

勒内·旺特斯克：我认为他很有可能在外面享受自己的假期。稍稍远离京城，牵着马，散着步。与他自己所讲述的不同的是，人们责怪他到中国后对政治不怎么上心，倒是对写作下了功夫。很可能就是在他去往小亭子休息的时候，或是骑着马闲逛的时候，佩斯重新拾起了对于诗歌创作的兴趣。但是佩斯本人并没有承认。

问：佩斯有一位朋友叫铎尔孟。他们常常在一起写诗。之后佩斯自己发表了这些诗，对此铎尔孟感到十分失望？

勒内·旺特斯克：佩斯和铎尔孟一起都发生了些什么呢？铎尔孟在中国是一位重要人物，我们从当时的报纸上能看到他。同时，铎尔孟是一位大学者，他十分了解中国文学，精通中国诗歌。他进行了很多研究。因此，我想他们的关系与诗歌这一方面有关。此外，他们关系的另一个方面人们不常谈及。在一些不曾发表的书信中，我们可以看到这两个男人之间所发生的并不都与诗歌有关，还有关于私生活方面的。

问：是一种亲密的关系？

勒内·旺特斯克：铎尔孟是人所周知的同性恋。而佩斯在中国和众多女人有风流韵事。但不管怎样，目前还没有人能说清楚到底在铎尔孟和佩斯之间发生了什么，他们的关系是怎样的。

问：我们继续聊和中国有关的。当他在中国担任外交官时，中国发生了许多大事。他当时扮演了怎样的角色呢？

勒内·旺特斯克：我们不要忽略他当时只是法国使团的三等秘书。后来又变成了二等秘书。因此，这并不是头等重要的差事。但是他后来努力为自己勾画了一个在北京的充满活力的外交官形象。尤其在《亚洲书简》中，他将自己塑造成了一个从鼠疫中拯救北京的外交官。这种片段读来可以莞尔一笑。那么他实际上做了些什么呢？我个人觉得他没做什么大事。比如，他基本上不曾谈论过五四运动。这在他的信中不是主题。

有一件轶事可以一提，当然这在政治层面是十分不重要的。这发生在张勋试图复辟清王朝的时候，持续了没有几天。他的描写十分生动有趣、惟妙惟肖。据他的描述，他的使命是带走总统一家人，包括民国总统的太太、小妾和孩子们。但是除此之外，我也说不出其他他做过的事情了。

问：当他到达的时候，天津正发生一场冲突。

勒内·旺特斯克：这里也是。当我们读他的描写时，我们感到佩斯是一位天降大任的福将。但是事实可能是另外一种情况，我也不知道。在天津的法国租界有一些麻烦，因此他被派往该地重新恢复秩序。这里我并不能下断言，到底是佩斯本人还是他人的介入令那里恢复了平静。

问：他的薪水令他的生活十分安逸。他在财政方面有困难吗？

勒内·旺特斯克：是的。有人说他为了逃避1918年的战争才选择来中国的。我想他之所以不去参战，是因为他是家庭的支柱。他家里有四个女人，他的母亲和三个姐姐，再没有其他人可以作为顶梁柱了。因此是他在中国的薪水帮助了她们。这一状态一直持续到他流亡去美国。到那时，他个人的财力有限。但是他周围还围绕着一帮有钱的朋友，比如那个美国小说家。这些人在美国给他提供了极大的物质帮助，最终还帮他买了一所房子，一直帮助他到最后一刻。

问：最终，他想在中国成为顾问，都发生了些什么呢？

勒内·旺特斯克：是的，他十分想留在中国。他为了留在中国尝试了所有办法，但都不曾成功。这是实际上所发生的。为什么我们没将他留下呢？他自己的说法是：我在那里度过了五个年头，所有的我都见识过了，我想要去别处，因此我离开了。这种说法是站不住脚的。他自己更愿意留下来。这也是所有听他谈论过中国的人的看法，尤其是在19世纪20年代他给朋友写的信中。直到他去世，所有听他谈论过中国的人都知道，在中国的时期是佩斯一生中最为重要、最具代表性的经历之一。

当然，美国在他的一生中也是十分重要的。我也并不确定他从不曾同样心花怒放、兴致勃勃地谈论过美国。至少他谈论中国时是这样的。他对中国所发生的一切总是兴致盎然。

三、佩斯其人

问：圣琼·佩斯是一个怎样的人呢？

勒内·旺特斯克：佩斯终其一生，都划出诗人和外交官两重身份的楚河汉界。当人们给他去电时，他会习惯性地问上一句：您想跟谁说话呢？是外交官阿莱克西·莱热还是诗人圣琼·佩斯？他自己确实在着力区分。那么他的这两重身份互相之间有关联吗？我想我可以断言，圣琼·佩斯是这样的一个人：不管是在外交部与他相识的同僚，还是因诗歌与之结缘的同仁，圣琼·佩斯都令他们印象深刻。我们从照片可以看出来，他的眼神十分深邃，富于表达，他也非常健谈。谈话时，他不会给对方留什么空子，完全是对话的主宰者。我想不管是法国外交官，还是外国外交官，都对佩斯其人产生了同一种印象：这个人可不怎么好打交道。

佩斯年轻时就博览群书。这大量的阅读是十分关键的，使得他得以了解在法国和欧洲发生的一切。他的阅读受了美国超验主义哲学的影响。这一理论认为人们应该自己成为自身的主人。再加上他所阅读的尼采的大量著作，他所受到的教育应该是以铸成一个既脆弱又自我主宰的人格为导向的。

问：他不仅是一个自信的人，还是一个面容俊朗的人。在他的生命中女人很重要吗？

勒内·旺特斯克：十分重要。我们可以这样说，圣琼·佩斯的情史完全是一段传奇。圣琼·佩斯在其生命最后的 25 年中希望为这段传奇添一段圆满的结局，和一个人相濡以沫终老。他老年时与一个美国人结婚，就是后来的莱热夫人。在这之前，他的生命里总是围绕着许多女人，经常是同一时期有好多个。这些女人漂亮而又雍容华贵。可以说，他的女性朋友里有一些是巴黎最漂亮的女人。后来他供职于法国外交部，便有了许多进出文学和政治沙龙的机会，得以认识许多艺术家、富有的女人、出身贵族的女人。他和其中一些结下了缘分，甚至是在美国。美国女人在他的一生中扮演了重要角色，尤其是在经济方面。比如一位美国小说家就为他买下了一座房子。

问：作为外交官，他喜欢自己的职业吗？他对于职业生涯有壮志雄心吗？

勒内·旺特斯克：我不了解他实际上是否喜爱这一职业。但是我们可以设想是的。他在法国扮演了重要角色。他通过了外交部的考试，被派至中国常驻五年。回国后，他有幸与白里安等人结识。他受白里安庇佑达七年之久。他还认识了年轻时的菲利普·贝特洛，贝特洛后来主导了法国的对外政策。因此，他担任了一些高层职位。这也就解释了为什么战后他的政策和行为在回忆录中饱受他人批评，人们指责他未能准确估计德国和亚洲方面的危险。但是他确实承担了一些重要职责。

但是，还是有一些人站在他那一边，认为他更加是一位重要的作家。一些职务上的失误是命运使然。当他从德国回国时，他说过在德国的所见所闻是令人担忧的，纳粹有可能掌握权力。可是佩斯未能明白希特勒主义的得势到底代表着什么。后来，德国人距巴黎就几千米远，形势十分危急，他这时就离开法国了。

（翻译　党蒿）

蔡若明：法国昂热大学客座教授

2014 年 9 月 6 日　北京师大艺术与传媒学院

一、佩斯身世与个性

问：蔡老师，您好，感谢您接受我们的采访。请您讲述一下佩斯的身世和个性。

蔡若明：佩斯的个性啊，和他的一生的命运，还是有很紧密的联系的。他呢生活在法国的海外省瓜德罗普岛。那时候呢他父母经营的是种植园，也有一定的家产。所以他的性格呢，爱好自由，爱好广阔的天地，爱好大海。可是他 12 岁的时候啊，就离开了故乡，回到法国。可是法国呢，对他们这些海外来的法国人呢，有一点偏见。就觉得他们不是本土的人。所以他在中学的时候，他性格上有点压抑，朋友不多。后来进入大学，他父亲比较早就去世了，这样一来他是家庭里头唯一的男子汉，他这个家庭的责任感很重。但是他很坚强的，他始终把这个责任感呢放在心里面。

问：有人说他是一种双重性格，一方面在外交上面是比较狡猾的，但另一方面作为诗人又是特别自由。

蔡若明：要说起来呢，佩斯确实有他的不得已。从他一开始选职业的时候，就考虑到既要为家庭挣钱，又要满足自己爱好文学写诗。

怎么办呢？那个时候克洛岱尔他刚好认识了，克洛岱尔对他影响非常大，因为克洛岱尔那时候已经在法国成功了。他的成功是他既当外交官，又到中国去，吸收了中国文化的营养，创作出了法国人所很少见的、有异国情调的作品，获得很大的成功。后来圣琼佩斯考虑到，像克洛岱尔都可以有这么大的成就，我为什么不行呢？所以他就决定走克洛岱尔的道路，而且还要到中国去。

但写诗不能吃饭。所以再三考虑之下，他要学克洛岱尔，首先把自己的前途地位，创造自己的社会根基放在第一位。为了这个，他必须要做出一些牺牲，他不是说不写诗，他悄悄地写，不让写诗影响他自己的前途。所以他在诗人面前，他主要表现的是外交才能。只有极少数人，才知道他写诗的才能天赋。他始终不露。

但是他归根到底是一个文人。为什么呢？因为第二次世界大战胜利以后，本来法国是给他一个职位，他能回到法国来的。但是戴高乐不欣赏他，后来他考虑只有在美国，他既能维持一个比较优越的生活环境，又能有时间写诗。所以他选择在美国。实际上如果不是他"二战"的命运，也许他成为一个非凡诗人的命运，可能就不能实现。所以在外交方面的不幸，造就了一个诺贝尔奖诗人。

二、佩斯来中国

问：蔡老师，佩斯来中国其实是因为天津老西开事件吧？

蔡若明：对。当时法国在中国还是有殖民地的，尤其在天津，有很多传教士。这些传教士呢，利用当时中国地位很弱这样一个机会，就不断扩大他们的地盘，占领老百姓的地。后来一部分老百姓呢，对法国传教士这样强行占用他们的地，非常的不满意。就引起了这个纠纷，反对法国人强行占领地，发生了冲突。这个时候呢，法国使馆的人比较少。大使也在国内，就赶紧向法国外交部求救，紧急求救，那法国外交部赶紧派人去处理。要不然的话，闹大的话，法国在中国的利益就会受到损害。所以决定派人。

这个时候佩斯知道了。因为佩斯进外交部，就是克洛岱尔告诉他，要到中国去发展，一直等着去中国的机会。这下他马上就申请。他的上司贝特洛呢是因为克洛岱尔的介绍，对佩斯还是很培养的。这样呢就把这个位置就给了佩斯。

当佩斯见到这个事情以后，他对中国有所了解，知道中国人实际上是有反抗性的。假如硬来，那是行不通的，只有采取软化、分化的办法，才能双方得到一个妥协的位置。而前面使馆的人缺乏能力，不会分析，也不了解中国。既不能对法国的传教士有所约束，也不能提出一个中国人能够接受的办法。这下子，就把事情越闹越大，闹到不可开交。佩斯来了以后马上就把情况进行分析，就觉得要改变原来使馆的做法。一方面要管束传教士不要做得过分，另一方面要劝中国政府，退回一步，做一点双方都能够接受的让步来解决问题。其实中国政府，是很害怕老百姓又怕法国人，求之不得弄一个两全的办法，能够把事情不了了之地平息下去。所以当这个佩斯提出一个折中办法的时候，中国政府马上就去做老百姓的工作。老百姓看看，也是自己也没有太大的力量再要坚持到怎么样。而法国人又空出一块地方来了，勉强能过得去了，这事情就算是平息了。这对法国外交部来讲，是松了一口气，如释重负。这一下佩斯初到中国，马到成功，对他在上司面前，是面子很大，而且受到上司的赏识。

问：佩斯他为什么要来中国，有人说他是为了挣钱，有的人说他是为了摆脱女人的纠缠，您怎么认为呢？

蔡若明：为了写诗也好，为了逃避婚姻也好，为了这个经济方面的问题也好，这些都是存在的。但是归根到底呢，他有一个远大的志向。他1911年跟克洛岱尔交往以后，就考虑到将来我要写诗。而且呢，他在读古希腊罗马诗人的作品的时候，他已经对"阿纳巴斯"这个词，对这个军事领袖，带领了千军万马，去创造丰功伟绩，觉得非常的美。所以他到中国来，还是为了他的远大志向。

问：据说，佩斯的感情生活比较复杂。

蔡若明：佩斯考入外交部的时候，已经 27 岁了。像法国这个地方，假如说一个男孩子，到 20 多岁不交女朋友，这是不可能的事情。佩斯他是有才能的人，又爱写诗，所以说对他倾心的这姑娘还不少。他一生中间呀，他交往的女子真不少。

但是呢，他有一个不能结婚的理由。一个是他有家庭负担，他的母亲，他的姐姐们。另一个他想到中国来发展，走自己独特的既有外交、又有写作的这个路。如果结了婚，这个家庭负担他不能推卸。所以他思考来，思考去，还是觉得不能结婚。当然他的女朋友，还是很盼望能跟他结婚的，但是他呢，又不好明说，就采取了我到远东去。这个是女朋友不能跟过去的，这个事情就搁在那里作罢了。

问：您知道佩斯和容龄有过一段恋情吗？

蔡若明：要说容龄和佩斯呢，文明一点说，有一段暧昧的关系。这个呢不单单是从佩斯这方面有这个愿望，容龄本身也有这个愿望。因为容龄她是在国外待了很多年的，她对西方文明更欣赏。所以她对西方的人，尤其像佩斯这样外交方面的人，很有才华，又是法国使馆的，她也希望能够跟佩斯交往。她希望从佩斯那里得到西方使团的一些消息，她可以在中国外交圈里面炫耀。而佩斯呢，他已经说了，汉语太难了，他不会学汉语。可是不学汉语，怎么得到中国方面的、各方面的消息呢？他就要找中国方面的人士交往，才能够得到这些渠道。所以他呢，也是有意识的施展了一些自己的魅力，来和容龄交往。

问：据说佩斯常常到容龄家里去，他们的感情是公开的？

蔡若明：他有个朋友叫铎尔孟，他们关系比较好。他什么事情呢都跟铎尔孟要商量。而且跟容龄的交往呢，他经常要靠铎尔孟来帮他掩盖一些。有个第三者，通个信啊，或者陪他到这个容龄的家去啊，这样的话有点掩盖吧，这样好对付这个容龄的丈夫，或者是对付外人的耳目吧。

他们有一次去了以后呢，这个容龄就说是病了，不肯出来。先是佩斯不好意思，一直在打牌，后来忍不住了，就把牌交给铎尔孟。铎尔孟其实心理也明白，也不好意思就接下来了，然后佩斯就到容龄的卧室去了。可能经过一段谈话以后，容龄的心情比较好了，两个人又出来了。说是因为佩斯跟她说了一些情况，或者是安慰了她，她现在头痛觉得好多了。这一段呢，铎尔孟有所记载，也确实就是，两个人的关系呢，也确实不能完完全全的掩盖，她的丈夫多多少少也知道一些。

问：他在中国与铎尔孟、贝熙业都很亲密？

蔡若明：铎尔孟呢，他非常热爱中国文化的，对中国知识传统民俗的了解，没有人能超过他。所以佩斯经常要向他了解关于中国的情况，有哪些有益的著作，特别是他翻译的很多诗词，中国古典文化，对佩斯来讲，写诗是非常有益的。我从他的诗里面看到很多东西，他是受到中国诗歌的影响。

铎尔孟在中国人脉非常广，因为他是中法两种文化都达到了高水平，所以他在中国文人圈子里头，也是有非常广的人脉。那么佩斯认识蔡元培、梁启超、李石曾，实际上都是通过铎尔孟的介绍。要没有铎尔孟的语言、文化的介绍，佩斯也没法跟这些人沟通。所以佩斯跟铎尔孟到了无话不谈的地步，甚至于两个人一起去寻欢作乐。他的诗歌里边，暗示铎尔孟是一个同性恋者。法国人就读这个诗的时候就比较清楚。

本来佩斯要把铎尔孟在法国使馆的地位还要提高，希望法国大使更重用铎尔孟。但因为铎尔孟是个私生子，对法国外交部来讲，对这样的人是不太重用的。所以铎尔孟在中国来讲，他的位置是有点跟他的才能不相称。铎尔孟主要的价值还是在中国人中间，不是在法国人那边。

问：但是我看他也说，铎尔孟太中国化了。

蔡若明：太中国化了，确实是。贝熙业在中国已经很多年了，而且他的资历非常老，所以他呢在北京开办医院，连中国的高级人物，都要请法国使馆的医生去看病。那么贝熙业在中国人眼里是求之不得的医生，位置很高，威信很高。作为一个医生，他有好心。他在西山，看到中国人很穷，能够免费给他们看病。所以也很容易的，在西山买地盖房子，过着很舒服的生活。

贝熙业在西山办了沙龙，成为法国人的活动中心。这一点佩斯经常能够去参与这个沙龙，听到四面八方的消息。在那里结识了很多的朋友，一起喝酒、吃饭，都成了亲密的朋友。

问：佩斯经常去西山休养，他为什么要选择西山呢？

蔡若明：他们法国人啊，实际上来讲每到夏天，对北京的这个热，确实是很难受的。法国人有夏天避暑的习惯。那么西山这个地理位置，在当时来讲，交通比较方便，气候也相对比较好。所以像贝熙业，他先去的这个地方，所以估计是他建议。佩斯在北京虽然工作忙，可是念念不忘要写诗，可是写诗就要有比较安静的时间，在使馆里头，在他自己北京的家里面，不可能做到。所以他呢总找个借口，要去这个西山，什么事情就让他的马夫做一个联络员告诉他，甚至于经常外交邮件他也不接，这样的话他留给自己写诗的时间。

三、佩斯参与中国政治大事

问：1917年张勋复辟，黎元洪总统逃走，佩斯如何营救总统家人？

蔡若明：这个事情啊，要按照资料来说，佩斯是很早就知道张勋要复辟了，因为他有这个中国方面的一些渠道。后来发生了张勋复辟的事情，黎元洪到了日本使馆。实际上他（佩斯）并不是被法国使馆所委派的，是容龄委托他去把黎元洪的家属从黎元洪府上接出来。

后来呀，这个法国大使很生气，因为他并没有派佩斯去。佩斯拉上了这个博维呢，先去找张勋卫队的负责人。因为人家看他是外国人，尤其是西方人，至少是对他们比较客气的。然后在报道里，佩斯故意把自己的作用呢说得小一点，主要是博维起的作用，最后同意他们用车把黎元洪的家属给接出来。佩斯又发挥了他写诗的才能，把黎元洪家里面详细的描述了一番。后来他们把黎元洪的家属接出来了，一路上也没有什么问题，送到了法国使馆。但是法国大使就很震怒。一个他并没有委派佩斯去做这件事，另外一个佩斯把人接到法国使馆，这个是属于外交事件。如果把黎元洪家属都放到法国使馆，要是巴黎方面知道了，会怎么样，谁都说不准。所以这个大使呢，坚决拒绝他把黎元洪家属放在使馆。他就只好放在他自己家里面，他自己跑到使馆去住宿去了。这样的话免得一场外交方面可能发生的纠纷。

问：事实上，黎元洪与段祺瑞之间的矛盾是因为中国参加一战，据您所知佩斯是否在这里面起了重要的作用？

蔡若明：实际上中国参战是几个西方列强背后攫利的结果，有的支持，有的反对。英国跟日本有个协定，要互相支持的，共同在中国谋利。英国又把法国给说服了，支持中国参加"一战"，是需要中国派很多劳动力到西欧去，为"一战"服务。但是也不敢损害日本的利益，所以和日本预先说好，等到一次大战胜利以后，这个日本在中国接收德国的领地范围不变。但是这点来讲，法国外交部没有和法国使馆说。所以法国使馆很卖力的、也没有后顾之忧的就跟中国要求，希望他们参加"一战"。当时使馆只有两个人，一个是大使康蒂，一个是佩斯。康蒂就不出面了。佩斯又跟段祺瑞是好朋友。佩斯这么说，反正段祺瑞，跟他关系确实不错。经过反复的说，段祺瑞他们北方军阀是比较支持参加"一战"的，就这样被他说服了。宣布参加"一战"。

但是等到巴黎和会上，让日本接收德国在中国的势力范围的时候，佩斯感觉到，他们原来没有跟中国说明，对陆征祥也有点对不起，所以他就觉得有点为难。

问：尽管这件事成功了，但通货膨胀来了，他还要养家，作为男孩他还要养家，钱不够了。他怎么想办法能改善他的财政？

蔡若明：这个问题对佩斯来讲，确实是一个大问题。他自己说，他是把他在老家卖掉了一些地，来支持这个生活。但另一方面呢，他积极的向法国政府、向外交部申请补助。但是申请补助呢，牵扯到的面很大。所以后来他提出来能不能让他在这个中国政府里面，谋一个政治顾问的职位，能够增加他的收入。当时他的一个上司啊，还是比较同情他的。也确实看到他的收入在中国因为汇率的问题一年比一年少。从这个百分之一百的这个价值，变成百分之七十，变到百分之三十九，再往下降。佩斯跟他的上司提出来他到外国在中国的银行，尤其印支银行去工作，这样他能有一笔收入。他说这样呢，也没有离开中国，但是对家庭也有所补贴。但是这样一做的话，他前面在外交部的功绩，就很可能就会抹杀了。确实上司舍不得他走，就给他想办法，说再让中国设一个政治顾问。但是呢，在中国政府里，已经有一个法国人在那里，叫巴度。这时候佩斯就写信给他的上司，说巴度在中国时间很长了，中国人对他也不太满意，是不是应该换了。法国上司一看，可以考虑。然后就写信给法国驻华使馆，但是法国大使回信说巴度没问题呀，中国政府没有意见啊，干得可以啊。这样这个佩斯就没办法了。

但是他的上司呢，还是想帮他的忙，在巴黎也跟陆征祥讨论过，陆征祥呢也同意回国以后跟中国政府说一下，再设一个总统府顾问。而且这个消息呢，上司也写信告诉了佩斯，佩斯很高兴。他给家里写信说，如果这件事情成功，那我就可能在中国再待三年，这样一来他的经济问题解决了，写作的问题也解决了，所以他特别满意。但万万没想到的是陆征祥辞职了下台了，这个事情就没有办法了。所以在中国留下来的可能，一切的可能都堵上了。所以最后，一句话，只有走人了，离开中国。

四、作为诗人的佩斯

问：据我所知，佩斯离开中国之前终于去蒙古旅行，这对于他的《阿纳巴斯》产生了什么影响？

蔡若明：法国本土不大，而且呢法国的自然条件特别好。不是平原，就是很美丽的山、河流、河谷、大海，没有大的广漠。而佩斯呢，他在少年时代看到的广阔天地是大海，法国没有。但是到中国，辽阔的天地，给了他真正的空间和时间的感觉。这个空间是千里无人烟，这个时间是多少个世纪没有人，他能够来到这么人烟稀少的地方，这个感受是在西方文明里面没有的。所以他带着原来的写诗的想法，到了蒙古这样广阔的天地，经历了磨难，又到了实地的空间和时间的感受。他有了真正的灵感。那个时候他在大学的时候读过本格森的哲学，本格森说时间有两种，一种是心理时间，一种是物理时间。物理时间就是我们大家拿钟表计算的时间，一个小时，一年。但是心理时间是穿越宇宙的，是不以这个钟表来计算的。而佩斯在中国，感觉到在这个古老的，进程缓慢的国土上，真的觉得时间非常的迟缓。跟西方的物理时间完全不是一个量度，他体验到了古代帝国的这种感觉，没有这种灵感，他写不出那个感觉来。

佩斯在中国，只要工作有点时间，他就想自己怎么写诗。但是呢，他要写的诗，一定是中西文化结合的，所以他非常在意，像在中国生活了多年的法国人，要了解中国文化。一个是贝熙业给他的帮助是在生活方面的，但是铎尔孟给他的帮助，是在中国诗歌文化方面的。他们每周在贝熙业家小沙龙，交流文化对他了解中国文化有很大的好处。那有一次呢，就是图森他在客厅里面，念了莲花生大师的经文，他受到震撼很大。他觉得是深层次的文化，特别是西藏的文化有神秘性。而他写诗，也是带有神秘性。神秘在20世纪的法国，这个很流行的一个题目。所以这一次图森对他的影响，他深深地打动了他的心，他也希望能跟图森多学习，也跟图森一起去蒙古旅行。所以最后是他和图森，还有贝熙业三个人一起去旅行的。

问：那这次旅行他都经历了什么事情？

蔡若明：他们去旅行的时候，其实条件不错，还是坐的汽车。但是呢，到了当今乌兰巴托那一带地方以后，那个地方在当年经济是很不发达的，生活很落后，他们没法前进了。他们只好呢雇当地人，或者骑马，或者赶车这样去。结果他们是在当地人的帐篷里面，看到了一些原始的生活。什么用动物的头盖骨喝水啊，用动物的骨头祈祷啊，占卜啊。还有一些念经啊，各种各样的小旗帜啊。这对他来讲，使他对古代的原始部落的生活，有了直接的体会。因为现代文明是想象不出来原始生活的人，到底是怎么过的？怎么思想的？怎么祈祷的，他们的信仰是什么？通过他们的生活方式，他了解到，比较落后的人，他们怎么样把自己的信仰寄托在一些现代人所不理解的动作方面。所以在《阿纳巴斯》里面，有很多的细节这是别的地方读不到的。或者是现在人想象不到的。

另外他也从传教士的日记、游记里面，取了很多细节，这跟他在蒙古之行能够吻合的，能够采用的，这样就大大丰富了他这个诗歌的内容。佩斯的诗，一个是他的雄心壮志非常的惊人，另外一个，就是细节非常的丰富，非常的真实，非常的符合落后的部族的实际情况。把现实生活中的部族生活，升华到他理想中间的王国生活状况。这样就使现代人读这个诗的时候，得到了既具体又升华的思想高度。

问：佩斯的《阿纳巴斯》在一种什么样的心态下创作的？

蔡若明：佩斯大量阅读了法国传教士到中国来，写的日记、游记。像张诚他是从北京出发，一直到尼布楚，参加了和俄罗斯的谈判。还有别的传教士，也是到蒙古去旅游。我们现在从佩斯基金会图书室里面，他的书单，这些东西都是很全的。另外他在中国我相信他是读到了马致远的《秋思》这个诗。因为他这个《阿纳巴斯》的第一首歌里面，差不多就有《秋思》里面的很多元素。在首歌和尾歌里面，始终是树、鸟、马、旅行者、诗人，在天涯。从这几方面的内容结合起来使佩斯有了任何法国人、西方人都没有的好素材，中西文化的结合，这是他成功的很重要的方面。

问：《阿纳巴斯》在法国文学史上是一个什么样的地位？

蔡若明：要说《阿纳巴斯》啊这首诗的，在法国其实早些年的时候，读到的人不多。因为他长期生活在美国，很难回到法国来。因为种种条件的限制，1960 年他得诺贝尔奖的时候，很多法国人大吃一惊，他们并不认得这个诗人。当然 1959 年的时候，法国已经给了他一个诗歌奖了，全国诗歌奖，但总的来说，限于文人，限于文学界，限于爱好诗歌的人。但是 1960 年得了诺贝尔奖以后，不但是引起了法国注意，全世界都对他注意了。这个时候，这一首《阿纳巴斯》，他的风格，他的构思，他的题材，完完全全是西方人想象不到的。这一下无论东西方对这首诗都刮目相看，而且觉得在 20 世纪初写出来的这首诗，一直到得诺贝尔奖，没有同类的，更质量高超的诗歌。所以各个国家的诗人，还有法国总统，都对这首诗特别欣赏，都认为这首诗是现代史诗，地位很高。也正因为如此，本来圣琼·佩斯大多数诗，其实从题目上看，跟中国关系不大，只有这首诗基本上以中国为题材，引起了全世界的注意。所以这首诗呢，对全世界认识中国，还是有很大影响的。

问：作为一个诗人，佩斯的独特价值在哪个地方？

蔡若明：要说这个佩斯写的诗呢，我们读起来虽然艰难，但是每读一次，就有新的感受。佩斯实际上从他小时候生活在所谓天堂，他其实对西方文明并不是很赞成的。但是他回到法国，当时是法国正在第一次世界大战的时候。又经过第二次世界大战，两次大战使整个欧洲人，很多都对资本主义文明产生了疑问。那么像佩斯这样的，从干净的天堂出来的人，这么赞美海岛未来的天空，看到这个资本主义社会城市里面灯红酒绿，其实他不欣赏。但是他不能不生活在这个资本主义文明，他也回不去这个天堂，所以他是矛盾的。

而且呢，你想他12岁离开家乡，再没回去。在法国，被法国本地人有点冷落。他很快在法国也就待了十几年，又到中国来，中国可是一个远离西方的地方，又是一次离开家乡，离开自己熟悉的生活。

从中国回到法国，总算在外交部得到升迁了，稳定了，当上外交部的秘书长了。应该过安定的生活了吧，没有想到1940年，也就十几年，他不得不出逃，出逃以后，他还被通缉，被法国自己的政府通缉。你想，在美国，也不是自己的家乡，一直到1957年，得到法国方面的文学奖，他要回到法国的这个地方来了。后来他1957年开始回到法国，到七几年的时候，最后是死在法国。他的一生，没有稳定的日子，始终只有十几年在一个地方。而且绝大部分是在流亡，不是在自己所愿意生活的地方生活。所以他的内心应该来讲，是很苦的。所以在他的诗歌里面呢，基本上没有太多法国的、欧洲的文明在里面。他都是描写，要不是东方，要不是自然现象，大风、雪，大风破坏这个自然界，破坏社会。然后又重新建立起来，雪净化世界，这些是他内心最主要的感受。他还是向往一个绿化的，环保的，天堂一样的，安静的，适合诗人生活的环境。所以他能够写出这样多高质量的诗，某种程度上来说，他的确没有受到太多的西方现代文明的感染。

朱敏言：李石曾外孙

2014 年 8 月 26 日　北京朱敏言家中

一、对外公的印象

问：朱老师，今天非常高兴能够采访您，你和李石曾先生一起生活过多长时间，哪些事情印象比较深？

朱敏言：我和他生活的时间实际上比较长。有一些照片他抱着我的，是 1937 年春天，那个时候我记忆完全没有，因为我太小了。而在抗战胜利之后，他两次到北京，后来两次到台湾台北，后来我们到香港，我先后跟他一块生活了五次，从 1945 年的深秋到 1949 年的秋天，五段生活在一起。当然每段时间都不长，短的只有一个多月，长的就最多的两三个月，那我有记忆了，1945 年以后我就有记忆了。

问：您记忆比较深的有哪些事？

朱敏言：第一次，刚抗战胜利之后他没马上回到北京，他回到上海。结果是 1945 年快到冬了，他才回北京。我为什么记得呢？我特别爱吃柿子，我们家中院种的有一棵柿子树，那时柿子树底下这柿子都掉了。我那时候小，我母亲就让我每天爬到树上给他摘一个柿子，放到他的床头柜上，这个我记得特深。所以我就肯定他到北京的时候是深秋、初冬，这个是没错的。

　　第二件事情，我记得比较深的，就是他 1948 年来的时候。因为我父亲那时候在台北工作，我父亲是 1947 年底到台湾，我母亲回不来，结果他就住在我三伯父朱广相家。我三伯父开一个诊所。一天看门的人很紧张，进来就讲，说李宗仁来了。结果我和我两个大的弟弟朱志桓、朱鉴桓，我们三个人就趴在走廊那看，我外公迎到垂花门，李宗仁进来了，当时让在那个北房客厅里。我们三个人就趴在那客厅的门外头偷看，正排的那个沙发李宗仁不肯坐，我外公让他坐，他坐到侧面，这个我印象很深。等李宗仁走了不到两个小时，傅作义就来了。李宗仁穿得特别讲究，好像是海蓝色的那种官服似的，而傅作义穿得特别简单，这个印象很深。

　　那时候共产党已经把环果园和西山已经都占了，傅作义那问话我记得很清楚，说你是不是想到温泉再看看？我可以派人保证你的安全。我记得我外公回答得很清楚，就是不要太麻烦了。那次他是回来组织北平研究院的会，所以他没到西山。这个我印象比较深，那是 1948 年。

　　1948 年他跟我大爷家，就是朱广相家，我们兄弟姊妹坐在一个桌上吃饭。他和林素珊吃素，他们全都是素菜，我们吃荤菜。他说你们照样吃。可是他经常在饭桌上宣传素食，他跟我大爷朱广相说，我不是要求你们每天吃，我是要求吃维生素，吃肉没什么好处。他讲得很多，这个我印象比较深。

　　问：1948 年是不是他最后一次回北京？

　　朱敏言：对，1948 年的春天，住在我三伯父朱广相家。我母亲回来就把王府大街，就是广修堂我们家收拾了，他就搬到我们家去了，夏天就住在我们家。再有一个印象比较深的，就是 1949 年的秋天，从初秋到十月，我们在香港住在他家。他一般不置产，他在香港租了一个房子，我现在还有印象，在半山。那个时候他都每天吃完晚饭，他跟我们全家，我父亲、母亲、我们一块吃完饭之后聊天，有很多。因为那时候我比较大了，我已经 16 岁了，所以我的印象很深，他讲了很多过去的事情。

问：主要讲的什么事，您有印象吗？

朱敏言：有，几个事我过去讲过，一个就是他告诉我母亲，他说亚梅，今天休息，他说我带你们逛逛山。那时候香港修的那个缆车只修到半山，他说咱们就走上山。我记得他讲得很清楚，就是在抗战以后，他参加庐山会议的时候，他带着秘书往山上走。走到差不多到半山的时候，后头有两个轿子，一看他在那走，那两个轿子停下来了，就是陈果夫和陈立夫。一看就跟他讲，说李先生你为什么不坐轿？后来他讲得我印象特别深，他说我有腿，我为什么让人抬着我？听到他讲，陈果夫他们就不好意思了，他的轿子一直跟他走上庐山。

还有一个事我印象也比较深，就是说陈毅给他有两封信，一封信是通过谁的手，在上海的报纸发表；一封呢，是陈毅直接寄到香港。他收到信的那天，吃完饭之后，这个印象比较深，他说陈毅给我来了一封信，动员我回到上海。他好像说不可能，反正这个我印象非常深。所以后来他们找我母亲问有没有这封信。这封信他肯定保留了，可是都带到南美去了，带到乌拉圭去了，当然扔在哪儿不知道。

问：看到你外公给你母亲的相册，感觉他对自己女儿其实是很在意的。

朱敏言：他跟我母亲非常亲。我母亲是中法大学中文系毕业的，当然我母亲这人也比较像他。曾经在他和林素珊结婚以前，就是在1946年，他给我母亲来了一封长信，他说亚梅，我现在身边很需要一个人，你能不能到我身边来？不管是世界社，还是北平研究院，很需要这么一个秘书，就是贴身的秘书。结果我母亲考虑了半天，拒绝了。理由两个，我母亲后来跟我们谈过，第一个呢，我母亲说我外公的那些事，我母亲干不了；第二个，我们比较小，我小妹妹没长成，我弟弟还很小，三个孩子。如果我母亲去找我外公，那家都顾不上。所以我外公很希望我母亲在他身边，可是呢，我母亲不可能答应。

　　第二件事呢，就是到了台北之后，他并不想在台湾，也不买房子。可是临时他到台湾，从香港把车运到台湾，有一个很短的时间，他的司机请假，是临时的，我父亲开了一个礼拜的车。那没辙，他老要出去，结果我父亲请假给他做司机。他说过一句话，我的印象很深，他说我这么些司机，就是广才开车这么稳的没有了。实际上他跟这个女儿、女婿还是很近的，包括我。

　　所以很多时候呢，他抱着我，我在那儿撒娇躺在他身上。所以他是顾大家，小家不太顾，可能不是完全的。可是他对我表弟他们，就是不那么亲，因为我舅舅本身独立性很强，我舅舅不是跟他长大的，而我母亲是跟他长大的。实际上有这么一个事呢，不见得是事实，可是有很大关系，他创办孔德学校，其中有百分之几十的原因是为了我母亲。他回到北京之后，他发现北京有两种学校，一种是老的学校，旧式的，一种是英美教会办的学校，他们美式、英式的教会，他很不赞成。结果他创办了孔德学校。

　　问：你外公给你留下过什么东西吗？

　　朱敏言：很遗憾，我那东西毁了。就是1948年他回到北京，最后住在我们家，给我们一个孩子写了一个。他让林素珊学画，送了一个扇面，正面是林素珊画的画，很难看，背面是他给我写的字，一生对我来讲，这个字我记得很清楚，是"能吃苦方为志士，肯吃亏不是痴人"，写的哪年哪年在广修堂，他住在我们家。还有就是我小时候，他送我了一个图章，这个图章好像前两年还见着，这个是在我满周岁的时候，好像是象牙的，这两样东西。

二、李石曾的生活习惯

　　问：据我所知，李先生的个子不大。

　　朱敏言：我父亲是不到一米六五，一米六四，所以我估计我外公可能一米六一、一米六二，最多可能一米六五，个子不高的。可是在我见的时候他比较胖了，就是那胜利之后他有点发福了，很健康。他的眼睛很精神。他自己讲的一句话，他说我虽然眼睛小而有神，那眼睛特别有精神。

问：你记不记李先生有什么样的一些生活习惯？

朱敏言：在香港，他一般上午出去会客，下午呢，他一般在家接待客人，就是白天是他工作时间。晚上呢，一般呢，我们一块吃晚饭，他有一个饭厅。吃完晚饭之后呢，每天他和我们，主要和我父母，我父亲朱广才，我母亲李亚梅，林素珊，聊差不多一个钟头天，就是一般七点多钟、八点钟吃了晚饭，大概九点钟以前他聊天，我很多听到他讲的东西都在那个时候。我父母问他，就在旁边听着。

他讲一个事我印象很深的，他说他一生有个习惯，他最主要的工作时间是在夜里十二点到凌晨两点。后来我母亲就问他，说你醒得了吗？睡得着吗？他说我习惯了，就好像一个抽屉，到十二点这抽屉开开了。他说最重要的事尤其在战争当中，就是在日本侵略中国和反法西斯战争当中处理的重要事情，我都在夜深人静，就是半夜处理。他说我就好像这抽屉，到十二点它就拉开了，到两点钟我把主要的事处理完了，这抽屉关上了，他说马上就入睡。他这睡眠非常好。这也是他长寿的一个原因，一个他本身的，其实我见到他的时候已经比较老了，70岁，我还跟他生活在一起，他不是很快，可是经常活动，一个呢吃素，再一个他睡眠特别好。

问：听说他吃素食？

朱敏言：中午和晚饭，他特别喜欢豆腐和豆制品。那时候在香港请了一个厨师，都是给他做素菜。一般青菜什么的有的，还有这个豆制品，豆腐和豆制品一定有的，我这个印象比较深。还有他特别爱吃蒜，他经常跟我们讲，他说蒜是消毒的，在多少年前他都很重视这个蒜。他有个原则，这个原则我觉得他一生是这样，他对别人的要求永远是很宽的，包括我父亲母亲。可是他对他自己的人要求特别严，林素珊跟他结婚的条件，第一个，你得跟我吃素。后来林素珊跟我母亲讲这很苦，林素珊特别爱吃肉，特别胖。后来听说田宝田（李石曾第四任太太——编者注）也不让吃肉，他对他自己的太太、夫人特别严。

问：您母亲吃素吗？

朱敏言：我母亲吃素，我母亲出生就从来没让我母亲吃过肉，所以我母亲不能吃肉。可是我母亲跟我父亲结婚之后，因为我外公不是忌讳这个嘛，所以我父亲的肉煸菜我母亲照样吃，她这个素不那么严格。

问：您母亲一生都在吃素？

朱敏言：没吃过肉，她说吃肉咽不下去，这有个肉渣子到嘴里她准吐出来，咽不下去。可是肉煸的菜，肉煸的土豆、胡萝卜，我母亲能吃。

问：你外公还有什么特别喜欢的食品？比如面条。

朱敏言：对，面条，特别爱吃炸酱面。他住广修堂我们家，他就过几天要求我母亲给他做炸酱面，真的特别喜欢。

问：他有没有什么习惯性的动作，有什么口头禅？

朱敏言：没有印象，我的印象是他讲话很慢，从来他没有很着急地讲话，跟人谈什么事情，或者是生活当中，说他很着急地讲话很少。他有一个习惯我记得很深，就是他对同乡的关系特别重视。当年有一句话说他重用亲人，三李嘛，李书华、李圣章、李玄伯，只有李玄伯是他侄子，在故宫博物院安排，李圣章有点亲戚关系，李书华是河北唐山那边人，可是他对同乡的关系特别重视。包括在豆腐公司，像胡裕树他们，反正他同乡他总希望你在这。

问：他说普通话还是北京话？

朱敏言：从小在北京长大，没有特别的，儿音也不是特别准，反正基本上是普通话。

问：我听朱敏达老师说他一讲话总是爱捋胡子。

朱敏言：对，他胡子并不多。我母亲总笑他，他的胡子不多，他还总喜欢摸一摸，这个习惯。

问：那李先生还有哪些艺术上的爱好？

朱敏言：他比较喜欢画画，可是他自己讲，他自己始终画没学好。他喜欢京剧，经常他带我外婆、我母亲一块听京剧，好像他和程砚秋的关系很近。

三、李石曾的交游

问：李石曾先生交游广泛，请您介绍一下他与张静江、吴稚晖的关系？

朱敏言：我听说过一些，也看过他一些东西。他认识张静江最早，在北京认识的，他和张静江认识之后，两人一块商量，就是到国外去。他和张静江定交最早，而和张静江一生的关系特别近。就是所谓的四老，张静江、吴稚晖、李石曾、蔡元培，他和张先生关系特别近，他也谈过这事。而吴稚晖和蔡元培是他和张静江出国的时候路过上海，人家给他介绍吴稚晖，后来蔡元培也来了。最后他们四个人就谈，说中国要向西方学习，吴稚晖讲要尽量多带多派留学生，尽量多培养中国年轻人到国外去，开阔眼界学习。

问：当时创办世界社，出版《新世纪》，您了解吗？

朱敏言：那个我看到一些资料介绍，他们没谈过，好像张先生主要管出版和财务方面，钱基本上都是张静江出，吴稚晖和他好像主要是写和翻译一些文章，吴稚晖还搞印刷。他们三个人开创的时候相当艰难，比较遗憾的就是我没有找着《新世纪》。

问：据我们了解，他在法国真是神通广大的人物，跟那些政要都很熟，您了解这段事吗？

朱敏言：彭济群谈过一句话，他在法国呢，跟各层社会都有联系。

就是他在法国没那么多病，他很活跃，上至议会的议长、市长，旁边这个一些科学家。那时候法国也是民主开放的，正是鼎盛时期，他当时跟法国的一些哲学家、科学家的联系非常广。

他一生交往的人特别多，特别杂，上至国家领导人，下至一般的百姓，包括在中国在法国都是，他很善于交往。

四、李石曾的经济生活与晚景

问：那李石曾先生的经济来源是什么，他家里的生活怎么办？

朱敏言：我记得一句很深的话，谈到他创办这些事业，他有这么一句话，就是取之于社会、用之于社会，而他自己为谋私利的情况很少。我母亲谈过，他早期创办的不管是俭学会或者创办豆腐公司，或者是很多事业，张静江给他很大支持，从经济上，这我知道。除了他家庭之外，张静江还给他很大支持。而在后来，他觉悟了，不能这么搞下去了，他就创办了中国农工银行，就是说他在事业上，银行能够给他负担一些。我的印象比较深的，他最后到南美的船票，是齐云卿出的钱给他买的，就是农工银行。

问：那他没为家里留下什么财产？

朱敏言：没有。他从来一个原则是不置产。实际上这个干面胡同（的房子）是他在城里唯一买的房子，是他主张的，他不知道从哪拿的钱，买了干面胡同。而买月牙胡同（的房子）是我外婆买的，我外婆掏的钱买的。而碧云寺小南园，是他钱凑不起来，他找的那个济仁法师租的地，碧云寺的寺外头山坡那里，山坡地里租了这么一亩七分地，坡地，他一人盖不起，他找了他当时的北大同事顾孟余，他们俩人合资盖的这二十几间房，所以这个产权是他们俩的。

而在上海，一直他的房子是租的，香港的房子是租的，到台湾住在我们家，台湾他那时候没处住。他先到南美，到1956年林素珊死了，他一个人在那生活困难，才回到台湾。1956 年到台湾，才买了这个最后的恒杰堂，所以他置私产很少。

问：他晚年生活好像不是很宽裕？

朱敏言：他中年以后呢，主要依靠农工银行，可是农工银行后来垮了。一个呢，世界书局，迁到台湾在台北就搞了一个，我去过，场地不大，地点很好，在市中心。世界书局每年分红给股东，他是股东之一，还是董事长。后来他退下来，就是给他一定的经济来源。还有是当时国民政府当中，他一直做资政，是否有一些我不太清楚。因为我表姐李爱莲跟我谈了一个事呢，就是他逝世之后，国民政府给他一笔抚恤金，都说这个抚恤金在当时来说还相当高。晚年一直伺候他的冯平用这个抚恤金买了一处房子，我知道这事。

问：事实上他的后半生没有和家人生活在一起？

朱敏言：一部分生活在一起，他和李爱莲。可是李爱莲结婚比较晚，孩子比较小，所以她说她顾不上多照顾我外公。实际上晚年照顾我外公一直到逝世的就是冯平。我们到台北见到冯平，第一次见到我们就一直哭，一直掉眼泪，他对我外公的感情很深。他说李先生待他这一生，对他的一生很重要。所以他对下人也是，对任何人都很平等、很平和。所以这些人对他就是，真是死心塌地的，他有这个人格魅力，让人对他很——不是尽忠，就是对他想做的事情全力、奋力支持，他有这样一种力量，我不知道怎么说了。

五、李石曾与贝熙业大夫的交往

问：你知不知道他和贝大夫交往？

朱敏言：贝大夫交往我听过不少，并且如果我估计不错的话，在我们的老相册当中有一些他和贝大夫的一些合影，可惜都没有资料。我们这没有，万幸的是贝大夫留下了一些。贝大夫 1954 年走的，带走了。我母亲谈到呢，他和贝大夫认识和交往很早，所以后来他请贝大夫到中法大学。他自己看病和我外婆看病，中西医，中医是陆仲安，西医是贝熙业。陆仲安是他给孙中山介绍的，孙中山晚年是陆仲安看的，诊断的，好像有这个记忆。

问：后来贝大夫离开中国的时候，你记不记得他曾经到你家去告别？

朱敏言：三次印象，特别深。第一次呢，他七十几得了一场伤寒，那时候医药条件不发达的时候，得了伤寒不要命得伤人。他伤寒病好了之后，去我们家看我父亲和我大爷，还骑车，不下车上坡。当时我大爷诊所那个看门挂号的人讲，你看这老头不下车就冲上去，七十好几了。他去了我们家一般吃午饭，吃午饭呢，他一般和我大爷朱广相聊得比较多，他们俩又是同事，又是从医的，法国的。第二次我的印象就是他结婚不久，跟我父亲、跟我大爷讲我要结婚了。我记得当年吴似丹29岁，那时候很瘦的，可是精神很好。第三次的时候是他临走的时候，就是1954年离开中国的时候，他们两个去了，吃饭，同时给我父亲带了一包东西，他说我东西太多，带不走。别人也都不重视，还是你留着，有书，有不少书，其中有一张地图，还有一些什么东西。当时呢，他就说，一个好像给他限了时间，就是得什么时候必须离开，第二就是限制他们带的东西。多半对他们还比较宽，尤其对贝熙业，好像他带了不少东西。当时我记得，好像他跟我父亲说他带了两个中国的琴，是那种古琴，可能是这样。当时情绪比较低，因为他要走了嘛，我父亲对他讲，说你不要那什么，你们那个家乡的人全高寿。他就安慰贝熙业，说你肯定能很高寿。

朱敏达：李石曾外孙女

2014 年 8 月 9 日　法国巴黎朱敏达家中

一、对外公李石曾的印象

问：朱老师，我们特别有幸能在巴黎采访到您。那天，我们一起去看了李石曾先生在豆腐工厂的一段录像，看完之后有什么感受？

朱敏达：嗯，挺兴奋，真的很兴奋！因为没看到他这个动的（影像），是电影啊！不是一张照相。再一个呢，觉得他怎么那么瘦啊！我没有他年轻的时候的影像。我对他的印象，好像都已经是，怎么也得——外公嘛！跟我起码都差五六十岁，我的印象里就是他已经有胡子了。那天看到，而且还戴个鸭舌帽，我觉得挺有意思的。是吧？

问：您和外公一起生活了多久？

朱敏达：我觉得我自己也快 80 岁了。现在我们一起来谈论我的外公，我也挺高兴的。说实在的，跟外公在一起相聚的时间，我觉得太短暂了，而且我的记忆很淡薄，我这个人记性也比较差。作为女孩子吧，我觉得我的外公也还是，是不是对男孩子更能那么一点吧！为什么？因为我家里还是有一点相片，那么，外公的腿上坐着的都是我哥哥。我呢？常常就是我的外婆抱着我，才半岁的时候。后来，一些家庭照片里，我基本上也是坐在外婆的腿上。懂事以后，对外公的记忆真的挺淡薄的。

外公可能也忙于工作，忙于革命，到处走。稍微记得一点，那是1945年抗战胜利了，回到北京见过面。那天我拿了那本《芥子园画谱》，应该是1948年，就在广修堂的东厢房，他就说把这本东西给你吧。我也没想起来说让外公题几个字，这是非常遗憾的一个事情。

在1948年，因为他去主持北平研究院的第二次学术会议，他做了很多准备工作。那时候妈妈，我们叫娘，我娘啊就说，这个外公的习惯在夜里面工作，吃过晚饭以后不是很晚就睡觉，睡到可能两三点就要起来工作。然后，白天会休息，所以白天你们也不能吵。这个话我就记得特别深。

问：您对外公的神态、生活习惯有什么印象？

朱敏达：我的印象就是外公后来留的这个胡子，印象挺深的。他一说话就爱手这样（比划手捋胡子的动作），眼睛很有神，真的很有神。让人感到慈祥，反正相当有神，这么一种感觉。说话慢声，细声，反正慢慢的，不会很急躁的，就是这样。

比较深一点的印象就是，有一次我的父母特别喜欢玩，年轻的时候，我的爸爸买了摩托车，在北京还带着我妈妈去看足球，就是喜欢玩，在台湾也喜欢玩。就有一天我印象挺深的，父亲母亲就出去玩了。天呢就忽然间黑起来，昏暗昏暗的。外公就来跟我说，他们跑哪去了？我说呃，应该是出去玩去了吧？外公皱了皱眉头，好像说了一句："怎么能这样？也不看看这天气？"所以当时我的心里觉得，不是他只管大事，他对家人还是很惦念的，就是那次我的印象挺深的。

问：你记不记得，李石曾先生说纯正的北京话还是普通话？

朱敏达：一般的普通话，普通话你的意思也就是说有点像广播的那种的？北京话可能更多些土词，这我没太注意。

问：那他有没有一些什么口头禅？

朱敏达：不知道。

问：他在艺术上有没有什么爱好？个人爱好？

朱敏达：个人爱好？他也画画吧，他写字吧。写字的故事可能你也听过了，就是说他小时候，这是我的应该是曾外祖父的规定，在家门口的两口大缸。一个不知道什么东西，说不定就是帚把什么的。他和他的哥哥出出入入，都要在地下那当年的大青砖上写个字。出去好像那把门的还管着，没写还得给叫回来，这个字就是这样慢慢练。他确实也写了一笔好字。另外我想他喜欢京剧。

问：你听过他唱京剧么？

朱敏达：那可没有，没听过。他不见得会唱，喜欢京剧的人不见得会唱。

问：他穿衣吃饭、做事的方式有没有什么习惯？他不是吃素么？

朱敏达：吃素，是呀！好像那时候我没有什么特别注意他要吃什么特殊的菜！后来我也很想知道这外公吃素，都吃些什么菜。打电话给台湾的表姐，她一说就是面条，炸酱面，说不出多的什么新的东西。那天就告诉我一句"菠菜豆腐汤"，里面还有西红柿，豆腐当然他是很爱吃的。

问：吃了一辈子面条？

朱敏达：吃了一辈子面条，真的，而且一定要跟大蒜（配）。他说了，吃面不吃蒜，等于没吃面。大概是这意思啊！

问：喜欢吃大蒜？

朱敏达：喜欢吃大蒜，而且，觉着这大蒜真的是可以防癌。在他那个年代，他就认为是有这种作用。

问：他跟孩子在一起生活的时间都不长，时不时不太顾家啊？

朱敏达：呃……可以这么说吧！我觉得这既有主观的，也有客观原因。主观的可能他这人，对儿女情长的事情并不是那么什么。但是也不能说，我也在想这事情。你说他算是世家，出世家，从良师，他的老师是很优秀的。从齐禊亭到法国也屡次提到他的老师。交益友，他交了对他很有益处的朋友，张静江、吴稚晖、蔡元培。我认为他有事业，勇敢的事业，而且他能够坚持。他的目标是世界大同。所以，他最爱题的字，一个是大道之行里面的"天下为公"，很多的地方他写着；一个是"互助"。

他说过，他有两件，一个是世界社，一个是北平研究院。他别的官可以不做，北平研究院的院长一直做着。所以，一些后代人，包括钱三强等等，老是一口一个老院长怎么样。南京的中央研究院，是他和张静江、蔡元培等一块提出来建的。而北平研究院是他一手建起来的。解放之后这两个院合并，是咱们现在的中国科学院。他做这么多大事，这是客观上他顾家就会少了。

但是，我又觉得他是个常人，应该说他是个常人。就说，他也有他的七情六欲。你比如说，他当然不纳妾不什么，可是当我的外婆去世之后，他跟这个茹素夫人很快的就能够结合。他自己说，成立了一个素食家庭嘛！他跟那个茹素，主要就是俩人都吃素，这样志同道合怎么怎么样！然后，茹素夫人走了之后，1947年他就跟林素珊结婚了！林素珊当然好像有点像他的学生一样，就是很尊敬他。但是，他还是需要这种夫妻之间的感情。所以，我说他实际上也是个常人。

二、外公的影响

问：您有这样一个外公，"文革"中肯定受到了冲击。

朱敏达：对。我的冲击不算大，应该说。但是，一直背着一个家庭出身的包袱。这是真的。我们是解放后才从台湾回到北京的，其实。到了共产党的天下，可是外公是个国民党党员。所以，总觉得这是个反动的，哎，是反动的。所以，我从台湾回到北京大概是初中三年级，时间是1950年的3月份回到北京的。这个时期就不合适，所以，干脆我就蹲了一级。常常写东西就得要检讨一下我有一个在台湾的反动的国民党的外公。填总要填这么一两句，好像。

问：为什么当时要回到北京呢？

朱敏达：为什么要回到北京？当时，去台湾是外公组织了这个一个团，旅游到了台湾。后来就有一个叫汪申的，也是留法的，他是搞学建筑的。北平中法大学的整个的设计是他做的。跟我父亲当年是同学。他知道我的父母去了之后呢，后来就跟魏道明，当年的台湾省主席就提出来，现在这个广才——就是我的爸爸——在台湾。那时候不是台湾也是刚刚抗战胜利之后要建设么？说你是不是想办法让广才留下来？所以就动员他，就帮着。后来，我父亲留在了台湾。我们家必然要团聚么！所以，我和我哥哥就跟着表姐先去了台湾，我妈妈呢就等外公那边结束之后，带着我的弟弟，那时我的弟弟还不到十岁吧，然后再坐船去的台湾。这样就在台湾待了一段时间。

我们那时候在台湾，能听到大陆的广播，在无线电里。那时候还没有什么电视呢！然后，我的表姐不就住在我家里么？她有些同学互相之间，可以说用现在的词讲，是有串联的。那时候就是纷纷的有些人，就受到共产党这边的影响，就说要回大陆。后来，就我表姐先回的北京。那时候台湾和北京是有书信的。但是，后来有一段时间，台湾就不让了。而且，慢慢的台湾就管得紧了，广播电台就收不到了。结果呢，我的爸爸妈妈就决定还是回北京。

回来就经过香港，就到了香港又见到外公，那是我最后一次见到外公。那应该，外公在香港有住的地方。大概是他怎么找人帮助我们租的房子，住的不是很远，一块吃饭。记忆中呢就说吃素，但是什么菜我就记不清了。其实我们本来也挺馋的。所以，等那顿晚饭吃完了，然后回到我们住的地方呢，再吃点肉解解馋。这个我有印象。

三、寻找外公的足迹

问：李石曾先生 1907 年在巴黎创办《新世纪》，创办世界杂志这一件事，你了解么？

朱敏达：了解的也是文字上的，人家写的，我不知道！

问：那他后来在北京组织京津同盟会，暗杀良弼这些事你也不知道？

朱敏达：不知道，都是从文字上知道的。

问：那您是什么时间，什么机缘重新开始认识你的外公？

朱敏达：到了法国以后，应该说是到了法国以后。我现在想起来，我为什么一次又一次的去蒙达尔纪？多次的去，这可能跟外公有关系。他讲他的精神新思想是法国给他的。而到法国，蒙达尔纪是最开始的启蒙。所以，我也屡次到儿那去。感情上很自然而然的觉得，那时候外公在那儿，我去好像就有点去看看他的（意思），老在想他当时 20 多岁，在这怎么能过这个日子。

问：从 2004 年开始，您是怎么一步一步了解到你外公的这些事情呢？

朱敏达：首先，2001 年参加了蒙达尔纪王培文的那个活动，也到了外公的故居吧，她带着我去的。到了 2005 年，我就去了趟台湾。1956 年林素珊去世以后，外公从乌拉圭回到了台湾。而且，知道他是葬在台湾的阳明山。我表姐说，敏达，你来台湾吧，我接待你。所以，我到表姐那儿一住就住了 40 天。到那儿我就比较有意识的去搜集一些书，一些资料。

问：那您第一次到里昂中法大学的校园，有没有什么特别的感受呢？

朱敏达：我就觉得难以想象。因为老说一个法郎的租金把那租下来了，那是过去的什么旧的炮楼。我说怎么有这么好的条件？那些宿舍还在。那个校门上的字啊，我好像都照过相！

问：您怎么找到的豆腐工厂？华侨协会？

朱敏达：我这法文不怎么样。因为这四十几岁，快50岁才出来，学了一个月的法文，可是呢，胆还算是可以，愿意开口问，按照这个地址就找。我坐着地铁找到那个地方。这个豆腐工厂应该说是比较难找的。这个我跟刘晓都走过冤枉路。我们俩找啊找啊，后来觉得不对啊！然后又找，找到了这个地方。在这个之前，是香港电视台开着车带我去的。就是现在你看到的，就是个幼儿园，就感到这年头已经太长久了！整个的世界都在变化，当然也不足为奇。人家法国，也不可能给你这么长久的保留吧？而这个华侨协会呢？我觉着比较容易找，那个是我自己去的！我确实走到街上，好像到了一个咖啡馆，我去问。他们还不错，马上说这条街根本就不叫这个 Rue de la Poite(布瓦特街)，改了名字叫 Rue Médéric（ 梅德里克街 ）！既然有这个街名，39 号没有变，这个还是不是太难找的。当时从那个铁门的上头，趴着就往里头看，还是挺兴奋的。哎！这楼也保存得很好，觉得好像有点神秘，不知道为什么。

问：那么在寻找的过程中，你对李石曾先生的认识，是不是有变化？

朱敏达：应该还是有的！没调查之前，可能想的不很多。调查之后呢？看了以后，觉得这个人是一个奇人。我最早接触的书大概是《一代振奇人》，那个肯定你也看过。好像我不说他多么崇高、伟大那样的词。可是，真是不一般的人。而且，谁要来写他的话，我觉得是太难了。他真是，又广、又高，就是个子虽然不高，但是这个人给我的感觉好像越来越高大。他为什么？我也想过，他快乐么？他幸福过么？他也有孤独的时候么？所以有时候也有，我也有心里挺难受的时候。

四、外公的经济生活与晚年岁月

问：在经济上他没有给家里一些什么样的贡献。比如说，他不会拿钱来给他的孩子？

朱敏达：没有，从来没有过。这个，外婆倒是我们小时候可能给一点什么吧。我留下外婆的只有两件纪念品，都不在这，都在北京。一个就是金的，就是生了一个孩子就送一个，这个金链子。我因为是属狗的，我的链子就是一个狗。然后我还有一个翡翠的心状的项链。别的，没什么物质上的东西。

问：那时候，李石曾先生怎么养活他的家庭呢？他的收入从哪来？

朱敏达：那他应该也有工资吧？他究竟拿什么工资，这个我不知道。外婆家里其实挺有钱的。因为她的父亲是个盐商吧，天津那边的盐商。所以，是不是她在经济上对外公（有帮助）？外公也不大管财。听说有时候请人出去吃饭，吃完饭了一掏兜，有一次一个钱也没有，好像是我爸爸妈妈出的还是怎么回事。有过这种情况。所以后来，有一天外公就回家就跟外婆说，让宗伟——就是我舅舅，让他停学算了，没有钱读了。外婆说，那不行！孩子还是要读书，以后我不吃早饭了。所以，这个事情是我母亲跟我们讲过。当然听了以后，心里挺难受的。觉得外公，他一心是想让这个比较贫穷的孩子能够入学。但是，他没有说对自己的子女有什么特殊照顾。

问：我还听说，你外婆好像变卖过她的首饰什么的？

朱敏达：对对对！她就是首饰都可能都卖得差不多了。反正，我觉得外公那时候一定是很艰难的。外婆虽然也没做过什么大事，她背后还是挺支持外公的。我觉得挺难得的！

问：有一个传说，说他晚年生活很苦，连个鸡蛋都已经吃不起了！每次他只有一碗面，还是他的一个秘书，是不是说钱直向，说是看他的时候在饭馆留了一笔钱，让他每天给面里加个鸡蛋。我两次听到过这个故事，但一直没法求证。

朱敏达：这个我不知道！可能是比较艰苦。我现在想想啊！我现在80了差不多，我这样生活，对吧？我还得要自己做饭。他当年，他那么一老头他会自己做饭么？他不会做饭，我想不会做什么饭。然后他就出去吃，出去吃就最简单的，包括我这个时代的朋友都碰到过他，就去吃碗面条。至于到了是不是不能吃鸡蛋，这些我就不清楚了！我也没想去问我的表姐，他晚年到底怎么样。总而言之，可能他们照顾得不够，但是她也是第三代人了，她也有孩子。你说特别要求她，苛刻的要求她，好像我也不好这么想。不知道，这个我不好回答。

问：但是去世之前，他把很多珍宝级的文物捐献给了台北故宫博物院，这个事您知道么？

朱敏达：我知道。正好我这书里头有这个，我今天可以给你看这个书。这里面只标出来他捐献了两份东西。我还听说，后来他生活困难了，可能他也许变卖这个珍宝来维持过，不说维持生活吧，他应用过。我不记得听谁说过。

洛尔·梅乐·谢阁兰
（Laure Mellerio-Segalen）：
谢阁兰孙女

2014 年 9 月 21 日　北京师大艺术与传媒学院

一、谢阁兰身世

问：谢阁兰出生在一个什么样的家庭？

洛尔·梅乐·谢阁兰：谢阁兰出身自一个法国外省家庭。他不属于巴黎，是真正的布列塔尼家庭。他的父亲出身很简单，就是农民，但他曾接受过一定的教育。他妈妈来自一个算得上贵族的家庭，不过是外省贵族。所以这是一个很传统的家庭，教育对于这个家庭来说非常重要。我认为他所受的教育与众不同的地方，在于天主教色彩浓厚。这在他童年阶段留下了重重的一笔。一种非常严格，且天主教色彩浓厚的教育，总之很严格也很有效。

二、谢阁兰如何来到中国

问：谢阁兰是如何对中国发生兴趣的？

洛尔·梅乐·谢阁兰：我觉得他第一次同中国产生联系，是他在美国旅游的时候。因为他当时很年轻，醉心于旅游。在美国旧金山的时候，他发现了唐人街。当时，他被中国书法的神奇特质所深深吸引。

而社群生活方式也让他感到很震惊。他对这些非常有兴趣。这是他同中国最早的接触。

但并不是这件事改变了他的人生轨迹。接下来的一些经历才使得他远赴中国，开始学习中文，并对中国开始感兴趣。亨利·芒塞隆（Henri Manceron）是他的一个大学同学，他们关系非常密切。他十分了解谢阁兰对古怪事物、对外界以及对文化多样性的兴趣。他建议谢阁兰到中国走走。

谢阁兰听从了他的建议，那时候起，他决定学中文并远赴中国。

中国逐渐地成为了他的钟爱。

谢阁兰在北京的生活只能通过他的信件来获知。因为我对这时期他的生活也没有其他了解途径。根据他自己所记述的，还有我的祖母所讲述的——我同我的祖母也就是他的妻子特别亲近，他非常努力地学习工作，非常活跃积极。他写作，他每天会写上好几个小时。他还要进行好几个小时的中文学习。他还很喜欢到大街上、到不同街区去感受生活，去看看中国人是怎样生活的。

他很喜欢北京。他说："北京，我的城市。"北京对他有巨大的吸引力。他说过，他不是很喜欢天津。谢阁兰写过许多次他骑马的经历，或是在紫禁城外沿城墙环行的经历。他想要进入紫禁城，却没有机会。人们是被禁止入内的，贸然进入则极有可能被处死。而被禁止的神秘的内部情况吸引着他。他所追求的不仅仅是进入紫禁城，确切的说，他想要探寻中国的奥秘，中国这个伟大文明的奥秘。

三、谢阁兰：皇帝迷恋与《碑》的创作

问：谢阁兰是法兰西共和国公民，为什么在1911年的革命里，他选择站在中国皇帝那边？

洛尔·梅乐·谢阁兰：这个问题很难回答，因为我不认为谢阁兰

选择站在皇帝那边。他是一名诗人，别忘了，他是一个文人。让他感兴趣的不是这个政治制度，而是一个拥有源远流长的文明的君主制中国。我一点也不认为他对君主专制制度感兴趣。由于法国不存在这种制度，这个等级森严、秩序井然的社会所呈现出的东西让他更感兴趣。而对于中国突然想要建立共和体制，他并不感兴趣。因为这同我们西方国家的制度太相似了。

问：为什么在多次参观完明代陵墓后，谢阁兰突然开始以皇帝的口吻写作？

洛尔·梅乐·谢阁兰：对于谢阁兰来说，皇帝的角色有点文学化。他写了《天子》这本书。为了写这本书，他想象自己就是皇帝。但这不意味着他把自己当作皇帝。也就是说，作为一个诗人、一名作家，他对一个角色感兴趣，他就让自己与这个角色同化。我想，这就是一种形象，因为他被皇帝这一角色所吸引而产生的形象。但这不能表明他把自己当作皇帝。这是作为一名诗人的自由。

问：谢阁兰是在什么情况下开始写《碑》这本书的？

洛尔·梅乐·谢阁兰：《碑》的灵感并非来源于中国诗歌，而是来自那些他在中国各处游走期间所看到的、刻有诗歌或别的字句的石头。

我认为最初让他感兴趣或是有所触动的，是这种简洁且又可在石头上看见诗歌的艺术形式。他借用石碑的形式，写了一本同石碑有关的书。他似乎一开始的时候只是从形式上获得灵感，后来才从内容上获得启发。如果人们认真阅读的话，会发现这些诗歌都是典型的西式诗文，即使它们在很大程度上受到中国文化的影响。

问：谢阁兰是怎样成功地实现中法文化融合的？

洛尔·梅乐·谢阁兰：我不知道能不能说谢阁兰实现了这两种文化的交融。他一定想过从两个文化中汲取具有世界性的内容。但他是否成功，我就不得而知了。因为《碑》无论在法国还是在中国都还不是太有名。《碑》现在还不是一本能够改变中国对法国或改变法国对中国看法的著作。这是一本非常私人的作品。

四、谢阁兰离开中国

问：1917 年，谢阁兰最后一次来中国，为什么他对北京感到无比绝望？

洛尔·梅乐·谢阁兰：我想，谢阁兰的绝望并不仅仅是针对北京的，同样也是对战争的，战争对他的影响特别大。当时正值第一次世界大战，他目睹了许多朋友的死亡。他在前线极其恶劣的条件下医治年轻人，他因此沉浸在绝望和失落中。

北京对他而言，曾经是非常特别的灵感与创意来源地。1917 年他重返曾经生活过的北京，当时他已历经了在西方所发生的一切。北京变得，且一切都正在变得消极。我觉得他那时已经活在此前两年生活的阴影下了。

五、谢阁兰基金会

问：谢阁兰基金会的目标是什么？

洛尔·梅乐·谢阁兰：谢阁兰基金会之所以用他的名字，是因为早在 1911 年、1912 年的时候，他自己就已经计划创建一个基金会，一个促进中法文化交流的基金会。那时候，他只想好了将基金会安置在北京，这个地方将成为文化聚集地。在这个地方中国人通过各种文学、艺术作品更好地了解法国文化。同样，也使法国人更了解中国。他觉得有必要搭建一个文化桥梁。

作为他的孙女，我一直从事同中法经济往来有关的工作。多年以来，我总觉得我所参与的中法经济往来应该以双方更进一步的相互理解为基础。经济往来是很重要的，它使贸易得以发展。但这并不是最重要的。重点应该是两国人民有一个深入的互相理解的基础。

将中法两国的知识分子、思想家和名人聚集在一起，让他们能够交换各自的见解，从而增进理解，这正是谢阁兰基金会所扮演的角色。

秦海鹰：北京大学法语系教授

2014 年 9 月 18 日　北京师大艺术与传媒学院

一、遇见谢阁兰

问：秦老师，您是怎么开始研究谢阁兰呢？

秦海鹰：这是我大概二十多年前的博士论文题目。具体到为什么当时选它，跟我的导师有关系，另外呢也是想选一个中法文化比较方面的题目。

问：您能够研究他这么多年，肯定是他身上有很多地方能够吸引您。

秦海鹰：或者说他可说性比较多。首先当然是因为我们作为中国读者，有一个讲中国的法国作家，这本身就是一个吸引力。另外呢，他在法国文学上面有他自己的价值。那么我去探索他的作品，从中也对自己的文化，也是一个新认识。但是他其中里面到底有多少更深的东西，那是我后来慢慢慢慢，一点一点才体会到的。

二、谢阁兰来中国

问：据您所知，谢阁兰是怎么样第一次知道中国的？

秦海鹰：我稍微介绍一下吧，谢阁兰是法国西部布列塔尼地区出生的。布列塔尼这个地方的人呢，因为它是海港城市，它有一个远行的传统，就是祖祖辈辈一定要出去远行，这是从基因上说。另外呢，谢阁兰是一个世纪之交的作家，世纪末的作家都有异国情调，都有一种向往神秘的远方这样一个情结，那么他属于这样一代人。这一代人，一个是厌恶自己的文明，不管你西方文明在我们看来当时是先进的，当时世纪末的作家对西方文明，像兰波这种都是比较厌恶。那谢阁兰本人呢，他对自己的家庭教育特别厌恶。因为从小母亲给他施加了太多的基督教教育，那么就是压制人性，一切要中规中矩。他是读艺术作品长大的，你可以想象他是特别需要摆脱家庭。

异国情调理论是理解他最关键的东西，中国永远只是他的一个手段。他的异国情调理论，千万不能从这个字面上来解释，不是要找点那种外国的新奇东西，猎奇，他是一种哲学理论。就是说一切不是我的，不是我欧洲人，不是我法国人的，不是我这个主体之内的东西，外在于我的，就是差别性，用哲学话就是差异性，所有跟我不一样的东西都有可能是美的源泉，一个距离之外的东西，跟这些越不同，越不一样的这种东西去碰撞，才有可能产生艺术品。他的异国情调理论是美学理论，他叫作多样性美学理论，翻得不是太精确，应该叫多异性美学，就是差异性美学，就是一切跟我不一样，它才能美。

我记得是，他第一个阶段不是中国，是波利尼西亚，就是法属殖民地，那是他第一个去的地方。去那儿的时候路过过旧金山，当然唐人街里面中国东西很多了。他受法国象征主义马拉美这一派的影响，他本质上对所有跟文字有关的东西有天然的敏感，所以他就马上注意到那儿卖的那些文房四宝，他买了毛笔，买了宣纸，买了那个砚，他跟他夫人写信的时候描写得很细，就是说中国对他的吸引是一个文字大国的吸引。

再就是他自己的朋友，叫芒塞隆，他是八国联军来北京的时候，他正好也是参与其中，算是个军官。他们当时由于一个空隙，慈禧他们逃出北京，得以进入紫禁城。这个芒塞隆都有描述，谢阁兰自己承认是芒塞隆给他最直接的关于中国的启示。那么他就要找机会来中国。

问：谢阁兰当时怎样学习汉语呢？

秦海鹰：对，他是法国作家里难得的一个，算是比较懂中文，就是真正能读汉语的一个作家。算是个非专业的汉学家吧。他基本上能对照着读中国古籍，因为当时传教士已经翻译了四书五经、《史记》，旁边都有拉丁文、法文、中文的对照。他自己在巴黎东方语言学院学了汉语。那他为什么学汉语？就是为了到中国。他本身职业是海军军医，当时有一个机会，需要懂汉语的译员。那个年代最是法国汉学辉煌的时代，当时沙畹那几个大师都在。他除了学汉语，还去听他们汉学方面的课。

他当时好像还请了在法国的一个中国人呢，据说还是个汉口口音，但他可以学口语。法国汉学家会说汉语的人也不多，你知道吧？汉学家们不以会说汉语为主要荣耀，他们主要是阅读古籍，学古文，汉字肯定是能写一些。他用他学的那些古文汉字，那些单字，他可以编一两句文言，这就是《碑》里面那个中文题词，里边有一半是他自己编的文言。所以有时候你读的不知道是什么，有点文理不通的感觉。他根据他知道单字的意思这样把它对在一块，有点小小的，用汉语写作那个感觉，这大概就是他的水平。就说不管怎么样，他在中国是可以用口语对付日常生活的，这是肯定的。

问：他第一次来中国的时候是什么样的感受呢？

秦海鹰：他第一次来中国是为了学汉语。他学汉语另外一个目的必须说，异国情调。一切跟自己不同的东西，什么不同都可以，感官方面，文化方面，生活现象方面都可以。那么作为诗人哪个最不同，而且对他可能刺激最大的？你可以想，咱们的汉字。他说过好多次，中国文化的根基是汉字。所以一切后来他的创作，我认为都是在对汉字的思考衍生出来的一些不同形式。他到了中国以后，继续学汉语，还请了一个私塾先生，继续了解中国文化，开始参观北京。

问：他第一次到北京的时候说"北京，我的城市"，他为什么这么说？

秦海鹰：对，他早就形成了一个关于古老中国、中华帝国这样一个神话，这个已经传唱很长时间了。当时的北京虽然是战乱，破烂不堪，毕竟咱们那些城墙，那些城楼，那些最基本的，当时北京的建筑还在，这个是他特别关注的。他把整个北京的布局比成一个棋盘，再加上遍地可见的，跟中国这种祭祀文化相关的先农坛、天坛、地坛，跟他已经在东方语言学校学到的中国古代文化是相符合的。所以他说，"北京，我的城市。"因为他说过，我到中国找的不是中国，我找的是幻想中的中国。

问：请您谈一下他在北京的生活。

秦海鹰：他在北京，任务就是学习中国文化，所以他每天上午就请了个中国老师，不光是讲汉字，要给他讲中国的各种规矩吧，老师就教他怎么跪拜，咱们那些礼仪是什么，这等于说学习中国文化嘛。然后就是一直到北京城里去转。我觉得他心目中还有一个目标，谢阁兰他真的骨子里有一种很贵族化的东西，他关注的一定是跟帝王、跟古代建筑有关的。所以他看得最多的还是长城、故宫，他经常在紫禁城附近，每天骑马出去转来转去的。紫禁城这个名字，在法语里翻译出来就是被禁止的城堡，这个名词它本身就已经是一个诗歌意象了。他满脑子就是这种意象，诗歌中这种意象在转着。所以他已经走近真正看得见的紫禁城的时候，你可以想象他那个刺激是很大的。他是以一个诗人想象紫禁城，已经在自己面前了，那么他越转，脑子里的想象也就越来越热。但他最想看的，还是紫禁城里边的东西，中华帝国这个神话。你看他就不去看人家的早市，不去看那些，这方面他是一个很贵族化的人。

问：《勒内·莱斯》里面有一个故事，就说他经常围着那个紫禁城转悠，但又进不去，谢阁兰是不是就这样？

秦海鹰：《勒内·莱斯》你既然说到了，他当时学中文有两个老师，一个是中国老师，一个就是这个法国老师，法国年轻人。他是个中国通，而且他自称进入过紫禁城，所以他跟他描写了以后，弄得他就更刺激。对那里面神秘的皇宫，尤其那个后宫，跟帝王生活相关的那些细节，他觉得特别吸引，神秘，就使得他不断地围绕着城墙转。因为确实客观上它就是那堵墙，当然实际上这堵墙到最后，在他那里，诗歌里面就变成了一种更象征性的东西。

三、谢阁兰为什么迷恋皇帝

问：谢阁兰是一个法国人，但在辛亥革命的时候，他为什么会喜欢中国皇帝？

秦海鹰：本质上咱们是把他作为诗人在谈，是个艺术家。在法国他还是一个比较正常的共和国公民。但是因为当时辛亥革命他正好就在中国，他难得跟他的朋友写信，他说这一次，我一生第一次，我一辈子明确表示一下我的政治立场，我这次我就站在清朝一边。他是说，我不能因为辛亥革命把这样一个美丽的、四千年的帝国神话就这样毁掉了。因为他当时正在写关于中国天子的小说，中华帝国天子是他一个难得的、可以进入法国文学史的、一个没人碰到过的文学题材。眼前真的这个帝国就没了，他希望帝国至少在他眼前能再继续存在一下，他这幻想能继续下去。

问：辛亥革命对于谢阁兰内心的中华帝国发生了一种什么样的影响？

秦海鹰：他一再告诉读者一个阅读路径，他说从中华帝国到自我帝国的转换，在我的作品当中随时发生。所以说你凡是看到中华帝国，你就应该理解成，它已经被我用各种象征手法转换成我的心中帝国了。那么当然历史正好构成了这样一个巧合，当他这个中华帝国在心中建立的时候，咱们中国清朝正好也覆亡了。我知道，这个巧合对他的打击太大了！真的就是中华帝国在他面前灭亡了，那么他确实是非常悲哀。因为现实就发生在眼前，他是用他的诗歌来抵抗一下，抵抗一下他已经无奈的现实。

问：他当时参观十三陵突然以皇帝的口吻写作，为什么？

秦海鹰：对，这是他在北京旅游的一个重点景点嘛！他先入为主地对中国的古代更感兴趣，你可以去看大栅栏这些地方，但他首选的都是这些古代的东西，陵墓，那么他去十三陵，去十三陵之前我记得还去清西陵。去十三陵呢，是参观皇帝的（寝宫），就说你要进不去现实的皇宫，那么我到这个陵墓去看，也可以感受一下皇室的生活。中国皇帝为什么吸引他？咱们不能光从这个政治角度看。中央集权制使得皇帝拥有了全部的权力，这个权力他理解是一个人的权力。他的思想背景是尼采的超人哲学，是反基督教的。那么中国皇帝权威至上，很符合他反基督教的思想。为什么？就是中国是一个基本没有宗教的国家，没有一个人人都要臣服的看不见的上帝。他看到的和史书里介绍的中国人只信皇帝，什么都是听皇帝的，皇帝至高无上，皇帝再去跟天交流。那么在人这个范围内，皇帝就是神，但是不能叫他神，是人之杰，他关于中国天子的思考方方面面，很多。所以说他自然的本能的要去找一切能见到皇帝的地方，那么紫禁城进不去，就去皇陵。

他从秦始皇那些故事里边知道，皇帝经常以看不见的方式发他的命令。所以说皇帝这种看不见的、无处不在的威力，对他一个诗人来讲非常有吸引力，因为他是一个特别追求神秘性的人，就是一切不可见的地方要比可见的地方价值高得多。所以中国皇帝，尤其是死后的皇帝，他继续以他四千年这样一种皇帝的功能来笼罩着中国人民，这个东西就具有了象征性，就已经不是一个一个的皇帝。他认为中国皇帝是一种功能，你可以一代一代传下去，死了多少都不要紧，你可以看中国人一直受帝制的影响。皇帝就是超人那种东西。

我觉得从发自内心的说"我是皇帝"的时候，这个皇帝已经不是一个具象的皇帝了，他已经在心中把他象征化了，是诗人自己的内心世界。谢阁兰是一个比较追求内心王国的人，这个内心世界本身呢，你就可以把他叫作一个王国，它本身就是一个诗歌比喻，就是中央的帝国。他一直被中华帝国、中央帝国这样一个符号，咱们中国这个字的符号在指引着。

实际上，用皇帝第一人称说话，这是一个典型的文学技巧，跟他的异国情调又很相关，这是他跟别人不一样的地方。他说我不是一个外人走马观花，一个法国人看中国人，我一定要写中国人自己是怎么样的。所以从这个角度想，他追求真正的异国情调，他不能以一个西方的"我"在说话，知道吧？他已经突破了欧洲中心主义。所以从真正的异国情调来讲，他也应该让中国人说话。所以说呢，他写中国的东西经常就是皇帝自己在说话。当然，学者之间可以争论，但我觉得诗人把中华帝国和帝国里边这个皇帝，跟他自己的内心王国的认同，这个可能是解释的最主要的理由。

问：他作品里面的皇帝有什么样的文学意义，或者说是文化意义呢？

秦海鹰：他说关于中国的书的唯一题材，就是天子。他为什么来中国？刚才说了，追求这种他方远处的不同，那么另外一个很具体的动机是文学创作。法国对他来讲是一个文学资源已经枯竭的地方，他找不出什么新东西了。到中国，他需要找灵感，形式、主题方面的灵感。那么他到中国参观十三陵，他就很兴奋。他说我怎么这么运气，他说到了中国一个月，我就找到我的书的主题了，就是天子，天子是我关于中国书的唯一人物。实际上后来写了《天子》这本小说，另外天子作为一个象征人物，散布他在很多散文、诗歌，尤其那个《碑》里面。

中国文化赋予皇帝的象征功能非常符合他对于人的价值的追求，具体来说如天子的神秘性，他是天、地、人的中介，皇帝通过祭天，让天意这种看不见的东西，传达到咱们人类，那么天子就是连接神秘世界跟人的关系。

谢阁兰追求多样性，追求一个非常不同的多样化的世界，但是对一个有哲学思想的人，一切多样纷繁的现实世界还需要一个精神的统一体，就是多需要一来统一，那么天子就是一。他看咱们中国历史上什么样的天子都有，有仁君，也有昏君，也有暴君。他在散文集《画》里面写的全是末代皇帝，让江山改朝换代，这个对他更加有吸引，他更喜欢这些昏君，他的摧毁力。为什么？他们都能特别地按照自己的自由意志来行事，这是他的超人。

四、谢阁兰创作《碑》

问：谢阁兰是在一种什么样的情况下创作《碑》这部诗集？

秦海鹰：这个《碑》呢，是他中国写作计划中的一个，也是最重要一个，而且在他生前也是他唯一真正出版的。《碑》是他到中国第二年开始写的。一个是参观中国陵墓，一个是参观西安碑林，再一个就是跟汉语学习有关系，他对汉字很敏感。碑上只有文字，象征主义诗人从马拉美开始文字崇拜，中国是一个文字崇拜的地方。他看到碑，发自内心的高兴，符合他对于文字的追求。为什么文字对于诗人来讲是最重要的？文字是让瞬间永恒化的这样一个手段。那么中国不光是文字，还是沉重的石头，石头上刻字，这个对于我们完全没有这种哲理思考的人，我们看不出里面东西。他看到就是把一个瞬间固定下来，用文字固定住永恒，而这个文字用石头来固定。这个东西他觉得是天然的文学形式，它本身就是诗，就符合对诗的最基本功能的追求。这一点我觉得是最重要的，所以说他找形式，在碑上找到形式。他就取了咱们中国这个碑的很多元素。其实碑并不是中国的诗歌形式，没有哪种诗叫碑的，所以说他的贡献就是把中法合起来，把大量很散的中国元素合在一块，创造了一个没人见过的一种文学题材形式叫碑，碑体诗。可以说碑是中国的，但是碑体诗只有谢阁兰一个人，这是我的说法。

问：《碑》的出版过程是怎样的？

秦海鹰：首先这个书很吸引人，这个书现在我不知道它价值多少，应该是没法估的吧！他是 1912 年在中国出版的第一版，然后 1914 年出第二版，这两版都是他亲自监制。他用了中国装帧元素，把一个整页、长页折叠成一百多页，连着的，这个形式是咱们那个碑的拓片的一种形式，然后他再加上一个木封皮，也算是借鉴咱们那种竹书，什么书简，反正把这些质地的东西都用上，然后中间用个丝带把它连起来。他用的纸也很讲究，高丽纸，然后在北京当时北堂印刷馆，教会的印刷厂印刷。它里面需要很多汉字的书法，中间那六个部分选了草书，然后有隶书、草书，中间小的题词用楷书，显然不是他本人写的。咱们可以对照一下，他的汉字是可以写，但是他写不到书法家那个水准。他请了一个中国的书法家，这个书法家要是能找到，这是一个很有意思的事情。

为了达到中国艺术品的仿真感觉，他又借用中国绘画卷轴布局的特点，它那个长宽高，一方面是模仿《大秦景教流行中国碑》瘦长的比例，但他诗里天上留白很多，有一种咱们卷轴留白的比例。他尽量把他能知道的中国艺术品的元素都用上。咱们画里面要留印章，他就为这个诗刻了三个印章，有闲章，印在《碑》里不同的位置。后来呢他只印了 81 册，而且不许卖，非卖品。他完全是把它作为一个艺术品在做。

问：为什么印 81 册？

秦海鹰：81 册当然他自己有一个说明，他仿照天坛那 81 层石头台阶。当然 81 也是汉学家早就告诉他，中国人对数字特别（讲究），咱们的数字文化一会儿是 9，一会儿是 3 的倍数，只有皇帝才能用 9 等等。他是要中国数字文化这样一个象征意义也传达进去，9 代表最高，那么九九八十一，我觉得他是用 81 来代表它的神秘维度。

问：《碑》里面有法国文化元素，也有中国文化元素，就这两个文化他是怎么样结合的？就具体体现在哪儿？

秦海鹰：这个就是读他的最困难的地方。一个法国诗人，毕竟他的背景都是西方文化，神话，整个西方文学应该都是他的背景，你说他要是引的话，应该引点什么马拉美，什么波德莱尔等等，他一点都没有。他尽量把他知道的先秦一些典故都用进去，如那些昏君典故，皇帝跟什么妃子的故事，儒家、道家的一些经典，如"名可名，非常名"，都作为他某一个文学主题的灵感出发点。但是呢，我现在把它翻译成中文以后，中国有好多读者反馈，读了半天都看着它不像中国的东西。他关于镜子的那个"人以铜为镜"，魏征这些东西都是咱们中国的，但最终他在法文诗里面阐释的方向，让咱们觉得真是闻所未闻，中国逻辑怎么就能朝那个方向发展？这就是他作为一个法国诗人，他把自己的一些东西全部都融到里面，导致他的诗是一个中国的能指，中国的形式，但最后所指，最终意义的指归是西方人的。他用中国文化的形式来配合他一个西方诗人思辨，我觉得应该从这个角度来解释他的中西结合吧。

问：那么谢阁兰在法国文学史上面是一个什么样的地位？

秦海鹰：他因为写中国题材，那么找到了一种很独特的，连法国人都没有见过的异国情调。他在法国文学史上被称作中国诗人。这个对法国人来讲很重要，凡是新的形式都应该承认他的成功。《碑》是经典书，作为书的创制太独特了。法国国家图书馆曾有一百本珍本书展览，然后里边就选了《碑》。

五、谢阁兰与鲁瓦

问：谢阁兰当时在北京认识了鲁瓦，他们之间是一种什么样的关系？

秦海鹰：他跟鲁瓦，这两个人的关系真是，到现在还是非常传奇，比较神秘。那个鲁瓦呢是他学汉语的老师，当时 19 岁，小说里是比利时人，北京话讲得特别流利。老师教他汉语的时候，他跟老师稍微说一点自己的创作计划，透露出他正在收集关于中国皇帝的资料，想写天子小说什么。这个鲁瓦呢，就很奇怪，比如说你今天跟我说，你想写什么隆裕，那么过几天他就说他是隆裕的情人。他跟谢阁兰透露了关于皇帝的一些细节，他说他进过紫禁城，了解紫禁城里面各种风俗，也是吊他的胃口。那么他具体的职务呢，他说他是秘密警察。当时,谢阁兰跟他太太已经居家在四合院里住了,他们是真信,特别兴奋。因为他那些说的事情，跟外边的一些事情也还是很符合的，因为他对北京很熟嘛！现实中叫鲁瓦，小说变了叫勒内·莱斯。《勒内·莱斯》是日记体，他每天都记，鲁瓦一走他就记，他就叫作《勒内·莱斯秘史》，就是说今天勒内·莱斯来了，他说什么什么，今天他又来了，他说什么什么，就整个把它记下来。就是说谢阁兰需要什么，过几天他就又有新东西，新信息，最终反正是这个故事越来越丰富。这个故事编到最后呢，就是说他要跟隆裕有一个孩子了，好像不可思议，但也不是不可能的。

那么为什么他愿意信？谢阁兰太想写天子这个中国题材，他的想象无限膨胀。那么鲁瓦这个讲述呢，更加刺激了他的想象。尽管到最后，这个故事在差不多是跟辛亥革命发生同步的，小说里也保留了这个时间性。那么后来他死了嘛，突然，因为真正的辛亥革命一旦爆发，他那些关于皇宫的东西就露了馅。到某一个时刻，有一天谢阁兰真的是开始怀疑了。那么现实中的谢阁兰呢，即使到最后也是深信不疑，他是在编，而且他其实有点受伤，自尊心有点受伤。你怎么一直这么玩我？这么骗我？很受伤。但是从创作的角度想，他与其信其无，宁愿信其有。他要的就是这个，因为他特别希望有足够的、能刺激他想象关于天子的东西，因为他从头到尾是个艺术家，他不需要艺术品是真实的，这是他的观念。

有人说他很后现代，为什么？他第一句话说，这个小说里边的事情我是永远不知道了。这一点跟后来的新小说很像，就是对自己讲的东西不确定。他这一点非常前卫，他是真的因为不确定，他就把不确定的过程真实地记录下来，就成了一个典型的后现代小说，像侦探小说一样，像在猜谜一样，谜底到最后也不知道。

小说里所有的人物都应该是虚构，这是最基本的文学常识。但是里边他就叫谢阁兰，可以认为谢阁兰是个虚构人物，我觉得基本上还是反映了谢阁兰的某些想法，就是他的一些评论什么东西，应该是代表他本人，我是这样认为。

六、谢阁兰防治鼠疫

问：1914 年，谢阁兰任期已经快到了，他为什么派去山海关防治鼠疫？

秦海鹰：他的中国计划是个十年计划。他为了写天子，就有好多副产品，那个《碑》，是作为皇帝的诗在写的。他要十年才能写出来，但是整个收集资料什么东西，感觉方面的碰撞还没完，他觉得还没有用完中国能向他提供的所有资源。他把中国比作一个橙子，一个橘子，一个水果，说这个水果的内核里面有好多汁，需要我去吸。那个时候，他认为还没有把该吸收的都吸完。到 1917 年的时候，他说这个橘子已经彻底被我吸完了，没了，所以我可以走了。

　　但第二年的时候，他还意犹未尽，他必须找一个机会留在中国。这时候，哈尔滨那边发生了鼠疫，一个叫梅尼的法国医生非常英勇，非常国际主义，在那儿勇敢地抵制，帮助当地来抵抗瘟疫、鼠疫。然后他自己就中招儿了，死于瘟疫。当时瘟疫还没有彻底被扑灭，而且有向关内蔓延的趋势。谢阁兰听说了以后呢，就主动报名去，紧急接任这个岗位，到山海关去继续扑灭鼠疫。他也很勇敢，还是很尽职的，虽然他一生对医生职业都没有多过说。

　　当时山海关设了一个关卡，所有到关内的人都必须经过身体检查，就跟咱们当时"非典"是一样的，不能随便进。他就是在那儿专门检查身体。最后就像火葬一样，一个村子一个村子去烧。作为一个西方人，他脑子里会有很多以前的东西。中世纪西方的瘟疫，文学作品里面表现很多。他又感觉那种扑灭中世纪瘟疫的一个孤立的奋斗者的感觉。

　　然后趁机呢，他也继承了梅尼在天津北洋医学馆的教授职位，教咱们中国人生理学、解剖学什么的。北洋医学馆是咱们中国的第一个西医学校，这方面其实他也算是有贡献。

　　问：1917年他最后一次到中国，当时他是一种什么样的心情？

　　秦海鹰：一次世界大战中间，法国人来中国招募华工，他是以招募华工军医的身份来中国。他当时实际上对中国已经比较失望。他到了南京，去考察陵墓。我记得他说，中国已经对他没有什么吸引力了。既然中国已经完全进入一个革命的、西化的时期，他就觉得中国已经没有什么可利用的、可吸取的东西了。再说当时的中国也确实是破烂不堪，跟他已经读到的辉煌的中国古代，他看到的艺术品里的中国比，现实还是很让他失望。1917年那次时间很短暂。

菲利普·波斯特尔（Philippe Postel）：谢阁兰研究会主席

2014 年 8 月 6 日　法国巴黎国家图书馆

一、谢阁兰身世与中国之行

问：请给我们介绍一下维克多·谢阁兰。

菲利普·波斯特尔：他生于 1987 年，其大部分文学作品都与中国有联系。首先他是布列塔尼人。布列塔尼是法国一个传统的滨海大区，常常与扬帆远游相关。其实，维克多·谢阁兰与其他作家相比与众不同之处可以说是他的异国情调。他很快便决定了要学习中文。

问：那么他是怎么学习中文的呢？

菲利普·波斯特尔：他在巴黎师从于一位有名的中文老师叫阿赫诺·阿尔贝希尔（Arnaud Arbessier），同时学习中国历史与文化，师从于一位伟大的法国考古学家爱德华·沙畹（Édouard Chavannes），因此他在法兰西学院上课。

根据当时军队的一项制度，他可以通过考试以成为见习译员。他成功通过审核，自 1909 年起被分配到北京。从此，他的生活便与中国结下不解之缘。他曾经在中国待了三段时间：

第一次从 1909 年到 1913 年。他的中国生活开始了。他继续学习中文并开始游历四方，与朋友济伯·瓦赞（Jiber Vosin）一起了横越中国。

也是这个时候，谢阁兰发现了石碑，如西安的碑林。

1911 年他本要回国，但谢阁兰想尽办法延长自己的在华时间，为此他作为医生开始料理一些患了瘟疫的病人。因为当时满洲里地区正爆发着瘟疫。1912 年与 1913 年，他还成为了袁世凯儿子袁克定的私人医生。

第二次来华可以说是早有准备，他这一次是为了公务而来。1913 年，谢阁兰与两位考古学家一起开始了一项考古任务，他们发现了一些遗址，还发现了中国第一位皇帝秦始皇的墓葬群。这一次游历止于 1914 年 8 月，当时在西藏边缘的谢阁兰通过电报得知战争打响，作为军人他必须得回国。这一次返回有些过于匆忙，甚至没有完成这一已经完成大半的考古任务。

他第三次来华始于 1917 年。当时依然身处战争，他以医生身份加入到中国劳工的招聘项目中，他负责对入职的中国人进行身体检查。但这对他而言更是一次进行考古项目的机会，尤其是在明朝第一个首都南京附近的一些遗迹。之后他去了北京。

他于 1918 年返回法国，再也没有回来过，因为 1919 年他便逝世了。在来华的这差不多十年里，他完成了一些作品。但由于谢阁兰死得过于突然，一些作品并未完成，他最终至少写出了两部小说：《勒内·莱斯》（René Leys）和《天子》（Le fils du ciel）。他也写了一些诗，如《碑》（Stèle）、《颂歌》（Ode）。还有四部散文诗合集，最后是一部名叫《西藏》（Tibet）的散文集。他后来还写了一部名叫《中国大型雕塑》（La grande statuaire）的作品，灵感来源于其考古发现，但最终并没有完成。

问：是什么促使谢阁兰学习中文的？

菲利普·波斯特尔：一位朋友亨利·芒塞隆（Henri Marceau）曾给他讲述过中国，另一个因素就是保罗·克洛岱尔，他生在谢阁兰之前，并在谢阁兰过世后很久才离世。他是谢阁兰在诗歌方面的老师，在 20

世纪初便已经出版了自己的诗集《了解东方》。这些因素使谢阁兰萌生了穷尽中文的愿望。

我们可以看到谢阁兰书法写得很好，并且可以读懂一些很难理解的、用古文书写的文章。令人难以置信他竟然可以在如此短的时间里掌握一门语言，而这于他是一把钥匙。因为在马拉梅（Mallarmé）看来，写出来的作品即"文"，是神圣的，而这在中国也不例外。这算是一个结合点，因为在中文里"文化"就含有"文"，这种"文"的神圣化在中国也存在。

二、谢阁兰创作与中国的关系

问：一来到中国，谢阁兰就被"皇帝"、"天子"所吸引，为什么？

菲利普·波斯特尔：在谢阁兰身上有一种对权力的痴迷。他曾试图在1911年动乱的时候接近袁世凯，曾想象在不久的将来，后来的确在不久之后，会有一次王朝的复辟。而他可以借此在中国成为如马可·波罗在蒙古帝国中的角色。他的确有这么一种迷恋，但不久之后，他开始摆脱这种痴迷，回归自己最初的爱好，即文学创作。

问：谢阁兰为什么会用皇帝的口吻写作？

菲利普·波斯特尔：谢阁兰震惊中国人的地方，首先因为他是西方人，他有一种要表达自我的意愿。他可能也没有那种禁忌，即不能以皇帝的口吻来写作。比如说，在出版于1912年的诗集《碑》中，第一节《面向南方的碑》便与皇帝有关，让人以为是皇帝写的诗。人们感觉到一种身份重叠，即诗人就是皇帝。但我们应该看到，这其实只是一种手法，用以表明"我"的身份。为了用"是的，我是皇帝"来表明诗人本身并不是皇帝。《勒内·莱斯》也一样，他被"皇帝"所吸引，但这是一部带讽刺意义的作品。故事的主人公也叫谢阁兰，但显然不是他自己。而"谢阁兰"同样着迷于皇帝。这个人物在紫禁城外转悠，无法进入，他于是碰到了勒内·莱斯。他给"谢阁兰"提供了一些信息，也就是一些有关与紫禁城、皇帝、皇后的信息，勒内·莱斯声称自己是头号宫廷侍卫，或是皇后的情人，而"谢阁兰"也相信了他。这是一部有趣的小说，可以说是一部很有广度的小说，涉及了友情，但也与幻想有关。可以说，幻想是维克多·谢阁兰作品里一个基本的要素。

问：谢阁兰喜欢汉字的书写，为什么？

菲利普·波斯特尔：我认为，这是因为每一个西方人如果花了时间与精力去学习中文，都会很快被这种方块字的书写所吸引。而成为一名考古学家首先是要深入了解中国的历史与艺术，他写过一本散文诗集叫《画》（Peinture）。他对任何形式的中国绘画都有兴趣，也爱上了书法这种艺术形式。我们会发现谢阁兰有一段时期热爱书写，他甚至喜欢书写法文。他尤其喜欢书写作品的标题。我们可以从存于国家图书馆的手稿看出来，一些版面还有大片空白区域，只有标题在上面。至少，对标题他用书法来书写字母。我认为这也与时代背景有关，因为用美术的手法来书写字母似乎也出现于艺术装饰的范畴。

问：在中国，作家、画家、诗人一般是三位一体。谢阁兰是否尝试在《碑》中结合这三者？

菲利普·波斯特尔：谢阁兰其实并未声称自己已经达到可以完美书写汉字的程度。因为书写显然会用到毛笔，而书法、写诗、画画也是如此。但他其实也不差，首先他对这些都非常了解，其诗集《画》证明了这点。从他的实践，我们可以从其手稿看出他的水平。他用中文书写，因为他是一位以文献资料为书写基础的作家，通常他会临摹这些文献，之后他自己进行排版，尤其是在《碑》中。另外，其中的诗体也是他自己创造的。这种诗体包括题辞部分，题辞用中文写成，意思与法文部分相联系。他也会加入一些绘画元素，尤其是在其考古学手稿中，但并不是中国画。他并不使用毛笔，而是我们的羽毛笔或钢笔。但这依然可以多多少少发挥出一点他的书法才华。

他同时也是一个伟大的摄影师。在他考古研究的过程中进行拍摄，其照片与底片如今依然是艺术家、历史学家参考的对象。

问：《古今碑录》究竟是一首受中国启发的法文诗还是一首受法国启发的中文诗？如何理解这种饱含中国特点的法文诗？

菲利普·波斯特尔：《碑》创作于1910年，的确是一部关于中国的诗集，通过题材、结构都可以看出来。在结构方面，它有六个部分，也就是我们传统认识的四个方向，如东西南北，再加上"中"，又加入第六个，中文叫"曲直"，意为曲折和笔直，"路的边缘"。这么一种布局其实和古代的皇家仪式相关，人们称之为皇帝在明堂里的蹀步。所以从这个方面我们可以说这是中国化的东西。另外，一些资料来源也是中国的，如一些颂歌、编年史、《书经》《诗经》等。他以中国人的口吻说话，其实就是皇帝在说话。但凑近了看，偶尔会发现一些突兀的转变。也就是说一种中国人的视角往往被一个西方人的视角所补充，但并不冲突。因此，部分读者相信这的确是一些中国诗所具有的传统。

问：在法国，《古今碑录》这部作品在当时以及现在的反响如何？

菲利普·波斯特尔：谢阁兰其实并不希望这部作品按照正常套路出版，因此他刻意选择了一些人作为这本书的读者。这也说明了谢阁兰其实并不希望这部作品的出版被商业化。他把这本书先给克洛岱尔，他的老师，但克洛岱尔并没有什么反应，但其他人很快地附和上来。我认为这引起了一些困惑。很长一段时间里，一些了解20世纪诗歌的学术界人士谈起谢阁兰，依然会有这么一个反应：诗歌很美，但我总不能深入地理解其内涵，它太过隐晦了。但情况也慢慢有所变化，尤其近20年来，人们对《碑》有了兴趣，并开展了一些研究工作。这一切使诗歌慢慢地被接受，这是一部令人印象深刻的诗歌。

1914 年，谢阁兰出版了包含 64 首诗的诗集，这个数字是参照《周易》64 卦来的。在北京出版时，谢阁兰甚至亲自监制，他选择高丽纸，装订方法是连缀册页式的，我们可以看到其可拉伸犹如手风琴一般。他特意计算了纸张的尺寸，并按照西安石碑的长宽比例缩小而成。他还将诗集放到了樟木做的套盒中，将标题设为行草体汉字，雕刻上去，这就是中文书名《古今碑录》。

这是一部 1912 年印制的作品，现存于法国国家图书馆。

（翻译　罗然）

书　信

铎尔孟书信选

1. 铎尔孟致贝熙业 ①

1937 年 5 月 1 日

亲爱的老哥：

　　我已经在海上了。我在北京的房间里做了一个奇怪的梦，这一次我不再相信还能醒过来。从那里出发，我就一直被城墙追赶着……在上海，骚动不安了四天。受到马修（Matthieu）的热情接待：您一直跟我们在一起，真正友谊的乐趣。城市，不，城市的人口，非常有意思。五颜六色，神奇繁茂，纷繁多姿。见了好多人，其中几个还比较令人愉快。瓦雷讷（Varenne）彻底搁浅了，那天他留着一副可憎的胡须。奈给雅司（Naggias）很可爱。多迪（Daudy）稀松。达斯（Dasse）夫人（在 Matthieu 家的道别晚餐上）很奇怪地固定在了一个不可超越的年龄上，但很勇敢，很忠诚的友谊。梅佐（Mazot，在李家）体质虚弱又气派非凡。一群中国朋友，还有不知多少个配角。在西维特（Civit）吃到了令人难忘的大龙虾，在 codt（怎么拼写？）总督旁边。所到之处，大家都问及你们两人。现在可以松口气啦！

---

　　① 这是铎尔孟回法国途中给贝熙业写的信。信中所写人物可能是他们共同认识的朋友，暂时无法考证。

已经在海上了。下着毛毛细雨；水雾和汽笛声；长长的海浪。船在慵懒地跳着，摇晃着。我写字有点困难。船舱里很舒适，有漂亮的浴室，直到新加坡之前我都可以独自使用这个船舱，到新加坡之后，可能要跟马龙（Mauron）夫人共用这个船舱。我身体很好，但因为一连几个晚上都没睡或几乎没睡，所以有点疲惫。失望！在香港我可能见不到苏珊和米内亚（Miane）。愿你们享受团聚的幸福，并且也偶尔想一想不在你们身边的那个人，他并不总是犯错。我留下了一连串的遗憾！请善待热娜维耶芙。稍稍照看一下我的住房和我的人。

我忠诚地拥抱你们两个（可能已经是四个人了）。

你们的老哥。

安德烈·铎尔孟

1937 年 5 月 1 日，让拉博德 Jean Laborde 号船上

2. 铎尔孟致贝熙业 ①

1937 年 9 月 29 日

私人旅店，十四区，卡西尼（Cassini）街 14 号

出发在即，我匆匆写这几行字。您的电报收到了，让我对您的囚禁状况稍微放心了一些。苏珊把这事跟她婆婆简单说了两句，但我还不知道事情发生的经过。回头您跟我叙述一下这次历险吧，但是求求您，不要再冒这样的险了！我明天中午就去马赛，从马赛我后天 10 月 1 日就出海了，乘坐"杜梅（Doumer）总统"号。我完全不知道怎样能从上海去北京。如果必须如此的话，我目前考虑直接去戈壁

---

① 卢沟桥事变之后，铎尔孟在法国听到了消息，立即准备回到北京。这是他在行前给贝熙业写的信。

（Kobi），然后再从那里去天津。请您顺便告诉我，上海和天津、北京之间有哪些通讯的可能性（因为我非常希望能在途中得到你们的消息，我最后一封信已经把我的详细时刻表告诉你们了）。如果坐西伯利亚铁路火车会更快一些，但我很不放心俄国的情况是否稳定。此外，我的伤口还需要好好护理，不允许我坐火车。我每时每刻都想再见到你们大家（我希望你们身体很好，为一个优雅的新生儿而欣喜），都想回到我的家。但现在一想到我们的城市会变成什么样子，我就多么的焦虑啊！给我写信啊，老哥。想一想这漫长的旅行对我的折磨！不要再冒失了！我热诚地拥抱你们。

您的朋友

安德烈·铎尔孟

1937 年 9 月 29 日

3. 铎尔孟致贝熙业 ①

亲爱的老哥，我必须去拜访一下 Thiebauet 上校，而且我必须稍微努力，打破八天来把我囚禁起来的这种隔绝状态。您今天下午 4 点能不能给我派辆车来？我要在回我的孤岛之前，先去看看热娜维耶芙怎样了，看看苏珊表现如何。您也许在家吧？一会儿见。

安德烈·铎尔孟

星期一，中午

---

① 这封信没有时间。从信的内容可以看出，贝熙业对铎尔孟生活上多方关照。

4. 铎尔孟致贝熙业

亲爱的老哥，

　　我忘了把您答应给我这贪吃之人的美味"奶油软糖"带走了。您能不能把它交给帮您送包裹的那个人？能让您如此关照我这点小事，您不知道我有多么幸福。

忠诚地问候。

安德烈·铎尔孟

星期三晚上

5. 铎尔孟致贝熙业 ①

北京大甜水井，16 号

亲爱的老哥，

　　我坐在您的办公室里匆匆写这几行字。Joky 跟我说，您的住所一切运转正常。她只是埋怨您把她扔下不管了，还有就是那些猫猫们顽固地拒绝听从她的贪婪。

　　我 9 月 18 日下午 5 点收到您同一天晚上 11 点 10 分写完的信！在您的洗脸盆和我的鱼缸之间，竟有这么大的维度差，我觉得真是不可思议。我不得不猜想，您是不是还没学会怎样从猫科动物的眼睛里读出时间，也不会在星星的历法中读出时间的进程。

　　您赞美您那神圣的鼹鼠窝，您的抒情口吻促使我去查阅了一下您的老朋友德艾森特（Des Esseintes）是怎么说的。以下就是德艾散特回

---

① 这封信没有时间，看来是贝家周三沙龙聚会之后。从中可以看出二人之间的兄弟之情。

答我的原话："大自然早已过时；它那千篇一律、令人厌烦的风景和天空让那些专注而耐心的高雅之士彻底厌倦。说到底，禁闭在自己领域里的专家是多么的乏味！只卖一种东西的店主是多么的小气！花草和树木的商店是多么的单调！山和海的代理行是多么的平庸！"我很荣幸您把我和这个人物做比较，我以前很欣赏他，就像瓦莱里欣赏马拉美一样。现在既然您已经叫嚷完了，那我要向您承认，这个人物今天在我看来简直可笑至极。如果您探索一下《山海经》里的那些山岭，就像我正在做的这样，那么您自己也许就会觉得您所歌唱的那些风景其实不值一提。（在《山海经》里居住着有九条尾巴的狐狸、长着鸟首的乌龟；我列举的还只是那些奇异多彩的动物群中的几个不太精彩的例子，您对它们的神奇根本闻所未闻。）

说得更严肃一点，我的老哥，我日日夜夜都在我最后的残骸上划桨或摇橹。以至于我的眼睛都不行了，几乎看不见我的笔（不对，是您的笔）在这张纸上写下的字。（也是因为现在已经是傍晚了……）我一直在城里寻找，更准确地说是 Mis Guis 在寻找；您一定在等我向您承认，说我的寻找毫无结果。可是，这不完全准确：我已经跟一个房主接触过。当时我要是跟您一起去您的隐居之地，我就会错过了他（您给您的隐居之地起的名字也太夸张了！）也许能从刚刚开始的闲谈中冒出点什么来。

天太晚了，光线真的很暗了，我没法开始回应您的说教（我是想说您审讯）。但我真不知道，您这样的一个享乐主义者（绝对是这样！）怎么会想到把我叫作唯物主义者呢？我这人从来都相信，在第一个分子中就有着精神的萌芽（这里本应展开来说，但 10 页纸也不够）。一旦跟您谈到本来其实是很简单的死亡主题，或者更准确地说，一旦谈到涉及我本人的死亡问题，您就表现的如此愤怒，这其实来自于一种我无法帮您消除的误解。准确地讲，要谈论的不是"死亡"，因为，如果排除了陈旧禁忌和古老迷信的所有废话，"死亡"这个词其实毫无意义；这里要讨论的仅仅是：停止生活，当生活不再令人愉悦，甚至不再有趣的时候。您把这称之为我的悖论，但是亲爱的老哥，这是一些最基本的真理啊！先不谈这些吧！我们在这一点上不大可能达成一致（您注意到没有，"达成一致"这个表达法真有意思：＝一起摔倒）。您这么不遗余力地从智力上和感情上迫害我，竟然还说您是我的"受气包"！

说到受害者（我又来了，因为吴小姐刚给我指点迷津），容我对您说，我多么感叹住在你周边的这些人在您身上发生的作用（我可以说是有益的作用吧？）您觉得他们很单纯，因为他们平淡无奇；您觉得他们很友善，因为他们没有机会不友善。您以如此虔诚的热情投入其中的这种谦卑的工作难道不会最终把您引上像可怜的 Lelian（原谅我做此比较）那样的圣徒之路吗？只有一件事情让我感到惊奇：您那么认真地修理厕所的马桶圈，却不愿每天为那些让您的丘陵溢满芳香的和谐风景做点贡献……

不过我得停下来了（啪！灯灭了），回到我的风景和神话妖怪中去了。我要向您坦白，我每天都在数日子（您估计也是这样吧，但您觉得日子过得太快，而我则相反），我急切地盼望看到您回来。只有当我能够每天晚上重新跟您通电话时，我才能多少平静下来。骑自行车摔跤对我来说不是好事。我希望您上周摔倒后现在已经没有什么感觉了。另外，您的牙怎么样了？还有，老哥，我的周三太冷清了……您想想这些吧，别离开我太长时间了，即使有您在的时候您总是抱怨。

热诚地拥抱您，您的老哥。

安德烈·铎尔孟

猎户座，月亮的第 24 个花瓣

6. 铎尔孟致贝熙业女儿

1953 年 3 月 12 日

亲爱的苏珊，亲爱的吉奈特，

　　我完全没有料到会写这么一封可能让你们吃惊和不那么愉快的信。你们一定会觉得这信的口气有点生硬：要不是我认为把我该跟你们说的、但只能口头说出的一切全都写下来的做法是很不恰当的话，那么这信也许会是另一个样子。

　　上周五，3 月 6 日，你们的父亲和吴似丹来告诉我说，一个瑞士牧师已于去年 9 月 27 日为他们秘密举行了婚礼祝圣仪式，使他们结合在一起了。他们还告诉我说，他们认为正式确认这一合法的结合、并把消息散布出去的时机已到，因为似丹有理由认为她将要做母亲了。

　　这次谈话的第二天，他们办理了符合当地法律要求的手续。从前天早上开始，他们已经合法拥有了一张由中国当局正式颁发的结婚证。他们剩下要做的只是获得我们领事馆办公处的批准。

　　这些就是我认为必须让你们知道的事情。

　　不过，为了避免我的这个简单介绍会导致你们对这件事情不自觉地做出错误的解释，也许我还应该补充两点个人看法。

　　你们知道，你们的父亲一向是非常清醒的：他的决定都是他本人做出的，并且他完全了解和承担他所做决定的责任。多年以来，关于某种关系的性质，他一直有意骗我，他让我以为这种关系是一种父爱的关系。当他不得不把这个关系的真实性质告诉我的时候，我多次激烈地试图让他想象一下这种不谨慎决定的严重性和后果，但都没能做到。我发现任何责备都是徒劳的，除了残酷没有别的作用，这时我便只好放弃了对他的责备。不论我的朋友有什么过错，我的友谊拒绝怪罪于他，我永远兄弟般地忠实于他。

至于似丹，我很容易设想别人会对她意图的纯洁性有所误解。但很久以来，我能够近距离地观察她，所以我必须声明，她是完全诚心诚意的，是真诚而无图谋的。我若不这样说，那我对她就太不公平了。此外，无须隐瞒的事实是，在此时此处，对于一个中国女子来说，愿意把自己的命运与一个被斥责为帝国主义国家的外国人连在一起，这是一种很勇敢的行为。

我要说的就是这些。因为从今以后，亲爱的苏珊，亲爱的吉奈特，我只能祝愿你们父亲选择的、他认为对他晚年的快乐岁月必不可少的这个中国伴侣，他希望跟她生下的孩子能使他晚年的岁月沐浴在至高无上的幸福之光。

亲爱的苏珊，亲爱的吉奈特，请相信，你们的老哥今天是用比平时更多的温情拥抱你们。

大安德烈

北京，1953 年 3 月 12 日

出于忠诚的责任，我刚把这信的内容告诉了你们的父亲，因此这封信是经过他本人同意并经他的手转给你们的。

7. 铎尔孟致贝熙业

1955 年 6 月 22 日

华幽梦文化俱乐部

亲爱的老哥，

写这简短的几行字（这是用一只拿不住笔的患了湿疹的手写的，希望你们能辨认），谢谢你们的来信和祝福！圣约翰节就要到了，我也衷心而激动地祝福你们，因为你们的未来正被新的希望所照亮。

　　我不再担心您的健康了（即使在另一封信中您说到过严重的感冒）。因为经过这么多的考验，您表现出的抵抗力使我对你们的现在和长久的未来都充满了欣慰的自信。但是你们两人都不要忘记，过分轻率冒失难免不受惩罚，一定要学会节制，因为你们还要建造幸福的家园。

　　亲爱的老哥，你们也许无法准确想象我在这个修道院里的生活。这里住的人太多，所以耳聋也许不总是一件坏事情。说我过着现在的生活，不如说我跟随着我生活的进展，任由日子一天天地过去。我有一种奇特的感觉，仿佛我还没有真正定位在时间和空间中。我处在一种不确定的当下，感到自己始终都不在场。我周边许多人忙忙碌碌，而且人数越来越多，他们对我都很照顾，很友好（这儿的人现在都叫我"守夜人"）。但大部分人在我看来都仿佛是一些可能的存在。我是想说，他们是一些不确定的、甚至也许是虚幻的存在。我说的是大部分人，而贝拉夫妇，还有他们两岁的小米歇尔，则完全不同，他们不让我感到冷漠。但他们经常在巴黎，不在我身边。就在此刻，我还对我待着的这个小单间感到惊奇，对我透过奇特的窗户看到的阴影中的栗树感到惊奇……

　　就在我说这话的时候，我看到栗树后的天空开始染上了玫瑰色，太阳要升起来了，两只夜莺正在相互唱和。铃兰掩映下的花园和远处绿树覆盖的小山坡的轮廓正在逐渐清晰起来。可是，这些根本就不是我的风景，永远不再是我的风景。我知道，我不该让自己这样"胡言乱语"（是吗？），你们一定会做出最糟糕的诊断。但是，亲爱的老哥，您同意吗，如果我继续倾诉下去，有多少事情要说啊？或者，有多少事情不要说啊，只有沉默……但您懂吗？让我们回到所谓的现实事物上来吧。我做着苦役，没有闲暇做任何研究性工作，没有任何个人计划，没有任何阅读，除了完成我的苦役所要求的阅读。这一切都使我疲惫，身体和精神（以及灵魂）的疲惫。可是据说这对我有好处，就算是吧！

你们不用担心我不方便的地方，当然是有点碍事，但还没给我带来严重后果，所以我不用跟你们谈论此事，因为你们已经无力帮我摆脱了。

亲爱的老哥，圣约翰节的灯火，我们昔日的晚会……我用手捂住眼睛，不再说话。我用我忠诚的友谊，热烈拥抱你们两人，很快就是你们三人，尽管我们相距如此遥远。

大安德烈

1955 年 6 月 22 日

8. 铎尔孟致贝熙业、吴似丹 ①

1955 年 12 月 7 日

华幽梦文化俱乐部

亲爱的老哥，亲爱的似丹，

我一直焦急地等待着好消息。好消息终于到了。我赶紧发出这封祝贺电报，衷心祝贺你们！我可以猜到你们的喜悦，我为你们高兴。愿那些还密守在你们古老的奥维涅地区的仙女们都能来到你们的小欧亚人（指让·路易）的摇篮边守护他（你们给他起了什么名字呢？）。从你们对他的描述我看到了所有的希望。愿你们两人共同努力去实现这些希望。愿似丹不久就能起床了，我了解她的勇气。不过难道真的不能使用麻醉吗？现在的时光，对于你们两人，一定是充满了欢乐。我这封信要告诉你们，我为你们两人的幸福而幸福。

你们的老兄弟衷心祝福你们三人。

大安德烈

1955 年 12 月 7 日

---

① 这是铎尔孟收到让·路易出生的消息后写来的贺信。

9. 铎尔孟致吴似丹

1958 年 6 月 16 日
华幽梦文化俱乐部

亲爱的似丹，

您的信使我深深感动。我一直想念您和让·路易。但我完全不可能把我想对您说的一切都写下来。让（贝熙业）的去世带给我的打击，我还没有完全恢复过来，而我的身体也不允许我去新堡浴看你们。自从去年我摔倒过两次之后，我不再敢一个人出门，我还没有恢复散步。我希望在这儿见到您，但您似乎不方便过来。我因此只好忍受着仅仅通过信件来得到您的消息，也不无痛苦地放弃与您讨论您的计划。让 – 路易的前途让我深感担忧，当然还有您的前途。但如果您选择了一个人来应付这一切，那我只能同意，并祝愿你们两人一切顺利。

我请求您更经常地给我写信，不要因为我的沉默寡言而吃惊或难过。我的生活从此再没有故事可讲，没有个人的希望，没有目标，除却不可避免的终结。所以我没有什么可说的，您都能知道。我深深遗憾还苟活在我兄弟般热爱的朋友之后，我的生存已经没有任何用处，而他的生命对他是如此可贵，对您是如此必不可少。

在我生日的时候，不要祝愿我长寿，不要祝愿我活得更久。只需祝愿我在长眠之前不要经受我们亲爱的"不在者"（因为对我而言，让不是"死了"，而是"远去了"）临走之前所经受的可怕痛苦。

您忠诚的朋友。

大安德烈

1958 年 6 月 16 日，清晨 6 点

10. 铎尔孟致吴似丹

1961 年 12 月 2 日
华幽梦文化俱乐部

亲爱的似丹，

您知道，我很少给什么人写信，因为太不愿意看到自己的笔迹衰老，以至到难以辨认的地步。但是今天我一定要给您写几行字，因为您的糟糕身体状况让我非常担忧。如果真的有必要做手术，那让·路易怎么办呢？

我自己身体也不太好，感到终结的日子靠近了。当然丝毫不惧怕死亡，正相反，但是很恐惧得上痛苦万分的病，或是智力衰退。（想想，我现在已经八十多岁了！）一段时间以来，我常常受到头晕目眩的困扰，使我无法单独走出房门，因为可能会摔倒。如此，我又如何能在寒冬腊月踏上那艰难而辛苦的旅程抵达沙特纳夫呢？

不要以为我仍然还在埋怨让（贝熙业）背叛我，放弃了共度晚年的计划。我们曾约定一起去美丽乡野找个地方安家，离巴黎不要太远（但也不要去山区，冬季天总是那么阴沉和寒冷）。还记得共住房屋的那些图纸吗？您曾画了多少遍！假如那个计划得以实施，我们现在就可以一起过了，会非常自在，您也不至孤独一人，在这个无情无义难以接近的国度里抚养着年幼的孩子，没有人懂得您，真诚地爱您，每天帮衬您。我呢，就可以照顾曾是我那么久的兄弟般朋友的儿子，也可以照顾您。无疑，我是法国唯一真正了解您、懂得您的人。

我那时对让的埋怨，您感到惊讶。但是，如果说您从来没有对我说过谎（我始终相信这一点），您怎么不理解我的责怪是正当的呢？

正因为我对您完全信任才觉得他做错了，他不该一把年纪时把您年轻的生命与他连在一起，不该冒着撇下你独自抚养孩子的风险而生下孩子，他错就错在把您几乎无可挽回地与那块穷乡僻壤绑在一起。（不幸的是，这一切都发生了！）

您还感到惊讶的是，您以为我是因为旧怨耿耿于怀才没有在让临终前去看望他。可您怎么不明白，好几个不得已的理由阻止了我。他的女儿们完全不愿意我在场，我无法出现在他的床榻前，在您和她们之间。此外，我想保留朋友年富力强意气风发的记忆，而不是奄奄一息无意识无声音的可怜相。对我而言，我当年那个兄弟般的朋友没有死，他只是在远方，离我还很遥远（我没有看到我母亲去世，甚至不知道她的墓在哪里。她在我脑海里出现，就像我小时候看到的那样，仍然年轻、漂亮，长时间远在他乡）。

很长时间来我一直想跟您说清楚这些事。我不想再等了，谁知道我还有多少时间做得了这件事？

请不要伤心，保持您的勇气，好好注意身体，常常告知我您的消息。以非常强烈和非常忠诚的情谊拥抱你们两个。

大安德烈

11. 铎尔孟致阿兰·克雷斯佩尔

华幽梦文化俱乐部主任

阿兰·克雷斯佩尔（Alain Crespelle）先生收

华幽梦，1962 年 5 月 13 日

部长

华幽梦文化部

阿涅尔上瓦兹地区（塞纳河和瓦兹省）

亲爱的朋友，

在我即将过完我的第八十个春秋的时候，我依然身体康健，并且非常清醒。但是我觉得现在应当预见我猜想即将要到来的生命结束的日子，我绝对坚持要把自己的遗体交托给医科学院，他们将有完全的自由来对它进行利用，就像学院的院长所希望的那样。如果您能够从现在开始完成所有为保证我的意愿能够达成所必须要完成的工作，我将对您充满无限感激之情，我所表达的意愿可以由在此页下面署名的四位见证人作证。

亲爱的朋友，请相信我对您的一片赤诚。

安德烈·铎尔孟

见证人　　　　见证人　　　　见证人　　　　见证人

托瓦内特·拉文　伊利亚纳·法雷尔　艾尔蒙特·戈蒂耐　阿兰·克雷斯佩尔

（Toinette RAVEN）（Elliane FARRELL）（Armand GAUDINET）（Alain CRESPELLE）

（翻译　秦海鹰　王海燕）

佩斯书信选

1. 致贝熙业大夫

桃峪观，北京近郊

法国驻北京公使馆医务专员

1917 年 9 月 22 日

亲爱的朋友，

这封只给您个人的信，它仅仅出于呼唤友情。

您应该还能再帮我几天，为我保守在此地隐居的秘密，免得被男士女人们打扰。只有您有我的地址，您可以随时接触到我，如果发生了什么要紧的事情，可以通知我。为了保持这种联络，我忠实的弗朗索瓦会听从您的吩咐。不要把任何邮件都送到这儿来。

与笼罩在北京城夜晚的犬马声色之网隔绝开来——华人区和使馆区——所有这片一直持续到黎明的声音的网。其中，失眠的蝈蝈一直发出疯狂的声音，就像中国戏院的有回音的台基上，一根弦的二胡发出的单一的音调。

这里是漫无边际的夜之匮乏，或是另一种震耳欲聋的疯狂，即执著于"空"与"无"的极致，开启梦境直到黎明。

白天，一个广袤无名、无人亦无牲畜的国度。在我的脚下，对整个人类而言，不过是一条低洼的泥沙淤塞的河道，从那里向我升起一些细小的石鼓的声音：召唤渡河者或是交谈声，从此岸到彼岸，在若有若无的村落之间。在那里，远处更高的地层上，西边最初的一大片开阔地，朝向蒙古和新疆，开创了第一批沙漠驼队的些许足迹。更远处，最终是不真实、不存在，和被唯一的永恒目光阻挡的地平线。这一切之上，是亚洲高地凝固的时间。而那边，是已经消失的游牧帝国及其没有路标的边境公路。这整个佛教的、密宗和喇嘛的亚洲，昂首阔步远离了儒家的世俗平庸。

而我知道，有一天我会去——也许与您同行，您像我一样深深地爱着这一切。

您深情的

阿莱克西·莱热

2. 致母亲①

亲爱的母亲：

我在一间小小的佛教寺庙深处给您写信。这间寺庙在北京西北部一座岩石陡峭的山丘上，我几天前来到这间藏身之所，远离疲倦和炎暑。

我的脚下是被近来的几场大雨淹没了的山谷。和我的额头平齐的，是蒙古高地最初的几座巨大的山脉。每两天，一个男人骑马过来，捎给我一些生活必需品，告诉我一些新闻，需要的话，还带给我使馆的工作。我把"阿兰"②带在身边，随时准备着，一有来自公使的信号就跳上马奔去。因为在这段政局非常不稳定的时期，一切都是那么不可预料。

这里僧人的语言和想法我都不理解，他们以很低的价钱，以最隆

---

① 从内容推断，本信应该写于 1917 年张勋复辟之后。
② 阿兰是佩斯的坐骑，一匹蒙古马。

重的方式，让我整个夏天都住在庙里最干净、最凉爽的地方。这里有破烂不堪但并没有改变用途的祈祷室，处于这块地方的最高点。佛像的碎片和日常垃圾一起在陡峭的悬崖边缘被抛下。我的行军床一直搭在那里，所有窗户都在夜里敞开，上面是一座神坛：这是一整套呲牙咧嘴、手势各异的神像。有人告诉我，这一堆人物中摆了一位被农村人遗弃许久的送子娘娘。我也将我北京的老仆人带在身边，他在这里帮我整理整理东西，笨手笨脚地给我做一些粗菜，有鸡蛋、煮熟的水果、蔬菜、在周边买的柴鸡，配些这里特有的高粱煎饼。

在这里，我的心灵享有巨大的平静，我有着无限的充裕时间。夜晚是那样安宁，远离中国城市里的喧嚣。我们简直可以听到时间一点点流逝。在中国，时间仿佛过得比其他地方要慢。这里的情形是如此的颠倒和错乱，我有时想要违背过去下的决心，重新拿起笔来写作。

亲爱的母亲，您也许还要有一段时间不能收到我的消息。上个月发动的政变，还有伴随着这次帝制复辟的军事行动而来的所有事件，扰乱了我们生活的方方面面，以至于邮政业务暂时停止了。

在危机演变得十分严重的时候，一大部分的北京人口发疯似地向各省逃亡。城市被张勋将军手下野蛮的乌合之众所控制，这位满族人的效忠者让只有 11 岁的宣统当了 12 天的皇帝。由于在中国上流社会结交了一些朋友，我被托付了一项最奇特的任务：用汽车接走被帝制独裁者当作人质看管的共和国总统夫人、女儿、儿子和姑室。（总统黎元洪已经藏身于使馆区的法国医院。）我觉得这件事十分好笑，在使馆翻译的帮助下，我在北京城内里东奔西跑了三小时，身处共和部队来临前普遍的恐慌之中。在这期间，和公使料想的相反，我个人没有遇到任何一点真正的危险。相反，我所保护的人们却完全有理由感到害怕。当他们来到我们公使馆的围墙之内，来到使馆区的刺刀保护范围内时，他们简直不能相信自己还活着。我之前只在官方盛大的接待仪式上见过黎太太，如今她看起来十分令人怜悯，闭着双眼，坐在我没有窗户的汽车深处。所有这些人在我的家里寄住了几个星期,我家具的罩子上还有那个中国小孩的小手留下的果酱污渍。

几天之后,我们在凌晨四点钟被共和国军队全面轰炸的声音吵醒(大炮、机关枪、步枪),声音一直持续到了下午三点钟。这场轰炸看起来组织得十分差劲,因为尽管耗费了庞大的炮弹数量,死亡人数却微不足道。我们这边没什么损失:只有几发炮弹打进了教堂,还有几发子弹误打在了公使馆的窗户上。巨大的声响,到头来却没有任何影响!在欧洲人中,只有八个伤者,他们的受伤要归咎于他们自己的好奇心:他们被不以他们为目标的子弹误伤。被袭击的地方离使馆区很近,炮弹在我们的屋顶上飞过,围观的群众非常之多,简直好像组成了一道城市的围墙。在远处,我们的背后,这座巨大城市的空荡荡是最让我感到吃惊的事情:所有中国人都消失了,就像淹没在沙滩里的昆虫一样。与前段日子的喧嚣和黄包车夫们载着逃跑者的行李出逃的情景比起来,对比十分强烈,黄包车夫在北方魁梧的士兵被逗乐了的目光下出逃,那些士兵是过去的强盗,还梳着辫子,在城门前让老百姓帮他们梳头,就像过去波西帝国的皇帝一样。第二天,短暂掌权的独裁者逃走了,这回轮到他藏身于一个外国使馆,被他抛下的军队投降了,第三共和国宣告成立。此时,在冒着烟的城市废墟里,有还没有被处理的散着恶臭的尸体,有满是苍蝇的脑浆,被砍了头的躯体,被烤焦了的死马,还有个小小的中国孩子的尸体。穿着帝制复辟的将军的士兵们穿着蓝色棉裤,他曾经过一个个战壕,给他们运送军需品。这场令人震惊的风暴就像一场龙卷风一样在这里席卷而过,政治生活已经重新开始。伴随着共和制度所带来的管理上的所有复杂和混乱,这个制度对它的第一次民主经历感到恐惧。张勋将军的帝制复辟只持续了 12 天。在这场复辟尝试中,这位新手独裁者丝毫没有将小皇帝当作一个证明政权合法性的象征,而是当作这个暂时权力的席位甚至是代表。用一句话来说,他将小皇帝当作一尊御玺,一个真正权力的席位。

(翻译 王星 吕如羽)

回忆录

我的蒙古之行（节选）①

让·贝熙业

"马头"之旅

北京——库伦② ——1920 年 5 月 10 日至 21 日

发起者与组织者：

古斯塔夫·夏尔·图森（Gustave-Charles Toussaint）

领事法官与法国公使团法律顾问；殖民地总督；中国某地检察长。

著名的"沙漠旅人"；治外法权委员会法国代表；上诉法院荣誉院长。

参与人员：

亨利·皮卡尔－德特朗（Henri Picard-Destelan），中国邮政总负责人

阿莱克西·莱热（Alexis Léger），法国公使馆秘书

让·贝熙业（Jean Bussière），法国公使馆医师

旅行路线与交通工具：

北京至张家口段乘火车（兼回程）

张家口至库伦段乘汽车（兼回程）

---

① 本文从贝熙业笔记手稿译出，原稿较长，这里节选了部分内容。需要说明的是，文中提到的蒙古的地名和当时的人名难以核实，有些音译出来，有些直接保留了法文。

② 今蒙古国首都乌兰巴托。

北京出发，西直门火车站：早上 7 点 25 分，离开家门；

蒙古火车出发时间为 8 点 35 分。

南口火车站，10 点。

　　火车沿途经过许多关口。我们从一片多石子的锥状三角洲冲积层渐渐驶进山谷。三角洲的旁边，纵横的石子路将耕田分割；干旱的地表被雨水冲刷成一道道沟，一些罕见的树木矗立于旁，与废弃的旧城墙和瞭望台呼应着。火车沿着夹在两陡壁之间弯弯曲曲的谷底缓缓前行，两侧斜坡上果园与梯田叠落有致，沿着布满岩石与卵石的泥石流通道铺展开来，通道像一条公路插身在清澈的河流与逐渐青翠的斜坡之间。斜坡上牲畜成群结队，来来往往，牛与骡马为伍，山羊与绵羊结群。树木逐渐繁多起来，柳树、山杨、柿子树、杏树、胡桃树还有栗树。田地在河边延伸，偶有间断。渐渐前行，出现一片巨大的围墙，那是长城的一部分，筑有雉堞的城墙上还有碉堡。铁道就这样驶进了一扇巨大的门中……

　　一口大钟立在一座废弃的庙宇旁。铁路紧随着隧道走廊的东面斜坡，渐渐进入一个宏伟的防御工事之中。防御工事筑在峡谷的两壁之间；高墙上的斜梯以 70 度角越过雄伟的工事，沙漠商队的行道与湍急的河水穿过防御工事的腹部奔流向前。爬山虎攀在旧围墙上，挂满了炮眼周围，依附着碉堡。周围的田地与斜坡上长着一些胡桃树、橡树和榆树；流水边则是巨大的柳树，垂柳在风中发出沙沙响声，给人以清凉的感受。驴子与骆驼的沙漠商队在沿途盛开着蓝色鸢尾花的夹道上相逢。围墙是由淡玫瑰色花岗岩或是巨大的砖块砌成。远处，一棵修剪整齐却早已空心的老槐树大概已矗立了千年；树荫之下坐落着一座小塔，塔上的碑铭似乎是为旁边一眼小小清泉而作，旅途劳顿的行人和牲畜在泉水边开怀畅饮。不远处，一座三层碉堡横亘在山谷道路上，碉堡底部敞开，行路从此通过，上面的拱顶是典型的中国北方传统风格，不过从前这一定是封起来的，装有铁甲和铁钉的巨大通气孔印证了这一点。碉堡的第二层有四扇小窗，都是西藏与鞑靼炮楼上的小窗的风格；上面是一个露天高台，雉堞后曾是弓弩手与护卫弓箭手的藏身处。

以"推挽运行"方式，即一首一尾两个火车头牵引的列车爬至"人"字形坡段，火车上高度不一的转向架正是为了能在运行中时时保持炉管在水平线上。火车爬过斜坡在青龙桥站喘歇，前来游览八达岭的旅客下了车。继续向前火车将通过隧道穿越八达岭。

火车驶入开进蒙古高原之前的最后一段河谷，前面是西拨子站，也是出长城之后的第一站。回首向南望去，长城在远处随着苍翠却不见树木的山峦起伏着，好似一只让人分不清首尾的环节动物，而一座座碉堡就是一个个环。

在康庄车站我们换了机务段。放眼望去，是高高的平原，稻田肥沃，还有柳树、葡萄园与果园。城墙护住的小城里有一个集市和一些商店，和与南口遥相呼应，恰似一对姊妹城。1918年瘟疫爆发的时候，我曾经命人在这里建造了一座检疫站。现在我们正处在中国军事边境地区。下一站是怀来，漂亮的高墙在明丽洁净的蓝天下映衬出墙沿花边的俏丽，各式小塔有着高耸的顶，顶边有龙一样的神兽静静地立着。此地平原上没有树木，多石的地面像是流浪不羁的河流的河床，到达土木的时候，气温达到了30度以上。土木是座坚实的城池，历经岁月的城墙呈现令人赞叹的色泽，只是有些地方保留完好，有些部分已经毁坏，砖块剥落，好似塞内加尔塔塔墓地。然而，当路线穿过一片确已荒废的非洲沙丘一样的地带时，这个类比仿佛一下子真实起来，直到列车驶入了下花园地界，眼前出现了明媚喜人的山谷，两侧是干旱的山体，煤与铁矿正是从这里开采而出。

在明媚与炎热的气氛里，我们到达了张家口。然而触目所见只是城郊。下午4点，我们找到一辆别克轿车离开这里。我们大概选择了一条糟糕的路线，是红色与白色黏土质的上坡路。在这里长城外缘只剩下一点点凸起，沿着蒙古高原一路至海拔 1000 米左右。黑土地上，一些中国佃农在牵着马匹劳作。我们的车几次陷入泥坑，终于在下午4 点 45 分到达了蒙古第一站，Tchan XXX Hsien。映入眼帘的，一边是四方形土筑高台，另一边是泥土新修的房子，稀疏地排列在东西南北两条路上。这里有几个街区，一个衙门，一个邮局和几个客栈。我们和一位上了年纪的蒙古公主坐在 4 辆别克汽车里参观游览，公主身着尼姑的服装，大概刚刚朝圣归来。她是 Djassak 族长，即 Djassak 可汗的母亲。

汽车出发，越过小河

1920 年 5 月 11 日星期二，从 Tchan Lin 出发，昨天清晨 6 点时分。路况很糟糕，道路泥泞，途中穿过某中国殖民地，SSE-NE 方向上全长有 80 公里。远处有一片掩映在树丛中的居民区，那是某基督教修会所在地，到库伦之前这是我们唯一一次看到树木。

9 点 30 分，用午餐。10 点 30 分出发，途径红山。15 点 30 分抵达平乡。那里有电报局与汽油库。我们在电报局住下。在途中遇见了许多羊群，公绵羊都除去了角，尾巴很大，像是波斯见到的那种羊。此外，还有骆驼队。当冬天下雪时，偶尔积雪有 2-3 法尺那么厚，只有这种动物能长途跋涉，在抵挡寒冷与克服积雪方面，骆驼比马更胜一筹。我们在临近的山上午休。我从山脚到山顶一路搜集了各种玛瑙和肉红玉髓。放眼望去，开阔的视野里没有任何树，只有些草木。据说，树木难以抵挡这里的冬季季风。山上长满了矮矮的荆豆、一些禾本与报春属的植物，还有盛开的蓝色鸢尾，却没有在波斯见到的那种蓊郁的树丛。公路弯曲下降得十分厉害，像老人的驼背；种种小路拼接而成的细密网络乍看之下好像毕加索的某些画作。明亮的红色抑或玫瑰色的道路随着地势起伏，或窄或宽的护坡草坪左右其旁，绿色的草丛中点缀着星星花朵。纵横的纹理述说着无尽的梦幻与雅致。目光追随着这让人陶醉又没有尽头的风景，大自然在这一刻因它无穷的变幻而超越了人类的艺术。上千年的时光缓缓流淌，曾经生活在这里的动物用那绵软又富有弹性的脚掌，迈着慵懒、闲适又漫不经心的脚步，一遍遍踏在这片草原上，自然被赋予了一种难以述说的美，编织着无穷无尽的变幻。

饮骆驼

河水在我们脚下奔流向前，好似那瞬息万变的黑海。戈壁滩是一片野草的海洋，春日里，一望无际的戈壁上野花盛开，在阳光下鲜艳夺目。如此看来，这样的说法的确不无道理：古老东方的特别是波斯的挂毯之所以有着如此美丽的色彩，聚合了如此美妙的图画与色泽，正是因为春日的草原给了千百年来穿越沙漠的旅人以无穷的灵感。

戈壁滩的春天就像一个丑陋女人的微笑，实难抗拒。我还从未遇到过比沙漠植物的努力更加令人动容的事物，青草、灌木和树木都在尽力获取欢愉的时光，竞相生长。这是一种魔力，青草猛力从干涸的土壤中钻出来——获取空间、氧气和阳光为它保障了一段短暂的充分生长和迸发色彩的时光。在地球的表面总存在着艰苦卓绝的努力，它因沙漠中、海岸边和山岭上的树木而变得伟大崇高，而它又或许是另一种表达方式，这次旅行途中遇到的唯一的树使人想起了一些诗句，其作者我已难记起：

树梢扭弯的生机盎然的树林在震颤
一色碧绿的树木摇颠着神舟①

青草密布、鲜花盛开的小路使旅程分外美好。但一些不太令人愉悦的念头也时常在旅程中留下痕迹。我猜想冬天时，它的孤寂该是可怕的。前方到处是倒在途中的动物遗骸。她们向我们叙述着我们此刻穿越的草原它绚烂的生命是多么短暂，她们也昭示着会在高原上持续长久的严寒月份。

有名的小徐将军②的到来让我们得以从现在的宿营地搬到了电报发射站。这位军人是时下中国北部的诸多将领之一。

我们在一个凉爽的早晨6点出发。天气有些多云，夏季风在深蓝的天空中驱赶着一团团巨大的棉絮般的高积云。道路将我们引向了一个巨大的洼地，在我们左边，朝向西北方，有一棵孤独伫立的树，这

① 原文应为 Paul Valéry 的诗："Vibrant de bois vivace infléchi par la cime, Pour et contre les dieuxramerl'arbreunanime"作者此处或记忆有误。参考译文来自《瓦雷里诗歌全集》，葛雷、梁栋译，中国文学出版社，1996年，第55页。
② 小徐将军即徐树铮（1880—1925），北洋军阀之一。他曾于1919年赴外蒙，撤销外蒙自治，并于1920年5月10日第三次赴外蒙，正好与贝熙业、佩斯等人同行。

是我们在戈壁滩行进的三天中遇到的唯一一棵树。小路在这块土地上纵横交错，天边矗立着朝向南方的阿勒图大喇嘛庙（金色庙宇）。喇嘛庙为藏式外观，屋顶上是法轮，周围有一些栅栏，栅栏中是诸多蒙古包。一群奇怪的人在等着我们，他们身着喇嘛教的红领衣饰，剃着光头，沉默寡言，令人印象深刻。一个新世界，还令人有些担心。这里有小喇嘛，也有成年的喇嘛，这整个世界奇怪地聚集在一起，没有什么拘束，也没什么举动，它是如此稀奇以至于让我想到了不太使人安心的大人国和小人国。然而，人们为我们腾出了地方，给我们提供了一个位于庙宇东边的蒙古包。

喇嘛庙

蒙古包

　　我们的厨房在西边，位于一位负责招待外宾的僧人的蒙古包旁边。我们参观了神庙，在其他众多的神像中只有这里供奉着拉姆，她的坐骑是一只被蛇和死人的头颅装束的野兽，马鞍上的毯子是用被她亲手杀死的独子的皮肤做成的。小憩两小时之后，我们全速出发，踏上一条通向西边电报线路的道路，登上一片高原。

　　戈壁滩、盆地，一片辽阔平展的平原像干涸的湖底静卧在沙丘的前方，沙丘上长着一丛丛沙漠之草，如同在海岸线在延伸。出发时我们曾遇到暴雨，高原及戈壁的道路干净得好像公园里的小径，都是纯白的石英砂。在我们不远的前方，小徐的汽车旅队刚刚经过，在这片粗砂上留下了细长的红色印记，土地从白色沙子下面露了出来。这些血红的痕迹就像是为旅行者铺就的铁轨。厚重的乌云和暴风雨都逃向了西边。山岭和云朵在那里呈现出一种纯净的天青色。在这样深邃如海的颜色上面，稀疏的草本植被和沙子如同在海滩上一样显现出轮廓。在更远些的地方，哦，多么神奇啊！像是有飞翔的白色海鸥在平静的蓝色海面上嬉戏。我们都惊得目瞪口呆，尽管司机劝阻，我们仍停了下来，只为好好欣赏这出现在亚洲大陆深处的幻境：海洋、海鸥。但最近的海洋也相距这里近 2000 公里！沙丘出现于沙漠中并不惊奇，但白色的海鸥却太不寻常。曾有几位旅行者讲过，这些鸟儿在雨季重新到来时会一直飞到沙漠，前往湖滨。人们曾在极为遥远的东部戈壁上见过它们的身影。尽管如此，这令人惊奇的景象说到底还是有一部分是虚幻的：这众多事物中只有一样是幻象，那就是海洋。

　　这湖名叫玉灵湖，湖底由沙砾构成。我们在那儿发现了潮湿土壤中生长的植被。喇嘛庙距这里有 3 公里。我们在 11 点 30 分左右快速穿过了平原，并且面对庙宇支起了营地。这座庙是这里的主要建筑，在它周围杂乱无章地分布着 6 个左右的围栏，围栏之中是一些蒙古包。我们在等候午饭的一点时间里参观了那里。出发时间定在了下午 1 点。

　　路线转向一条凹陷的路，一直下行至一片 200 米宽的平静水域，它位于一块状似黑色玄武岩的石头围成的洼地里，但我无法确切地证实石头的种类。它像是一个古老火山口的底部。下午 1 点左右，我们看到了一圈美丽的太阳光晕出现在北方，其中心的环如同彩虹。

我们经过了一个敖包，这是旅行中我们见到的第一处景观，在喇嘛庙也能望见这里。它由一大堆石头构成，这些石头杂乱地被摞在一起，呈圆锥形，其中心有一根最主要的杆子，其他的杆子上挂满了经幡。上面还放了许多兽角，布上还画满了蒙古文或藏文写成的铭文。

敖包

离开巨大的花岗岩高原，我们沿着呈圆形的道路前行，这道路使人想起了冰碛路，但它显然不会出现在地球的这一部分。顺着这条路下到一个狭长的盆地，这里的土壤是红色的，或许很肥沃，但却没有被耕作。我们在那儿看到戈壁滩上唯一一处树林，那是四五棵分散着的榆树。小徐的汽车队一直在不断地极速前进，已经超出我们好几小时的路程了。

直到抵达一处散落着数十个蒙古包的广阔平原时，我们才终于姗姗来到乌代（音译，Oudé）。这儿的电报局已经被军方人员占据了。我们吃了晚饭，睡在一间还算舒适的蒙古包里，只是这里没有窗户，寝具表面也没撒过除尘菊和樟脑的粉末。我们互相传递着药袋以对抗那些小虫子，它们渴望着我们这些没什么抵抗力的陌生人新鲜的血液。

一夜安眠后，我们都醒了过来，吃了点简便的早餐。6点钟我们又上路了。这是一段艰难的爬坡路，一路刮着北方，下着雨，清冷难

途经市镇

简便的晚餐

耐：气温只有11摄氏度。我们行进在一片花岗岩、页岩夹杂的石块中，大致的方向是沿着山丘的侧面穿过山谷。土地的形态多种多样，我们看到了两处石英岩，像喇嘛的裙袍一样红的土壤，枯黄憔悴的草地，还有一些高高的山丘，上面是些黑色的石头。其他地方还有些新长出的嫩绿青草点缀在火红地面的背景上。道路是白色的，轮胎在上面留

下红色的车辙印。在远处，在平原的尽头，乌云飘往西方，又为这多样的色彩添上了绚烂的一笔：桃花白、嫩绿、浅灰、白色、玫瑰红，都印在海蓝色的云底上，还有高山和海滨的幻象。11 时 30 分我们在盆地的一处水源地休整了一会儿，周围驻扎这一些骆驼旅队。水源充足且清亮。这儿有两个蒙古包、一间商店和石油及粮食供应站。天气十分理想，于是车队 12 时 30 分又踏上旅途。我们在砂砾上行驶着，但一个突然出现的故障使我们不得不下车，沿着路走了几步，顺便捡拾玛瑙和肉红玉髓。

重新开始的旅途异常艰难：一次又一次的故障推迟了我们的进程。劝服我们的司机是艰难的，他很优秀，好心且细致。他原本希望我们紧随车队旅行，而不是像他现在这样一路猛冲，却被迫不断地掉头，回到让人沮丧的路上，更何况造成我们无谓延迟的罪魁祸首是这条道路。在塞尔乌苏（音译，Sair Oussou）附近又发生故障，我们每个人都分散开来，有的去了平原，有的则去观察附近土地的微小运动。我再次惊叹于我所能看到的广袤视野，我的衣袋里装满了玛瑙、肉红玉髓和一些石头的碎片。莱热 ① 高高挥舞着他的新发现：被秃鹫、蚂蚁和獾蚕食干净的动物头骨，像是一件解剖学标本。他说，这可是成吉思汗坐骑的头骨！我们当中有人持怀疑态度。莱热提议建立起一套骑士秩序，"以马头来定等级"。这种以战利品为标志的等级无疑说明谁拥有成吉思汗的马头谁就成了统领，一些人便开始拟定头衔：伟大的战利品发现者，伟大的骑士统领，伟大的我不知是什么的统领……欢快的队伍中有一个解剖工作者对这件文物提出了尖刻的怀疑，还发表异端观点说即便这恰好是一个缺了下巴的头骨，我们也绝不能接受以马头定等级的规则。一场激烈的讨论开始了，大家交换着一些最中肯的建议，直到统领以大法官的语气发表了演说，他摇身一变成了卑鄙

---

① 莱热即著名诗人圣琼·佩斯。

的忒耳西忒斯的律师，陈述了一大堆最滑稽的、最让人难以置信也最切中要害的理由，他要求将法律应用于目前遭遇的困境，应该给予骑兵等级以有附加条件的许可，而其条件是根据被告人已完成的功绩来登记，另外被告人要虔诚地将一块石头放在敖包上，以增加自己的业报并偿清自己因骑兵异端而犯下的罪过。

汽车抛锚

旅途中的圣琼·佩斯

这一滑稽的插曲正好使我们忘记了在孤独中度过的这几小时，没有别的车从后面赶来援救我们排除故障，我们也没有食物储备，只能期待吃上一顿"斋月后的午夜餐"。结果到凌晨1点10分我们才抵达吐尔兰（音译，Tuérin），这也是商店和汽油供应站所在地。

　　在一顿简单的晚餐后，我们在凌晨两点左右迅速钻入了皮质睡袋。熄灯之前，我们看到了姗姗来迟的徐将军。这是一个奇怪的场景，所有汽车都亮着大灯的原野，黑夜的原野形成一条"之"字形的线路。

　　1920年5月14日。徐将军的一辆车抛锚了，我们派去了汽车和一名司机前往援助，结果这次该我们抛锚在路上了。我在我的记事本上写下"这真愚蠢"，这句话很好地诠释了我们的愤怒。相距25年的距离，我如今觉得这些都稀松平常。我利用这点时间在吐尔兰北边的花岗岩巨石间散步。我还抽出时间在笔记上记下了前一晚宿营地的景色，我读到了大量的景色描写：唯美的山丘曲线，曲折平缓的斜坡，伟广袤的沙漠和平原……这些印记不断老去，不断被冲淡；其中还混杂着色彩的魔力和云朵的变幻游戏，一切都沐浴在明快的光线中，最后慢慢消退，远得无法触及。光芒的闪烁，线条和色彩的和谐已不是文字和绘画艺术所能描述的。25年后，当我回忆起那令人难以置信的、将我们玩弄于其中的海岸幻境时，我又发出了与当年一样的惊叹。

　　早上8点我们再次上路，绕过了昨天参观的花岗岩石圈，我们抵达了一个更远的芳草密布的高原，行驶在一条宽阔的粉色花岗岩道路上。这是条货真价实的坦途，汽车加速到了超过80千米每小时。

贝熙业笑看蒙古马

一只灰色的小羚羊突然在100米开外横穿了过去，竟比我们的汽车还要迅速。我们惊飞了一对苍鹭，旱獭站在窝穴边缘朝我们投出好奇的目光，直到最后一刻才一头扎进窝里，同时向同伴发出一声警告。不计其数的马群、羊群、骆驼群等正在向我们靠近。马匹十分消瘦，通体被光亮的毛皮覆盖，它们疯狂地奔跑着，发出了发动机一样的声响，长毛随风飘扬。

终于我们到了目的地库伦。我们住在俄国人的圈子里，这里招待我们的是总管，Maranski的指挥官，波兰骑兵军官。他非常友好地将我们安置在一些的陈设很简单的房间里，但相比我们之前的住处，它们已经很豪华了。

贝熙业与俄国人

我们匆匆抵达后，马上参观了这座布满喇嘛的城市。大片裸露的广场尘土飞扬，四周围着枞木栅栏。这座蒙古城市只是一个营地，房屋是用砖头或者泥巴建起的。蒙古人总是住在帐篷里。人们告诉我们，当有人奄奄一息时，大家就会把他带到室外，让他在荒凉的沙漠中死去。这里所有的住处都是属于僧侣的房间。这里大概至少有3万个或红或黄的宗教派别，他们是帕德玛·桑巴瓦或者宗喀巴大师的信徒。
我们毫无目的地游荡着，开心，近乎狂喜。我们回到俄国人的圈子里，
心里装着满满的视觉印象，它们太奇特了以至于我们感受不到三日以
来旅途劳顿和这住处的豪华。但俄罗斯主餐（俄罗斯奶油甜菜浓汤是
主菜，也很好吃）过后，紧张的神经终于放松，我们很快进入睡眠，
一夜无梦。

库伦街道

路遇蒙古人

1920 年 5 月 15 日，星期六。清早 6 点，我们就起床吃一顿舒服
的早餐。我们亲爱的朋友 ××× 是一个热情的活跃的人，他开车带

我们去城南的一片高原上的沙漠：托儿古瓦。遥远山丘立树立着一座白色的佛塔，它是人类存在的独特痕迹。但是，在我们向这座建筑前行的时候，看到了散开的骨头，人类的头骨，运来分解的尸体。我们避开这恐怖的景观，匆忙朝一座漂亮的寺庙赶去。这座寺庙有个漂亮的金顶，闪耀出火焰般的光芒。我在队伍前头走着，满心都是托儿古瓦阴森的感觉。刚到街道转弯处，一个很胖的蒙古人挥舞着钉耙向我扑来。我手里有一根结实的棍子，它是一月份我在杭州砍下的橡木做成的。我在他面前举起棍子，威胁他也自我防卫地叫道，"别动！"。我的同伴爆发出一阵大笑。从那以后，他们就给我那英勇的木棍起了个名字，我至今保留着它，作为这美妙旅程的宝贵纪念。我们到金顶庙参观。这是观世音菩萨的庙，中央是一座雕像，围着富有喇嘛色彩的太阳伞：蓝的、黄的、红的、绿的、白的。在那座石磨坊外，一个女孩儿身着长裙，头发编成长长的辫子，拖至腰际。她双手合十凝视着寺庙，然后身体前倾，伏倒在石板上。她的手掌平滑地拂过地面，世世代代的虔诚信徒胳膊前伸，将木头磨得光亮。短暂的休息后，她又直直地站起来，举起她长长的纤细的手拜倒在地上。她纯洁如孩童，眼里充满渴求。她对我们的在场并不关心，祈祷了几秒钟之后，她又开始不停地进行这如同体操训练般的朝拜。这朝拜充满了信仰的热忱，充满了冲劲儿，所以我们小心地远离了这高尚的仪式。我们从开始的街道回程去俄罗斯圈子里，在那里我们能接触到不同性别、不同年龄的蒙古人。

我们回来的时候听到一个不好的消息：活佛不能接见我们了。因其神圣之故，我们只有通过书面的方式被接见，而且还需要推迟几天。

1920 年 5 月 16 日。我们开着别克车 6 点离开了。这条路弥漫着一种蒙古高原的寂寞苍凉。

1920 年 5 月 17 日。因修了几次车，推迟了出发的时间。我们有时间回到喇嘛庙。黎明即起，5 点 15 分出发。在清晨的清爽中，我们前夜没见过的花朵开成了藩篱，一簇簇紫色的花儿优雅极了。到达喇嘛庙恰逢早上的祭礼。我们靠近喇嘛庙中心，听到了熟悉的声音，长3米的大号角、单簧管和锣鼓声。参观正殿非常顺利，这里的柱廊让我们想起了北京的黄庙，不过没有前者威风。殿内很昏暗、幽寂，隐隐的几盏油灯照明更添一份神秘感。住持向我们致意，他为翻译而写的藏文和其对藏文的了解程度让喇嘛向导印象深刻。我们亲爱的朋友处于一种神秘的兴奋状态中，这让他变得很爱讲话也很激动。我们中的一个人在这充满着木质气味的空旷中高声讲述着他的想法："小声

喇嘛庙外

喇嘛庙外的鼓

点儿，神是很可怕的！"在这样不容置疑的禁令下，我们在这喇嘛教圣地缓慢地向内殿走去，在长长的彩带后面，祭祀台前，竖立着宝座上的神像。桌上有棱锥和甜品，几行小油灯，平底大口杯里盛着供奉神灵的菜肴。侧面的墙上挂着厚羊毛毯子，上面是竖直的连环画。我们欣赏了过道上的雕花木门，注意力滑向门厅。上面出现了荣耀的标志：法轮、吉祥结、宝伞、胜利幢、宝瓶、金鱼、右旋海螺和妙莲。

8 点 30 分，从一条花径回到电报发射站。午餐十分简单，很快我们又踏上旅程，向着戈壁进发，等待我们的将是一段漫长而艰难的路途。经过 12 小时的急行军，终于在约九点半时，迎来了又一个休整时间。60 个蒙古包围绕着电报发射站，当然，电报站自己也是座蒙古包，我们将下榻于此。晚饭迅速解决，吃得很糟。不过，餐后咖啡过后，对睡眠的渴求已经压过了对食物的眷恋，连厨师也不能例外。

早上 5 点闹钟响起，6 点准时出发。脚下的路在峡谷中向远处延伸，周围景致如画，但树木不多，水流叮咚，在山谷中川流。12 点 30 分，我们到达了玉灵湖附近的油料补给站，并在此休息。1 点 30 分再度出发。4 点，五号车需要拖拽才能在长草的平原上行驶。脚下的草地上点缀着鸢尾花和金雀花朵。我们及时地做了休整，在电报局度过了平静的一夜。

1920 年 5 月 19 日。早上 5 点出发，按照既定路程行驶，草地肥厚，穿过几道缓坡，到达了今天第一个蒙古包。11 点时，到达营地。此地居民着装没甚别致，但妇女的发型极具戈壁南部特色，和柯尔克孜族大相径庭。她们的头上罩着珊瑚珠装饰的发网，两边的辫子上也都装饰着珊瑚。尽管面孔扁平，鼻子塌陷，这里的女孩和一些妇女也别有一番优美姿态。饭后 1 点 10 分，再次出发。

由砖石房屋可见，我们正返回中国。一股中国乡村垃圾的特有味道充斥鼻腔，似乎是回到文明的标致。阳光普照，却抵挡不住暴风雨的临近。风暴在远处的地平线蓄势待发，2 点 40 时，遮蔽了天穹的本色。一阵阵狂风、闪电、雷声席卷天地。

1920 年 5 月 20 日,星期四。10 点 30 分,修理过后,车队再次出发,经过田地和极具中国北方特色的黏土房屋。土地肥沃黝黑,不过树木稀少。农田里偶见美丽的姑娘,似乎是满族人,扁平的面孔,健壮的骨骼,却有着小小的双足。这是蒙古高原南部的陡坡。我平躺在草地上,沉浸在鸢尾花香里,迷醉在阳光下。天空飞过大群云雀,在鸟巢和碧空间来往如梭,喉间吟唱着喜悦的合唱,那是我从未听过的美妙旋律。它们的鸣叫让我想起了一首儿时的歌谣:云雀在美丽的歌中飞翔,嘀哩哩婉转动人。

中午 1 点 30 分出发。途径卡纳巴村(音译,Khanaba)。在高地休整后便可见张家口的远景了。山腰可见塔楼杨柳。山脚可见石英和玄武岩地表。

（翻译 ［法］Eric 李加藤）

回忆安德烈·铎尔孟①

C. 施莱莫（Schlemmer）

　　那时，我正巧路过天津地区。我从印度支那来，要去往北京，因为要到那里的中法汉学研究中心（C.E.S.）工作——这个研究中心在那时才刚刚成立不久，是我们原殖民地区的政府派我去往那里工作的，——就在这个时期，在这个研究中心，以一种幽默的方式，我认识了尊敬的铎尔孟先生，他是这个中心的成立者之一，也是这里的负责人："啊！铎尔孟先生……我跟您讲：这是一位贵族式的、很有文学修养的长者，有着一种隐士的态度，对那些无用的动乱毫不过问。他对于中国有着极大的热情，同时又是一个挑剔的法国文学专家，他从不对任何主题的作品感到满意，他抱怨说，在他想将就着感受一下，某些写得还不是太坏的作品所表现出来的魅力和它们在他身上激起的兴趣的时候，他就会突然觉得他的'眼睛被挖出来了'（这是他自己的原话），因为那些作品有着一种语义很奇怪或是语法有错误的表达法……您看看！您看看！"

　　这些话让我产生的印象——这种印象是：我觉得我未来的领导者只是一个不需要认真对待的特立独行的爱开玩笑的人——就这样被削弱了，并且这种印象也被中心的行政部门负责人杜博斯先生（Dubose）

---

　　① 本文为中法汉学研究所工作人员 C. 施莱莫先生所写，此文为节选，题目为编者所加。

纠正了，然后法国大使也修正了我的这种印象，他让我立刻对这位有趣的大人物（铎尔孟先生）表达了我的敬意。不幸的是，一系列令人气愤的事件使得我很久之后才得以这样做，以致后来我终于能向他表达我的敬意的时候，我和他的第一次会见成为了我作为一个下属能够经历的，由他的上司所实施的最为有效的"洗涤"。现在，我承认，我的确应该经历这种"洗涤"过程，并且，我把这次"冲击"的原因归结为在这个殖民地区政府部门中，上下属之间奇妙的关系所让我感受到的与众不同，在这个政府部门中充满了一种十分自由的同志情谊。不过，铎尔孟先生将自己视为对形式的挑剔的守卫者，不是因为这些形式本身，而是因为对他来说，就像对中国人来说，礼貌、殷勤、程式性或文雅，总而言之就是那些习俗常规，是内心冲动的独有的表达方式，甚至，很大程度上来说，是滋养内心冲动的食粮。另外，现在，我也必须要说到的是，他十分严苛的遵守着这些习俗，一丝不苟地做着在他的职位上应该做的事情，他对别人表现出了一种完美的敬意，就像他要求别人对他表现出来的一样。这种敬意只能被接受这份敬意的人所感受到，就像感受到一种充满感情的充满敬意的阳光。但是，一旦这个仪式结束，他就会立刻，充满好意的，过渡到他称之为"深度对话"的阶段，来更好地认识了解他的新学生的内心和精神。在年龄差距的帮助下，一种父子之间的关系很快就在他和他的那些年轻人之间建立起来了。

事实上（当我在写下这些话的时候我想到了这些），铎尔孟先生的秘密和强烈的愿望是在他和他的那些年轻的合作者之间，建立古老的已经丢失了的一些形成于老师和其学徒们之间的关系。在法国，这种关系的消失，甚至要比在中国的消失还要更早些。他希望我们能够全然信赖他、依靠他，不仅仅是在工作中（对他来说，汉学本应该成为一种排他性的生活模式），除此之外，在生活中不应该再有其他类型的活动，这是一种修道式的苦修，那么严苛以至于自然而然地，它不允许任何个人的放松、休闲的存在，甚至所有"外在于"他致力于与我们建立的联系的关联都不应该存在：也就是说永远保持独身，绝对严格的贞洁应该被包含在其中，就像彻底毁去了所有家庭生活中的职责），还包括在我们最最隐秘的内心生活中。他无意识地期待着每个人都把自己思想的、"感情的（取这个词在 17 世纪时的意思）"、最基本的判断的领导权交给他。

很明显，这只能是一个梦想。但是我必须要说，我们在面对这样一种强烈占有欲时表现了一些犹疑和止步不前。我们任由（对我来说，带着一种美丽的热情）他将我们的变得像他那样严密协调、真实公正、拥有和他一样的进步发展，拥有细致、准确的表达：也就是学会运用他所使用的这样一种美丽的语言，有时带有一点古风韵味，表现出了他过人的天资。"让你们的词句发出响声！"这就是他一直以来对我们的训诫。

这种像一个女面包店店主检查她的面包质量时一样的行为对我们来说就应该被理解为反复地查字典（包括——尤其包括——先于定义存在的词源学上的插入语），检查语法，以及绝对不能放过"N.B."（注释）中的内容，它是与文章相配合一致的！另外，在 20 世纪出版的拉鲁斯词典第七册中的说明，可能会跟我们开上一些令人生气的玩笑：我还记得一场关于单词"bord é"（这个词意味着组成一艘船外部隔板的、相连的所有船板的集合）的尖锐的讨论，我把这个词放进了《赤壁赋》的翻译稿中。然而铎尔孟先生坚持要把这个词替换掉，因为他说，在听到这个定义时，眼前所浮现出的画面是一种十分巨大的船，而不是简单的这首诗中所说的"小舟"……

这种复审会议的特别之处在于它们大都在深夜时分进行，这要归结于我们的领导者（铎尔孟）的那种令人无法捉摸的生活方式。事实上，自他四十年前在中国生活开始——他是在将近 1905 年[①] 的时候到

---

① 铎尔孟应该是 1906 年到中国。此处有误。

达了那里，他几乎是和葛兰言（Marcel Granet）同时到的那里（铎尔孟和他曾一起合作翻译在《中国古老的节日和诗歌》中所提到的《诗经》中的篇目——在国民党获得了毫无争议的胜利之前，他在那里一直扮演着某种政治角色，即政府部门的顾问）。因此，当日本侵略中国的时候，他持有一种"自愿成为政治犯"的态度，这是他自己的原话。

他几乎完全将自己关在位于东城（La Citéde l'Est）的房子里，除了在每周三的下午都会出门去转一转之外，他从不从那里出去（除了出席那些为迎接法国大使而举办的官方仪式的日子）。周三下午，他先去中法汉学研究中心(C.E.S.)，然后去六国饭店（Hôtel des Wagons-lits）他的理发师那里，然后再去印度支那银行（他在那里开了账户）。再然后，他会去拜访大使先生，在与之进行了会谈之后，再与大使夫人喝杯茶；最后，他离开外交部，去看看他的老朋友贝熙业博士（Boussière），一位在中国生活了和他一样久的法国人，他们两人之间的友谊已经在那个时期的北京家喻户晓——但这两位像俄瑞斯忒斯（Oreste）和皮拉得斯（Pylade）一样亲密的好友大部分时间都是在争执中度过的。我和我的妻子，我们拥有最最罕见的特权，有两三次都成功地得以让他，贝熙业博士（Boussière），改变自己的习惯，同意来我们家里共进晚餐。他是善良的化身，从来不对我们表现出任何的严厉和苛刻。铎尔孟先生话语的魅力，还有他作为一个诗人所使用的语言的魅力都使我们着迷，但是他也会亲切地以一种令人愉快的认真的口吻与我们还很年幼的长子交谈，不带任何不屑的态度。至于我们，我们会津津有味地回味以前他在北京时的过去。他对法国文化的了解也像他对中国文化的了解一样，十分宽广和深厚；另外，他充满着热情，操纵着那些最令人惊奇的悖论。我们在他身上发现了一个遗失的天堂，它远离低俗利益的奴役，远离我们所生活的残暴的时代，这是一个仅仅由最为纯洁的思想和和谐的精神所组成的世界。另外，当有人让他

想起那些压垮了人们的令人悲伤的约束限制的时候，他的回答是不可
违抗的："超脱地看问题！超脱地看问题！"

午夜给这场每周都要进行的社交外出画上了句号，他回到他的
家里，重新开始他的工作，直到凌晨一两点钟，点燃一支"思考的烟
斗"——他就是这样形容的，进行一场关于未知论的精神上的沉思（然
而，也会就神秘主义进行思考），以此来代替晨经和颂赞经的祷告。

在其他日子里，他会把他们请到自己家中，然后自己就一步也不
从家里迈出去。他们穿着长长的中国长袍，冬天是棕色的，夏天是白
色的。他一劳永逸地保留了他遥远的大学生活时所遵守的时间表，他
在十一点起床，在将尽两点吃午饭，然后再在三点的时候开始工作；
十点钟吃晚饭，然后再开始工作，直到凌晨一两点钟才结束。最后，
在照例抽过那个"思考的烟斗"之后上床睡觉。对他来说，三点就寝
已经算是上床早的时候了……

他所进行的私人工作对我们来说是很神秘的，因为这个完美主
义者从来不对任何他所完成的作品表示满意，并且，他固执地拒绝所
有出版许可。他嘱托他的遗嘱执行人，也就是上面提到的贝熙业博士
（Boussière），在自己临死的时候，毫不留情地烧掉他自己所有的手稿。
因此，他的这位老朋友一直怀有一种强烈的忧虑：

他真的有权利执行这项残忍的命令吗？他自己的死亡，唉，在
他做出最后的决定之前就来临了……说到那些他所参加的与中法汉
学研究中心（C.E.S.）进行了合作的作品，在他参与研究之后得出的
成果最终会优于拟定初稿的人们所完成的成果，这些作品似乎从来
没有在只签署上了这些拟定初稿的人们的名字之后，就能够立即出
版的。而只有在最终经过了许许多多校准修改的令人精疲力竭的夜
晚之后，几经删减、修改的作品才得见天日，来到世界上试试它们
的运气。

哦！当晚上快到九点半或者十点的时候，在我的中法大学宿舍里

响起的电话铃声是那么阴森森地回响着〔这个大学就在中法汉学研究中心（C.E.S.）所在的那片地区中间。杜博斯先生（Dubose）将那里的几乎整个住宅提供给我居住：他曾经是一位中国或者满洲国一位很有地位的人原来的居所，房子的一部分是按照我们的意愿用纯粹而美丽中国北方家具来布置的……〕。在经过了一天正常的工作之后，我们回到了家中，在一片亲密的家庭氛围中却响起了如此凄凉的电话铃声。在我绝望地看了妻子一眼之后，听筒中一个亲切却又不容拒绝的声音这样问我："喂！施莱莫（Schlemmer），你能不能踩两脚脚踏车到我这边来一下（这是他惯用的句式）？这样我们就可以再一起研究下这个或者那个东西？"

就这样，我穿上暖和的衣物来抵御北京冬天的苦寒，跨上一个由它原来的日本主人从一个犁而改造而成的自行车，沿着那些被天空中的繁星还有街边仅有的几个路灯所投下的惨白的光所照亮的街道，来到了新鲜胡同铎尔孟先生的住所。在那里，习惯是不变的，无论在白天还是在晚上，无论是对谁都一样：一位仆人在听到敲门声后一边应着声，一边过来给您开门，并带着您穿过中心的院子（在夏天，那里就是一个真正的蜀葵的森林；在冬天，就会变得很毫无装饰，简朴严肃）来到房子主人的阁楼。主间被两个很大的一直抵着最里面的墙的书架围着，这两个书架大概有一人高，房间中布置上了深色的、舒适的扶手椅——事实上，这些椅子简直太舒适，我们只需要一瞬间就能够明白这一点！刚刚坐下，就会有人给您沏上一杯中国传统待客用的绿茶，还为您准备好一盒味道很好的东方香烟（因为战争的时间不断延长，这种烟后来变成了在当地能生产出来的最为接近英国品味的香烟），然后我们就开始工作了。

但是，在那里，我必须详细地说一说我们翻译的团队是如何运作的：从1939年到1943年，中法汉学研究中心（C.E.S.）出版了一个月刊杂志，名叫《法文研究》，致力于通过与研究中心的中国人合作发行的中译本和用他们的语言编写的研究，来让中国大众了解我们国家的思想和文学。

"中国阅读"这一部分应那些住在北京的法国人的要求被编入了同一个分册中，它将这些法国人通过一些很难翻译的、有着大量注解的中文文本引入中国古老文学的殿堂。铎尔孟先生自己负责那些诗歌作品的翻译，遵守着那些十分严格的他自己定下的规则：关于诗句的长短，他要求每两个法语音节对应一个中文的单音节，（比如，一首中国的五言律诗就应该对应一首法国十音节诗歌），置于诗歌的韵脚，他要求每一个中文的韵脚应该在法语文本中也对应一个韵脚——最次也要对应一个半谐音韵脚。至于那些散文诗，他将它们交给了一个由两名合作者组成的小团队来负责其翻译工作：一个中国人，他所具有的对他所使用的语言的语感，应该让他保证上面所说的翻译出的文本得以与原文准确对应，还有一个法国人，他则负责保证翻译成法语的文本的正确性和和谐性。这是一个理想的组合，并且在这位老师（铎尔孟）的帮助下，我们最终得以完成了在这个在保证尽可能精确与原文相对应的基础之上，将一种将简单的暗示性的话语并列放置的、让读者们去理解的语言（中文），用另一种更加理性的、分析性的、精确的语言，即法语，来重新表达的奇迹。在任何情况下，我都是对"他们语言的感觉"表示尊重的保卫者，这也是铎尔孟先生希望自己可以让中国人们认识到的一点。一天，他翻译了一段话，我不知道是哪一段，但是他翻译得非常出色，用一种非常丰富的方法诠释了原文，但是，他不无遗憾地但又爽快地将这一段翻译去掉了，因为他的中国合作者们不能在他的这段译文中找到"感觉"。

同样地，当我去他家工作的时候，他要不就是一个人在家，要不就是和我的同组组员李希祖（Li Xizu）待在一起。几个小时过去了，时间总是过得十分充实，但是我们并不一定会感到精疲力竭：我们只有两个或者三个人。对话很迅速，没有思考或者寻找准确用词（啊！

它就像是一只难以捕获的狡诈的猎物，以惹我们生气而取乐，它躲在灌木丛后面，我们只能透过枝叶分辨出它的那些模糊的轮廓！）时的沉默来过度消磨我们的注意力。此外，我们有时会在下午召开研究会，这样就可以给我们抱有能够不用在这里待到太晚并可以回家吃晚饭的希望。但如果工作很紧急的时候就不同了，也就是说在工作确实需要在某一个不容抗拒的十分接近的截止日期前完成的时候！

我还记得这样的某几次会议，它们是在新的一系列"中国阅读"于 1945 年 1 月第一期出版的时候召开的〔中法汉学研究中心（C.E.S.）曾决定用一本按季度出版的杂志来代替《法文研究》——我记得是这样的，——这本杂志有着更加丰富的中国特点〕。这本杂志，"中国阅读"，应该包含《汉武帝传奇轶事史》的注解翻译。像平常一样，初稿是由 J.– 克马德克先生（Kermadec）、李希祖（Li Xizu）还有我，在吴一泰（Wu Yitai）（在他去巴黎东方语言学院当了两年中文辅导教师之后，我很高兴在北京再次遇到了他）偶尔的帮助之下共同完成的。我们一起在中法汉学研究中心保留的我家院子的西边阁楼里一起工作，我们中的两个法国人像他们的合作者一样，也穿着长长的带衬绒里子的蓝色中国长袍，这种衣服可以让我们不散失掉一丝从炉火中散发出来的宝贵热度。我当时负责那些内容丰富的注释的编辑工作，而我的同伴们则与文本作斗争，希望能够将它转换成一种几乎准确的法语。工作进展得比预想的要慢得多，因此铎尔孟先生认识到要将一切重新掌握在自己手中的必要性：他在一个下午三点钟的时候，把我们召集在一起。在十点钟，他给我们半个小时的时间去吃晚饭。我们急匆匆地把碗里的炸酱面吃光后，就又回到了他家，继续完成我们的工作。当他在屋子里来回走来走去，狠狠吸着他的烟斗的时候——他每五分钟就要重新点燃一下他的烟斗，因为他太用力吸了以至于烟斗总是堵上，——他努力寻找着"精准的用词"，生气地拒绝所有那些我们提出的软弱无力的建议。最终，我们只能一个接一个的将头垂到胸口，轻轻地摇着头……"加把劲！加把劲！你们都睡着了。"铎尔孟先生不耐烦地说道，带着一种绝对不容置辩的用词的准确性！我们的茶早已经见底了；我们一根接一根地抽着香烟，试图依赖于尼古丁所具有的所谓的兴奋作用来保持清醒，但我们却都没有意识到，它因为我们所吐到空气中的大量的二氧化碳而起到了相反的作用，使我们更加精疲力竭。

这个孔堡（Combourg）式的夜晚（比之少了一些苦行主义的意味）一直延续到天蒙蒙亮的时候才结束。在将近六点的时候，铎尔孟先生自己也已经疲惫不堪了，在他与我们告别之后，我们各自回到了自己的住所。那时，隆福寺市集已经在许多手推车产生的以及搬运东西发出的嘈杂声中渐渐变得十分热闹了，那些临近的商店都高高兴兴地摘下了门板。这天不是我们第一次也不是最后一次度过这样的夜晚，它使得我们的老师下决心由他自己来完成翻译工作。在之后的某个晚上，他给我们朗读，且让我们满怀喜悦和敬佩之情地欣赏了他所翻译的成果。因此，这个现在可以在文章末尾读到的"C. 施莱（Schlemmer），J.-克马德克先生（Kermadec）、李缉熙（Li His-tsu）"的签名，其实只具有装饰作用而已，并且它不能被视为我们对这一个几乎是由老师独立完成的作品所作出的贡献的值得骄傲的回报！

但是我们在中法汉学研究中心的工作并不仅仅是翻译文本而已。杜博斯先生只对中国民间创作具有极大热情，他促使我们为了他，在这一领域进行深入研究。撇开别的不谈，他建立了一个有关中国新年民俗画的出色丛书。所以，1942年年末，他决定趁着这个节日的机会，组织一场新年年画展览。为了实现这个计划，他需要为每一幅画加上一些解释性的注释，还需要建立一个所有的图画的样册目录，那些为此而着手进行的——必然也带动了其他的相关研究的研究活动，花费了比预期更多的时间。另一方面，有了这个样册目录，"印刷品"再次吸引了老师专注的目光。铎尔孟先生立刻抓住了这次机会来应用他的完美主义……因此，这次展览——获得了它所应得的极大成功，我必须要提到这一点——不是在一月末二月初农历新年的时候举办的，而是等到了六月七月份的时候才得以拉开大幕！

在 1945 年 3 月所发生的那些事件的背景之下（日本对印度支那进行了军事袭击，这也进而推动了日本军队在北京占领中法大学的行动的展开），中法汉学研究中心的活动放缓了速度。在同年 8 月 15 五日停战之后，随之而来的动乱对于我们重新积极开展我们的工作十分不利：在法国、中国，还有印度支那地区，在战争状态结束之后，每个人各自的未来都被卷入了政治动乱之中。在北京的法国人们很快离开这座城市，迫切希望能够和他们的家人团聚，重新回到他们的祖国，希望自己的处境得到保障。而我和铎尔孟先生之间的关系，必然地，变得更加少了——或者说是变得更加私人了。印度支那政府需要我，我去向我的老师（铎尔孟）寻求建议：我应不应该重拾我在殖民区的职业生涯？又或者我应该向我所在的机关提出辞职，然后出于保证我的家庭物质生活的愿望而申请一个与研究汉学相关的稳定的职呢？以一种坦率的态度，铎尔孟先生让我认识到自己的身体、灵魂都还没有以一种排他性的态度投入这门学问之中去，我的意志永远不能让我获超越一个可爱的业余爱好者的身份，更进一步……就是这样，我没有能够成为一个汉学家！

为此，我当时感到了一种强烈的悔恨，并且现在，我依然为此而后悔不已。同样地，我没有停止研究、反复思量我的老师让我瞥到的那中华文明所拥有的令人神往迷醉的丰富内容。但是无论如何，这已经过去了，那些的在安德烈·铎尔孟先生的戒尺下所度过的、充满启示性的年头，在我身上留下来的东西——尽管我写下的这些文字几乎没把这一点显露出来，我已经意识到了这一点——就是一种持久的欲望，它使我们追求思想的正确性，追求表达的精确对照性，即一种"追本溯源"的折磨人的需要，追求"让自己的字句发出声音"，让我们

拒绝提出那些没有坚实依据、不按逻辑性建立的、不与我在自己身上
所发现的真理相符合的东西。

凡尔赛

1983 年 11 月

（翻译 王星）

后　记

　　纪录片《贝家花园往事》播出后，引发一定程度的公众关注。荒芜的花园得以修葺，贝大夫桥重新安装，圣琼·佩斯著诗处重现西山，关于贝熙业大夫的展览、座谈以及电影策划等项目都在进行。让·路易·贝熙业作为国宾应邀参加"九三阅兵"，并接受众多媒体采访。他的女儿玛丽成立了贝熙业基金会，专门策划与中国相关的文化交流。贝熙业已成媒体上闪耀的名字，不再是一个陌生的汉语词组。

　　《贝佳花园往事》讲述的确是一组原创故事，且主人公的传奇性与神秘性都足以嵌入金庸小说的某一章节。但与我们所掌握的文献相比，纪录片所呈现的故事仅是冰山露出水面的部分。这既受限于节目时长，也受制于影像呈现方式。于是，当中国广播影视出版社任逸超先生建议出书时，我毫不犹豫地答应了。不过，因为俗务繁杂，拖延成性，直到今天才完成书稿。

　　本书包括纪录片文稿、贝熙业传记、主人公书信与当事人、见证人、专家的采访。这些文稿都是首次以文字形式发表。需要说明的是，因为种种原因，还有一些书信目前尚不宜公开。另外，已经公开出版的文献也不再收录，如谢阁兰书信和日记。

　　《贝家花园往事》得到各界人士大力支持，在此特地感谢：

　　北京市海淀区委宣传部陈名杰部长、牛爱忠常务副部长

　　中央电视台纪录频道陈晓卿、朱乐贤先生

纪录片导演梁碧波、周兵、祖光、肖同庆先生

贝熙业大夫之子让·路易·贝熙业先生

谢阁兰之孙布利厄克·谢阁兰、孙女洛尔·梅乐 – 谢阁兰

李石曾先生外孙女朱敏达女士、外孙朱敏言先生

法国前驻华大使毛磊先生

中国驻法大使馆张伟参赞

法国蒙达尔纪法中友好协会会长王培文博士

诗人、翻译家树才先生

北京大学秦海鹰教授

北京师范大学钱翰教授

北京语言大学王海燕教授

法国昂然大学客座教授蔡若明

北京文史学者张文大先生

中国科学院刘晓研究员

最后，感谢摄制团队徐文莎、田友贵、荷内、毛毛、冯雷、大飞、邓沛、范高培、孙传林、晁军等人的精诚合作。一些同学参与了本项目的翻译工作，在此一并感谢。

张同道

2016 年 8 月 6 日

图书在版编目（CIP）数据

贝家花园往事/张同道主编 . — 北京 ：中国广播
影视出版社，2017.4
（电影眼文库）
ISBN 978-7-5043-7879-8

Ⅰ．①贝… Ⅱ．①张… Ⅲ．①纪实文学－作品集－中
国－当代 Ⅳ．① I25

中国版本图书馆 CIP 数据核字 (2017) 第 044638 号

贝家花园往事

张同道　主编

责任编辑	任逸超	
装帧设计	嘉信一丁	
责任校对	谭　霞	

出版发行　中国广播影视出版社
电　　话　010-86093580　010-86093583
社　　址　北京市西城区真武庙二条 9 号
邮　　编　100045
网　　址　www.crtp.com.cn
电子信箱　crtp8@sina.com

经　　销　全国各地新华书店
印　　刷　河北鑫宏源印刷包装有限公司

开　　本　710 毫米 ×1000 毫米　1/16
字　　数　308(千) 字
印　　张　24.5
版　　次　2017 年 4 月第 1 版　2017 年 4 月第 1 次印刷

书　　号　ISBN 978-7-5043-7879-8
定　　价　58.00 元